意林

公元787年，唐封疆大吏马总集诸子精华，编著成《意林》一书6卷，流传至今

意林：始于公元787年，距今1200余年

小小姐 Mini Miss 女生文学

小小姐 Mini Miss 出品

纯正✦阳光✦向上

为中国女生量身打造优质课外读物

《意林·小小姐》编辑部 编

淑女励志馆

女生悦读慧 001

帅女孩，出发

献给不甘于平凡的女孩，
饱含成长智慧的10001个美丽故事。

吉林摄影出版社
·长春·

Mini Miss 出品

图书在版编目（CIP）数据

帅女孩，出发 /《意林·小小姐》编辑部编 . -- 长春 :
吉林摄影出版社 , 2018.5
（女生悦读慧）
ISBN 978-7-5498-3576-8
Ⅰ . ①帅… Ⅱ . ①意… Ⅲ . ①长篇小说 – 中国 – 当代 Ⅳ . ① I247.5
中国版本图书馆 CIP 数据核字 (2018) 第 082175 号

帅女孩，出发

SHUAI NÜHAI,CHUFA

出 版 人	孙洪军
总 策 划	阿 朱
执行策划	词 词
责任编辑	朱薏楠
图书统筹	唐诗诗
特约编辑	滕柏文
绘 图	繁 繁
书籍装帧	胡静梅
美术编辑	赵艳红
作家经纪部	卢晓凤
开 本	787mm × 1092mm 1/16
字 数	320 千字
印 张	11
版 次	2018 年 5 月第 1 版
印 次	2018 年 5 月第 1 次印刷

出 版	吉林摄影出版社
发 行	吉林摄影出版社
地 址	长春市泰来街 1825 号 邮编：130062
电 话	总编办：0431-86012616 发行科：0431-86012602
网 址	www.jlsycbs.net
经 销	全国各地新华书店
印 刷	北京中科印刷有限公司

书 号 ISBN 978-7-5498-3576-8 定 价：25.90 元

启 事

本书编选时参阅了部分报刊和著作，我们未能与部分作品的作者取得联系，在此深表歉意。请各位作者见到本书后及时与我们联系，以便按照国家相关规定支付稿酬及赠送样书。

联系地址：北京市朝阳区南磨房路37号华腾北搪商务大厦2105室
《意林·小小姐》编辑部（100022）
电话：010-51900470

用文字启动女孩内心的力量

文◎女生文学书系总策划　阿　朱

创办《意林·小小姐》女生文学品牌八年来，通过电话、书信、网络等各种途径，我曾接触过许许多多不同的女孩。有的女孩兴高采烈地发来成绩单，说自从认识小MM后，自己的文笔和语感都有了很大提升，作文和阅读理解经常拿到满分；有的女孩把自己写的小说发到邮箱，说小MM激发了她的写作灵感，她希望长大后也能加入小MM，和编辑们一起创造出更多好故事；有的女孩在微博留言，说在自己脆弱、迷茫的时候，是小MM的故事激励了她，让她成为一个上进的女孩……

收到这些反馈，阿朱姐甚感欣慰的同时，也更真切地体会到作为一名青少年读物策划者和出版人的责任和意义。

女孩的成长路上并不总是阳光明媚，也会有雨雪交加的时候。女孩们跟编辑部的互动，除了表达对小MM系列读物的喜爱之外，也经常会提出各种困惑，比如，考试没考好怎么办？爸爸妈妈不支持自己看课外书怎么办？和同学闹矛盾了怎么办？更有甚者，有任性的女孩因为和父母闹矛盾，一气之下离家出走（这是极其不负责任的行为，无论什么情境下都不能这么做），着急的父母遍寻无果，无奈之下打电话到女儿最喜欢的杂志的编辑部求助。阿朱姐至今仍记得那位父亲的焦灼：叛逆期的女儿无法沟通，父母无论如何走不进女儿的内心世界。

我想，天下的父母无不希望自己的女儿能够长成一位阳光、独立、智慧、幽默、内心强大的优秀女性，而在学校和家庭教育之外，帮助女孩健康成长的最有效的方式，就是为她们提供充分的、优质的精神食粮，让女孩通过阅读完成自主成长。

不过，现在的女孩学习压力大、时间紧，需要高效率地提升自己，小MM编辑部以“为成长中的女孩量身定制”的精准定位和独到眼光，八年来成功创办了“淑女文学馆”“淑女漫绘馆”“淑女青春馆”三大特色书系，为女孩们打造了数百种优质课外书，在文学和艺术上做了不懈努力。有感于女孩成长过程中面临的诸多实际问题，接下来，我们将在保持作品的故事性、文学性的基础上，强化功能性，在作品中赋予更强有力的励志精神内核和价值观引导，启迪女孩内心成长，帮助她们克服自卑、怯懦、迷茫、悲伤的情绪，树立坚强、乐观、自信、独立的信念，成为更好的自己；同时，增加作品的实用性，帮助女孩挣脱课堂的束缚，打开视野，了解世界，帮助她们提升写作、阅读、演讲、人际交往、情商训练等技巧，成就有强大竞争力、趋向于完美的女孩。这即是我们策划“淑女励志馆”的初衷。因此，“淑女励志馆”系列图书涉及的题材和内容范围非常广，既有激励人心的半纪实长篇小说，也有饱含人生智慧的生活故事，更有有趣、有料的知识小文，我们着眼于“课堂上学不到，家长没有教”的东西，力求“不偏食、不挑食”，以高品质读物全方位陪伴女孩健康成长，让女孩的智慧与日俱增。

有位老师曾经讲过这样一个真实事例：一位中学时成绩优异、被很多老师捧为掌上明珠的女生，在多年埋头苦读之后终于考上了理想大学，然而女生入学不到一个月便提出退学，因为她发现大学里的每一位同学都多才多艺、全面发展，唯独她，在不恰当的教育理念下，从小到大只有一个目标：高考，因此整个青春压缩得只剩下了备考一件事。如今与同学对比之下，她备感失落，陷入自卑的泥潭，心灵匮乏得不堪一击。

这样的故事只是个案，不过，成绩是一时的，而心灵的成长和丰盈是女孩一生都要修炼的课题。女孩一辈子重要的并不仅仅是读大学、考学历这一件事，她们对人生的看法，对社会的认知，对性格的塑造，应该从小就做好积累和准备。今天，我们唯一能做的，就是在女孩的内心多播撒一些饱满的种子，用文字帮助女孩塑造健全、优秀的人格特质，给女孩提供开阔、新颖的视角。如果女孩从小养成了阅读的好习惯，那么将来再怎么沉重的考试压力，也不能阻挡她们对于自我发展的追求，对于美好未来的向往。何况，充足的、高质量的阅读所奠定的智力背景，必将使女孩未来的学习之路比别人轻松很多。

愿每个女孩都能在合适的年纪爱上阅读，并在阅读中获得更多的成长与勇气。

名师寄语

子曰：学而时习之，不亦说乎？学习其实是一件非常快乐的事，读书也是。女生经常阅读，不仅是精神上的熏陶，对学习也会有新的认识。传统文化会在你的谈吐和气质中慢慢彰显影响力，令青春的成长更有底蕴。

——北大附中高级教师、北大历史系“华夏儒商（国学）”专职讲师　王来宁

阅读是幸福的养料，女生是阅读的玫瑰。因为阅读，女生所以砥砺成睿智的女子、浪潮的巾帼、时代的骄子！女生们，绽放你们的美丽，就从阅读开始吧！

——重庆市铜梁实验中学语文教师、高级教师　邹　童

女孩柔情，像水一样柔软又坚韧；女孩纯洁，如百合花一样圣洁纯真。阅读这本书，它会让你汲取经验，走过迷惘；它会让你重塑自己，自信满满；它会让你收获梦想，芳香满园。

——太原市外国语凤凰双语中学语文教师　张彦玮

“女生悦读慧”系列是《意林·小小姐》专门为少女打造的励志读物。拥有它，你会从懵懂走向成熟；阅读它，你会从青涩走向稳重；珍惜它，你会从轻狂走向谦虚；爱护它，你会从平庸走向精彩，最后破茧成蝶，无悔青春！

——《语文报》编辑　赵丽霞

家庭、学校和社会既需要给予女孩关注，还应该兼顾少女身心，为女孩的纯洁心灵保驾护航。“女生悦读慧”这套书滋润了正青春少女的心灵，帮助她们通过阅读实现梦想，收获成功。

——山西省孝义市第五中学学生成长督导中心主任、国家二级心理咨询师　李珍玉

在陪伴青少年成长方面，作为学校，我们会尽力打造最优质的环境。但与此同时，我们也需要社会和家庭给予他们，尤其是心思更为细腻的女孩们以更大的关注，比如，为她们打造一套专属的，成长、励志书系——“女生悦读慧”系列！

——湖南省浏阳市第六中学校长　苏启平

阅读改变人生，好书滋养人心。处在获取信息极为便捷的电子时代，一套散发着墨香的纸质书籍可以沉淀人们浮躁的情绪。读书如饮水，而对于本就如水般清澈的女孩子而言，一部积极阳光的好书更是不可或缺的。“女生悦读慧”系列图书，正适合上进的女孩阅读！

——河北省任丘市华北油田第一中学语文教师、高级教师　高秋霞

在讲究“素质教育”及“全面发展”的今天，适当阅读一些课外书更有助于学生们开阔视野、培养良好的自学及阅读能力，在未来更高层次的学习中更具竞争力。

——深圳市盐田区外国语小学校长　王　蓉

目录
CONTENTS

第一章　一个人，也能披荆斩棘

第二章　和别人不一样，也不必慌张

第三章　你“不像个女孩”，没关系

第四章　我是女生，所以要更努力

第五章　其实，晚点儿长大也没关系

第六章　大人们说：别担心，你的身后有我

第一章

一个人，也能披荆斩棘

嘴馋难耐时，我们一起去便利店搜罗美食；读书疲惫时，我们并肩站在窗口谈天说地……

这本是十分惬意的事，但不知何时，我们被友情『绑架』了自由，陪伴也变了味道，比如：

本想睡个懒觉，却因闺蜜的邀约，早早爬起来陪她逛街；

本想温习功课，却因闺蜜一句『好无聊』，抱着电话陪到深夜……

终于有一天，你开口说了『不』，尝试把时间留给自己，却莫名被推出朋友圈。

所以，独自努力的你变得『孤单』了吗？

不，女孩，你从不孤单，因为你有你的王国，你是自己人生中唯一的女王！

图◎猫 草

我是最年轻的晚霞

文◎吴一萍
图◎花月婷然

1

“池雾瑶，你来确认一下学籍信息，确定没问题，我就交给班主任了啊。”班长费翎把学籍表放在了讲桌上，便转身去通知其他人来确认信息。姗姗而来的池雾瑶像做贼一样，飞快地确认着自己的信息，看了三遍出生年月日并签了名之后，她低着头回到了座位。

不知道是不是每个人心里都有一个不能说的秘密，就像一颗种子，虽然茁壮成长，但是只能在心里疯长，不能在别人的眼睛里延伸。池雾瑶就有这样的秘密，这种每年重复很多次的个人信息确认，一次又一次地揪着她的自尊，一遍又一遍地拷问着她的内心，让她变成了一个缩在角落里的小丑，大大的微笑下，掩藏着一颗玻璃心。

池雾瑶家在一个落后的村子里，说家徒四壁有点儿夸张，但是离小康生活依旧很遥远。所以，在她三岁时，爸妈就拖着她来到大城市打工。

“打工”这两个字其实很沉重，池雾瑶只能带着农村户口上着打工子弟学校，顶着农村人的名头，操着半熟不熟的普通话，在城市里招摇。摇摇晃晃到了七岁，她的弟弟就这样出现了。

那个突如其来的弟弟正好赶上了计划生育政策最严的时候，计生办还没有闻声而至，池雾瑶的妈妈就擅自去派出所改了池雾瑶的年龄，足足提高了五岁，然后给弟弟也提高了五岁，就这样钻了计划生育的空子，给家里省了一笔巨大的费用，而池雾瑶也开始躲躲闪闪地过起生活来。

五岁的年龄差对于一个成人而言，或许并没有太大影响，但是对于孩子而言，影响太大了！

2

池雾瑶念小学时，个子比同龄孩子矮了一头，但登记的年龄是班上最大的。班主任是新来的小伙子，大大咧咧地问她怎么这么晚念书。池雾瑶把头压低，低到和书本失去焦距，可同学们的笑声还是那么震耳欲聋。

应该算是最极端的处理办法了，第二天，池雾瑶便用一哭二闹三上吊的方式，让妈妈托人给她换了班级。没见到新同学之前，她跑到办公室找班主任，话还没有说出口，眼泪就吧嗒吧嗒地往下掉，把班主任吓得不轻，从而很顺利地让班主任替她隐瞒了那个别人嘴巴里的笑话、她心里的一个疤。

池雾瑶在惴惴不安中度过了小学，没人能再窥探到她心里的秘密。领到毕业证的时候，实际年龄只有十三岁的池雾瑶重重地叹了一口气，终于可以不用小心翼翼地过日子了。可转身回家的时候，她的心又突然揪起来，马上又要去新学校了，又该提心吊胆了。

池雾瑶长得很稚嫩，爸妈给了不会长到特别高的基因，所以看起来总比同龄人小三四岁。不爱出门的习惯让她的皮肤很白，综合起来，她也是个应该挺起脊梁走过人群的人啊，可实际上，她的头永远都对着马路，用最快的速度穿梭在人群里。她怕多一秒停留就会被别人的目光审视，很害怕。

初中莫名其妙地就结束了，池雾瑶恍恍惚惚地被市一中录取了，还没来得及感受喜悦，新一轮的压力就悄然而至。

3

那是一所会聚着富家子女、学霸精英以及怀揣梦想的人群的学校，池雾瑶在第一次入校考试之后，迅速成为了透明人——没人把眼光放在平行班的她身上。

一直以来，池雾瑶的化学测验都能拿满分，尽管是其他科目老师眼里的灰姑娘，却是化学老师心头的宝贝，化学竞赛刚刚开始，化学老师就帮自己的得意门生报了名。战旗飘飘，鼓声雷动，差的就是那张准考证了。

准考证并没有如期发到池雾瑶的手里，因为年龄，池雾瑶被竞赛组淘汰了。参赛的年龄必须未满十八岁，而上高二的池雾瑶，户口本上已经二十二岁了。

化学老师把池雾瑶单独喊到办公室，对着池雾瑶复印的户口本，左右踱步，怎么都不信这是真的。对啊，按道理，二十二岁的孩子，大学都毕业了，怎么才念高二？再说，池雾瑶的脸可不是二十二岁该有的样子。

一个又一个疑问从化学老师的心里咕噜咕噜地冒出来，可不管他怎么询问，池雾瑶就是不说话、无表情，反复几次，化学老师也只能作罢，放她回班里上课。

从那之后，池雾瑶干脆什么比赛都不参加了，只要是非全体同学参加的活动，她通通拒绝。班主任总能看到她倔强地缩在角落里，演算数学、看书、做笔记，明明挺可爱的孩子，怎么会如此消沉？

4

班主任家访了，池雾瑶得到这个消息的时候，班主任刚刚从她家里回来，手里还提着她妈逢人就送的自制辣椒罐头。

被叫到班主任办公室是池雾瑶意料之中的事情，只是她没想过班主任会这样开门见山。

“听你爸妈说了你年龄的事情，涉及身份证编号，改起来麻烦，也的确影响你的生活。不过，你现在这样生活，是不是已经不快乐了？”班主任的眼睛仔细地看着池雾瑶，池雾瑶接触到班主任的眼光，立马又低下了头，像个小偷被人抓到了偷东西一样的局促。

“老师，我知道了。”池雾瑶依旧毫无主见。

“瑶瑶，人都是浮萍，很难有依靠，大风大雨还是需要独自承担。可是你要知道，浮萍它也活在阳光下，要借助水的给予，更需要同伴的依偎。”班主任握了握池雾瑶的手，暖流就这样涌进了池雾瑶的心中。

良久的沉默，班主任也没有强求池雾瑶说话，只是若有所思地看着她，她的背影消瘦得让人怜惜。

第二天，班上公示了个人信息核对单，贴满了整个教室，因为班主任说要引起重视。池雾瑶看着满墙的“秘密”，心都慌了，甚至直接想到了死。

公示贴了半个月，该看的、不该看的都被班里的人记住了，可奇怪的是，没人问她年龄的事情，也没人关注她，大家依旧风风火火地学习、讨论，只有班主任把一切看在眼里，放在心上。

池雾瑶写满心中恐慌的周记得到了四个字的批注：欲盖弥彰。是班主任的字。班主任是想告诉她，有些事不需要过度紧张、在意，越掩盖越让人注意，坦荡地对待问题，结局反而会出乎意料。

池雾瑶的头抬起来了，走路的时候会微微地笑，还担任了班里的文宣委员。平日里，她和同学们的交往也正常了，下课了，还常和女同学三三两两地牵手上厕所。

高三上学期，池雾瑶的作文《我是最年轻的晚霞》获得了省高中生作文大赛一等奖。站在讲台上的池雾瑶挺直了脊梁读着自己的作文：“……班主任找我之后，我就在想，我不缺胳膊不断腿，更没有给社会带来麻烦，只是隐藏了一个无关紧要的事实，我不该活在阴影里。我今年十八岁，是活在户口本里的二十三岁，但我依旧拥有青春里的朝气蓬勃，是最年轻的晚霞。”MM

17岁，我们一起破茧成蝶

文◎刘 仪
图◎猫 草

1

苏小兵转到我们班的那天，阳光正温暖地从窗外斜照进来。他面色含羞，像个女生一般腼腆。老师将他拉上讲台介绍说：“苏小兵是从陕西转来的学生，他的爸妈都在上海打工，今后大家要多帮助他，共同进步。”

我习惯性地偷偷从课桌抽屉里掏出薯条，趁老师不注意时熟练地填进了嘴里。然而，我只顾盯着老师，没注意旁边那个新来的男孩，薯条都塞进了嘴里之后才发现，这个“优雅”的动作被脸上绽放着向日葵般笑容的苏小兵看到了——他笑容有些僵，正发愣地盯着我鼓鼓囊囊的嘴。

眯起眼，我上下打量了一下苏小兵——褪色的衣衫、松散的头发、粗糙的皮肤，脚上还穿着一双破旧的凉鞋……这装扮太“过时”，我心里不禁泛起一丝不屑感。但是，谁能想得到老师竟让他与我同桌！我含着还没有完全吞下去的薯条，没办法同意也没办法拒绝，只能恶狠狠地瞪了他一眼。

说起来，我也是学校里的“风云人物”之一，快满17岁的我，刚刚160厘米的身高却有着67.5公斤的体重。班里那群男生都在背后戏称我为“肥姐”，对此，我无比厌恶，脾气越来越坏，几乎没有什么真心朋友。我也想减肥，但总是拒绝不了美食的诱惑。令我稍感欣慰的是，因为我的身高和体重“优势”，我理所当然地成了班上的“大姐大”，从来都没人敢欺负我。看了看我这般“重量级”的块头，苏小兵怯生生地走到我身边坐下，小心翼翼地打开书本后便不再说话，更不敢将目光与我对视。第一次见面，我与他，貌似是猫和老鼠的关系，这令我喜不自胜。

2

几天下来，我发现苏小兵听课极其认真，笔记记得工工整整，上课也从不偷吃零食。从行为来看，他本是 副无懈可击的“好学生”模样，但是，他身上常常散发出的一股难闻的油烟味总是让同学们避之不及。因为我的冷漠和霸道，他从不敢主动和我说话，而闲来无事时，我和同学们一起拿他身上的油烟味开涮，他也不以为意。久而久之，我们一致认为——他是一个呆板的、胆怯的、没有生活情趣的人。

直到有一天，当我正准备将薯条塞进嘴巴里的一刻，苏小兵突然转过头低声对我说："甄柳，你能不能别在同学们面前称呼我是留守儿童？"我哈哈一笑，说："为什么？我说的都是事实啊。"他不紧不慢地向我解释道："因为我爸妈都在上海，我现在就生活在他们身边，所以我不再是留守儿童。而且我已经17岁了，儿童的年龄界限是6岁到14岁。"他说这些话的时候，脸上泛起了丝丝红晕。

从一开始我就知道，他是一个极为老实的好学生，我不应该欺负他，但我总摆脱不了喜欢捉弄人的秉性。于是，我灵机一动，说："不让我那样喊你也行，但你要答应我一个条件，那就是今后我上课时偷吃薯条，或者偷吃其他任何东西的事情决不许向老师报告，也不许向任何人说，必要的时候，你还要替我做掩护。"

他傻傻地望着我手里捧着的薯条，半天才惊恐地点头说："好。"

就这样，我上课偷吃零食更加安全了，因为每次我大快朵颐的时候，他都会竭尽全力地为我做掩护。虽然我的体格都快赶上举重运动员的标准了，但我依然"我吃我快乐"着。

一天，上数学课时，我偷吃零食不幸被老师发现，她站在讲台上冲我喊："甄柳，刚才你在干什么？是什么声音？"我慌张地解释道："没……没什么声音啊。"老师厉声道："你要是不说实话，我就通知你家长过来了，班里就数你最调皮。"我灵机一动，指着身边的他颤颤巍巍地说："是……是他在偷吃薯条。"

此话一出，老师和同学均瞠目结舌，显然，他们不太相信像他那么乖巧的学生会在上课的时候偷吃零食。而身边知道是我在偷吃的同学们，也慑于我的威力，没人敢禀报实情。

为了给自己脱罪，我先发制人地从抽屉里掏出薯条，虚晃一下，放在他的书桌上，站起来义正词严地对老师说："你看，他吃的就是这个。"

数学老师走过来，当着全班同学的面让他下课后到她办公室谈话。在这过程中，他一直低头不语，而我如释重负，想着下课前警告他一下，这事就与我无关了。

好不容易熬到下课，但我还没有来得及警告他不要在老师面前说我坏话，他就被老师直接带去了办公室。我又开始忐忑不安起来，心想，以他的胆量，肯定经受不住老师的威慑，会向老师和盘托出的。等他回来后，我要兴师问罪，和他决裂！

几分钟后，他回来了。我绷着脸不说话，准备后发制人，等他先质问我为何拿他当替罪羊后，再用比他强的气势压过他，质问他为什么要告密。

但是，等了许久，他一直低头不语，终于，我忍不住了，站起来，双手叉腰，没好气地问道："你向老师告密了？这下你终于洗刷掉冤屈了！不够义气！之前我们是怎么约定的？你怎么这么快就做叛徒了？"看着我发脾气，他瞪大了眼睛道："我什么都没有说，我只是告诉老师，我保证以后绝不再在课堂上偷吃零食了。"

原来他没有出卖我！我高兴地手舞足蹈起来，但又想想自己的所作所为，不禁有点儿无地自容。

于是，我决定要和他做好朋友，并找机会消除我们之间的隔阂。

3

一个阳光灿烂的星期五下午，我鼓起勇气对他说："今天我过17岁生日，晚上一起去我家吃饭吧，很多同学都接受了我的邀请，你是我的同桌，也要参加哦。上次的事情，对不起，是我的错，你别介意。"他乐呵呵地说："生日快乐。上次什么事情？"我惊诧于他的健忘，不好意思地提醒道："上次我不该欺骗老师，嫁祸于你。"他拍了拍脑袋说："哦，没关系，都过去了。不过说实话，我都不知道薯条多少钱一袋，更不知道是什么味道……"停顿了一下，他又说，"我尽量吧，不过如果晚上8点之前我还没有到，那就说明我可能去不了了。"我佯装生气地说："今天是星期五，你能有什么事情呀？"他低头，不语。

我愤愤地想，他真不够朋友，我和他还是同桌呢，我这么真诚地邀请他，他竟然连我的生日派对都不参加，一点儿都不给我面子！

莫非他是故意躲避我？或者是因为上次我诬陷他的事情他还没有真正原谅我？

为了揭穿他的谎言，放学后我便偷偷尾随他，一探究竟。

我偷偷地跟着苏小兵七拐八绕地来到一处偏僻的街角，看到他径直朝一位烤羊肉串的中年阿姨那里走了过去，放下书包便开始手脚麻利地帮那位阿姨忙活起来。搬啤酒、擦桌椅、洗碗，他的动作无比熟练。

我好奇地又凑上两三步，躲在灯光照不到的暗处偷听他们说话，这才知道，原来这家烧烤店就是他爸爸妈妈经营的，他每天放学以后都会来这里帮忙。

难怪他身上总散发出一股油烟味！

我在那里站了足足有15分钟，正觉得没意思，想转身离去时，突然听到他说："妈，今天我同学过生日，邀请我了，我想去。"阿姨一直在招呼客人，早已忙得焦头烂额，似乎没有听到他的话，于是他又大声重复了一遍。阿姨用浓重的地方口音回道："你同学过生日？咱不去，而且今天店里这么忙，你要留下来帮忙的，哪儿都不能去。"他苦苦哀求道："让我去嘛，我要参加，她是我的同桌……"还未等苏小兵把话说完，一个满脸沧桑的中年男人就冲他喊："兵兵，给3号桌的客人再搬一箱啤酒来。"那一刻，我看见他一脸的失落。

手表上的指针已经指向了7：30，妈妈一遍又一遍地打电话催我赶快回去，说同学们都到齐了，就等我这个"寿星"了。

我挂断电话后，泪眼蒙眬地往家赶去。

4

我真的不知道这个17岁的生日是如何过完的，祝福与《生日歌》同17岁之前的生日宴会没有什么区别，但我却感受不到往年的快乐、热闹与幸福。

宴会结束后，我送走了所有同学的那一刻，脑海里闪现的，依然是苏小兵怯生生地哀求他妈妈同意他来参加我生日派对却被拒绝的情景。

想想衣食无忧、霸道任性的我，再想想学习刻苦、听话乖巧的苏小兵，我不禁羞愧难当。记得去年夏天，妈妈不同意给我买当年最流行的连衣裙，我竟赌气一天都没有吃饭。妈妈无奈，最终妥协。可实际上，我虽然以胜利者的姿态拿到了那款连衣裙，却因自身的肥胖，连一次都没有穿过。

其实，在父母或坚韧或柔软的心里，每一个孩子都是他们的心头肉、掌心宝，我是，苏小兵也是，谁都不比谁高贵，而我又有何种理由欺负他呢？

第二天，我刚刚走进教室在座位上坐下的时候，苏小兵就极其愧疚地对我说："对不起，昨晚真的有事，临时走不开，所以才没有去参加你的生日派对。"

我佯装毫不在意的样子，安慰他说："没关系，等你过生日的时候，我去参加你的派对就行了，我们永远都是好同桌、好朋友。"

苏小兵挠挠头，幽幽地道："我……我还从来都没过过生日呢。"

我再一次将嘴巴鼓成了O形。

好不容易熬到放学，我迫不及待地拉着苏小兵来到学校的操场边，趁四周无人的时候从书包里掏出一个饭盒说："给你，这是昨晚我专门给你留的生日蛋糕，怕挤坏，特意放在了这个饭盒里。快吃吧，你是我的同桌，我要你和我一起分享生日的快乐。"

他惊呆了，在我的央求与命令下，他才羞羞地低下头，吃完了那块蛋糕，抬头对我说："真好吃！"我得意一笑："既然好吃，那明年我过18岁生日的时候，你一定要来参加哦。"他重重地点了点头，说："我一定参加，一定！这是我们18岁的约定！"我们击掌为誓。

其实，在17岁的雨季里，我们都是鲜花。然而，身为鲜花的我们，在成长途中，除了芳香之外，谁都会有或轻或重的伤痛，就如苏小兵生活的困窘，就似我讨厌的肥胖。

每个人的生活都不可能永远顺风顺水，我们无一例外地会经历各种伤痛与烦恼，只是这些伤痛与烦恼、快乐与纠结，我们只有沐浴、历经、坦然面对后，才会茁壮成长、安然绽放，才能在17岁的雨季里，破茧成蝶。MM

十六岁的灿烂千阳

文◎赵嘉宁 图◎莹 月

1

三毛说："一切都会过去，明天各人又将各奔前程。生命无所谓长短，无所谓欢乐哀愁，无所谓爱恨得失，一切都要过去。"这话是很真切的，因为到了别离的时候，除却"长亭外，古道边"的断肠歌声，最终都是各自离散——"一壶浊酒尽余欢，今宵别梦寒"。

此前，我是把一切看得很淡的，毕竟终究要离散，不如当初不动情。因此，我对身边的同学充满淡漠，对朋友也不过是表面友好。我本以为我掩饰得很好，直到有一天，同宿舍的阿舒说道："其实，即使你看起来对别人再好，内心里还是对他们毫不在意的。"

她说出这话时，我收拾衣服的手狠狠一顿，一道褶子被捏了出来。我强作镇定，不动声色，又听她说道："真正真情实意的人，笑起来的时候眼睛里有一千个太阳。他们一高兴、一感动，心和魂都会飘到天上去的。但是你呢？有没有真正让你高兴、感动的事？有没有真正在你心里的人？"我没应声，心里却皱起了一个又一个褶子，酸酸的、苦苦的，似乎有一股洪流涌来，把我心里精致又冰冷的壁垒尽数冲垮了。

美好事物的种子一旦坠入心底，不论周遭是多冰冷的土壤，它都能够疯长，枝缠蔓绕、郁郁葱葱。

2

刚升高中时，我认识了阿柴，但短短几天相处下来，我对她十分不屑。她总是八面玲珑，说着讨巧的俏皮话，对认识的、不认识的人都热情得不得了，但常常是顾了这个，就忘了那个。玩高兴了，全不在意跟我说好的同行散步，而且一看到帅哥就"男神男神"地喊。我讨厌她，讨厌她的八面玲珑，厌恶她的虚情假意，痛恨她的有口无心。不过因为同在一个宿舍的缘故，表面上我对她还不错。同学们总以为我们是好姐妹，只有我自己知道，我从没有把她当朋友。

我对她的不满积攒得久了，终于有一天爆发了出来。那天早上，我听到她和别人聊天时拿我开玩笑，便当面呵斥了她。中午回到宿舍后，我紧紧抓着椅子，厉声说道："开玩笑也要有个限度，你没脑子吗？"她却装作没听见，反而与另一个舍友哈哈大笑地谈论着什么。仿佛被羞辱了的心情让我激动不已，于是，我口不择言地大骂道："够厉害的呀！今天你笑吧，明天有人会让你哭的！今天你这样对我，将来哭都来不及！我看你真是又没脑子又肤浅！"她终于无法装作无视我了，转过头来冷笑两声，尖声说道："彼此彼此吧！"我冷漠地瞪了她一眼，翻身上床，一周没有和她说话。之后，在别人的劝说下，我们勉强和好了，但就像破镜重圆，再怎么圆也是破镜。

我们渐行渐远。

之后，一件意想不到的事发生了。

有一天下午，温暖的阳光洒进教室，我眯着眼睛立在教室后门处，享受着难得的平静。忽然，一个尖利的黑色物体向我袭来，我下意识地躲闪，但那不明物体还是重重地击中了我的眼睛。难忍的痛苦使我惊叫一声，眼泪在刺激下流了一脸。原来，是一个男生在教室里启动了航模，但它意外失控，直冲冲地飞向了我。阿柴看到这一幕，立刻凑到我跟前，拉起我就走，边走边焦急地说："赶紧去医院啊！晚了要是出问题就不好了！你们市的医院在哪儿？对了，我带钱了，我带你去挂号！"她利落地去向老师要了假条，带我出了校园，还贴心地把帽子扣在我头上，说是别让阳光刺到。坐在公交车上，她一手拎着我的水壶，一手拉着我，着急地大声嚷道："司机叔叔，我朋友的眼睛被砸伤了，得赶紧去医院！"在她的情绪感染下，司机不仅热心地告诉我们长城医院不错，最后居然还在她急切的催促声中在没站点的地方为我们打开了车门。

到了医院，她不仅奔前跑后地挂号、找医生、借了手机将情况告知我妈妈，还随时关注我的情绪，不住地拉着我的手安慰说："别怕，别怕！"一切都被安顿好后，躺在病床上，我透过完好的那只眼睛看着她，她的笑容让我的心很暖很暖……

后来，她累了，趴在病床边就睡着了，阳光忽然就在我心里勾勒出了一个真情实意的、勇敢善良的阿柴。所有的虚情假意、八面玲珑都变成了我的肤浅，我忽然发现，每个人性格不同，活法也不同，她的热烈未必是假的，我的肤浅却是真的。

3

几天前，我过十六岁生日，阿柴给我写了信。信中，她写道：不知道你记不记得，去医院的路上，我们坐在公交车里，微风吹了进来，阳光也照了进来，我们手拉着手。我那时想，也许这就是快乐，就是幸福，就是好朋友真正的样子。上课一个转头，下课一个转身，就能看到你。站在这里，我们有可以回忆的过去，也有可以期盼的将来。最后一句话是：多年后再看你，你还会美在时光里。

读完了信，我一下子哭了出来，眼泪咸咸的。十六岁的时光，像是灿烂千阳织就的霓裳，裹在了我的心上。

也许一切都会过去，明天各人又将各奔前程。但正是因为一切都会过去，在当下付出的真心、流下的泪水、可爱的人们才格外珍贵，就像一千个太阳，熊熊燃烧，永不冷却。MM

把自己定义为一粒种子

文◎邵火焰

一个少年听说马云来自己的学校演讲，特地赶了过去。演讲中有一个提问互动的环节，于是，少年抓住机会，向马云提出了一个自己郁闷了很久的问题："我努力学习，成绩也算中上等，可在班级里还是默默无闻，没有人注意我。虽然说我自己也明白，自己还算不上是一块光芒万丈的金子，但我一直都把自己当金子看待，每天起早贪黑地勤奋努力。我相信，是金子总会发光的，可为什么就是迟迟得不到老师和同学们的赏识呢？"

马云略一思索，微笑着说："你给自己的定位不准确呀，你不应该把自己定位成金子。"

少年问："那定位成什么呢？"

马云说："你应该把自己定位为一粒种子。金子固然总会有发光的那一天，但金子的发光是被动的，它不会自动掀掉蒙在身上的泥土，而是等着他人来挖掘和发现。如果没有外力的帮助，它就会终生被埋没在土壤中，永无出头之日。种子是不一样的，你懂得吧？"

人生有限，我们耗不起。因此，当遭遇埋没时，不妨做一粒种子，主动把盖在身上的泥土当作能够给予自己成长养分的肥沃土壤，不断汲取营养，积蓄向上的力量，让自己的梦想生根发芽，长成一棵参天大树。一棵高大的树耸立在眼前的时候，又有谁能够视而不见呢？MM

若时光赐予我欢喜，皆是因为你

文◎韦 娜 图◎冷色系

1

毕业多年，每次回到故乡，车总是先路过我的高中母校，再缓缓开到我家。从母校到家的这段路上，我每每都会泪流满面，因为这条路上承载了我太多回忆，一路涟漪，在我内心回荡。它在告诉我：小镇的姑娘，不管你在外面多么风光，不管你走了多远的路，你还是属于这里……

我从初中就开始学画画了，在一些人的理解中，学画画的那群人就是成绩差或比较笨的学生。当我因此而沮丧时，爸爸会说：“每个人走的路都不一样，说不定他们还没有你走得远呢。”

从初中到高中，我的假期生活全部交给了绘画，周末也不例外。爸爸希望我能考上很好的大学，周末从不让我回家，而是自己走很远的路来看我。有时，他会提一袋水果；有时，他会买来一些营养品。我清楚地记得，当时有一种营养品自称是“补脑神品”，爸爸每次都会给我带一盒，遗憾的是，喝了那么多年，我依然没有变得聪明。

高二时，我和很多美术生一样，背着画板去济南学画画。第一次离开时，我坐在车上，看着爸爸离去的背影，突然落泪。恰好，那时他也回头看我，而后，他突然掉转车头，开到我乘坐的那辆车的车窗前，急吼吼地又递给我一些钱，然后什么话都没有说，骑着摩托车走了。

车拉着懵懂的我来到了济南。在我记忆中，济南的天空是灰蒙蒙的，我们整天坐在废弃的工厂里画画，日子枯燥而重复，像是坐上了一列没有终点的地铁。窗外的世界是黑暗的，我们借着灯光不停地画，画完以后就讨论外面的世界究竟发生了什么。我真的不知道，慢慢地，似乎也不再好奇了。

我一直认为自己并不是很聪明的学生，因为我画起画来格外吃力。直到有一天，我觉得非常绝望，似乎画下去也没有什么希望，于是，我跟着班里的一个同学逃课了。我们跑到济南最繁华的地方去逛街，直到晚上才回学校，被老师逮个正着。他罚我们站在画室的外面，那天晚上，月光如水，冰凉而美丽，我仰起头，尽量不让眼泪落下来。我清晰地记得老师的训话，大致的意思是：要珍惜青春时光，珍惜能一心一意画画的好时光。我们都是从穷地方来的孩子，跟城市的孩子比不了，所以只能比他们更勤奋。

我知道自己错了，却不愿低头承认错误，或许读书时的我太倔强了，不过，我有自己道歉的方式。

第二天，我比其他同学来得都要早许多，而且这种状态一直保持到了那个学期结束，我的画终于达到了90分以上。老师对我说：“假如家庭条件允许的话，你可以试着去中央美术学院学绘画，好好珍惜你的天赋。”

这或许只是一句鼓励的话，我却当真了。

我低下了头，其实家里的经济条件并不宽裕，但回到家，我依然把这件事告诉了爸爸。爸爸爽快地回答：“那就去北京吧，哪怕是去外面的世界看看也好啊！”

2

那个冬天，爸爸凑集了所有的钱，但依然不够交学费。于是，他跑到邻居家，低着头红着脸去借钱，说要送我去北京学画画。

所以，高三的上学期和寒假，我都是在中央美术学院里度过的。白天画画，晚上看书，每天重复，虽然很辛苦，却过得充实。我当时最羡慕的，就是肯德基落地窗边坐着吃炸鸡的幸福的一家人。我觉得北京真的很冷、很大，全国各地来学画画的同学都很洋气，但我常常一个人缩在宿舍里，很少与他们交流，把全部的时间用来画画、看书、写信。

我也曾扪心自问，那时为什么要远离身边学画画的同学？大概是因为自卑吧。他们说着标准的普通话，穿着漂亮的衣服，与他们相比，我总觉得青春好像并不属于自己。贫穷及其带来的自卑感让我勤奋好学，却也异常沉默。孤独的时候，我会写信，一直写，写给我的父母，写给我自己，写给我中央美术学院的梦。

记得那年的圣诞节下雪了，我去画室画画，意外看到了同学们戴着圣诞帽过节的情景。整个画室乱极了，他们还特意买了圣诞树，拿着彩灯乱跑，吓着了从不过圣诞节的我。然后，我又看到自己的画板被他们踩在脚下，或许是无意的，但他们放肆的笑声，听在我耳里，好像是在嘲笑我这个从小镇走出来的女孩。我感觉受到了侮辱，背起画板跑到操场上，一直奔跑，不小心跌倒，便坐在地上大哭起来。

我给爸爸打电话，一直强调，我不想在北京继续学画画了，想回家。这边的人太夸张了，过个节日，把我的画板、画架全砸了。

第二天，他就出现在了中央美术学院。我清晰地记得，我的一个远亲开着一辆破旧的白色面包车，我跑到学校门口，看到我的爸爸从车里走下来。在我心中形象一直高大的爸爸，在陌生的城市看起来那么拘谨不安。他从包里拿出一些水果，让我在这里继续画画，不要胡思乱想。

他没有问我为什么哭，我也没有继续描述究竟发生了什么。他带着我来到了肯德基的门口，我却又拼命地拉着他离开了。那时的我还不能成为坐在落地窗边安心吃肯德基的女孩，我暗暗告诉自己，等我考上了中央美术学院，再去品尝。

我一直对爸爸说：“北京真的好大啊！”爸爸却说：“等有一天你长大了，强大了，就不会这么觉得了。你好好画画，考上这所学校，就留在这里工作，以后我们一起在这里生活，也挺好的。”

这些话被我记在了心里，它似乎成了我的人生目标，即使后来我并没有考上中央美术学院，我依然记得他的这些话。后来，虽然我获得了西南交通大学保研的机会，我却没有去读，毕业后就来到北京边工作边继续考研，我想，也许也是因为这句话的鼓励吧！

3

那天，待爸爸离开后，我飞快地回到了画室，把画板、画架、颜料、笔都收拾好。收拾好自己的一切后，我又帮一个老师去收拾其他同学的东西。老师很感激地看着我，他说，那么多学生里，他觉得我最懂事。从此，他教我时也格外用心。

接下来的日子，我总是戴着耳机，一个人画画。当我劳累时，我就跑到外面的阳台上看风景，一排高大的树，温柔的风，温暖了我青春的记忆。有时，我也会一个人奔跑在中央美术学院的操场上，想象自己成了这所学校的学生，享受着美好的大学生活。跑累了，我就会停下来，躺在操场上，看着天空，时常泪流满面。

是啊，我的高中生活，时常让我很伤感，最初是自卑，然后是无力感，后来索性成了一种习惯。我静静地享受着这种骨子里的悲伤，安慰自己说：“这是艺术赐予我的勋章。”

如今，我毕业9年了，也在北京工作了9年。我说要带爸爸一起在这里生活，他却不愿意。每次我回家，他都开着车来接我，他还像过去那样，一点儿没有老去的痕迹。他对我说，虽然他已经60多岁了，但仿佛觉得自己越活越年轻了，我可以继续依靠他。

如今的我，时刻依靠着他，也时刻依靠着自己。北京依然很大，但我在这座城市穿梭自如，虽然是个“路痴”，却从不会迷路。因为我已不再自卑，相信能凭借自己的力量，给自己和爸爸一份不再彷徨的安全感！MM

一个人，也挺好的

文◎陈大力　图◎Ashley.T

1

表妹念大二，前阵子问我：“姐，我那天陪室友做头发时，突然觉得自己浪费了很多青春。”

我问她：“怎么了？”

表妹说：“就拿我室友做头发这件事说吧，她一共用了四个半小时，我在那里坐得精疲力竭。因为答应要陪她，中途也不好说走，我就在那儿边玩手机边等，手机没电了，我就发呆似的等。时间长了，我突然问自己，我在干吗？一下就迷茫了。”

我说：“那么，以后就只做你想做的事。”

之后几天，表妹跟我说，她过得比之前有意义多了，比如，她经常去图书馆学习，偶尔去操场跑跑步，状态很好。我说：“蛮好，你要坚持住。”

半个月后，表妹又来找我，说因为自己不像以前那么合群了，室友有点儿排挤她——

她跟室友们说话，室友们不搭理；室友们买了吃的，也不会像以前一样跟她分享了。

表妹问我：“姐，我做错了吗？”

我肯定地说：“没有错，一点儿错都没有。”

一个人时最自由，虽然这种自由有代价，但你可以做所有并不需要人陪的事。一个人不仅是一个人，也可以是一群人，还可以是一支队伍。

2

表妹的故事，让我不禁想起了自己的大学生活。一开始，我害怕被别人看出自己的孤独，所以做什么事情都会跟朋友们一起，即使我没有需求，我也会跟她们一起吃饭、聊八卦、逛超市商场……

长此以往，我发现自己不只虚度了光阴，还很不快乐。原本计划每天学英语，但因为要出去一起玩就耽误了。第一天没完成，发誓明天一定完成，结果第二天又因为其他事继续耽误。更可怕的是，最开始还会内疚，后来竟慢慢习以为常。

那阵子是我最慌张的时候，于是我逃离了那个圈子，没课时就按着小本子上的计划学习，每天看多少页书，背多少个单词。

虽然跟那群吃吃喝喝的朋友关系淡了，但我最后是她们中唯一没有挂过科的人。

虽然一个人的时候多多少少会有点儿孤独，可是这并不可怕，可怕的是自甘堕落。

纵使在这条路上没有人理解你，当你成功的时候，你依然会感激这段时光。因为有孤独相伴，沉下心来，你可以成为更好的自己。

3

那段时间后，我发现一个人其实也挺好的。我可以说走就走，不用再花二十分钟等室友化完妆；逛超市也会比以前节省半个小时，因为我直接买想买的就可以了；吃饭也不用顾及他人的感受，不用废话连篇，而是干脆简洁地想吃什么就点什么。

其实，一个人并不等于孤独，相反，在我看来，敢于一个人，恰恰是一种强大的表现。你会发现你自己可以完成很多之前你不相信能够独立完成的事情，你会发现自己的内心承受能力又升级了，慢慢地，你会变得比之前更有忍耐力。

一个人时，不要害怕孤独，而要享受孤独。

所以，试着好好享受一个人的时光吧！偶尔会寂寞，但最终也将一个人坚强。千万不要因为暂时是一个人，就贸然折枝合群，放弃自己想做的事，放弃过更好的生活。

孤独会成就一个人，愿你能早日习惯孤独、享受孤独。MM

青春马蹄声里，做过路人甲

文◎权　蓉
图◎神笔画室

1

临夏来班里那天真的是“临夏”，那是蝉还没大肆鸣叫的夏天，是热气还没冒的夏天，也是小白平淡的生活里，突然投进一个漂亮转学生的夏天。

临夏被安排和小白一桌，因为小白原来的同桌安安生病退学了。临夏拉开椅子坐下的时候，小白正在给安安写信，说：“夏天来了，你不在，没人和我一起分吃冰激凌，有点儿落寞。”

2

安安在时，小白和她也并不是形影不离。她们住得远，周末相约的时间都很少，除了偶尔会在市图书馆碰见。但即使碰见了，两个人也只是相视一笑，并不多话，转眼便又各自回到各自的世界里。

就是这样的两个小女生，却在一切得空的时间里用漂亮的本子笔谈，这个一页页地写，写完，另一个人拿去看，看完接着在后面一页页地写……

老师并未发现不妥，其他同学也未发现，只是不明就里地嘲笑她俩记笔记记到走火入魔。

3

她们什么都可以记下来聊：让人愁苦的天气、压抑的家庭环境、老师总是一遍遍强调的升学率、楼上趾高气扬的重点班学生、暗恋的那个人喜欢的女生……那么多新词，那么多忧愁。

年少且敏感的少女，喜欢用文字传递心情——写下来，给懂的人看，并期待着收到最真挚、最热烈的回应。一个本子写完，充满仪式感地交到另一个人的手里，再写对方买的新本子。有时夜里突然醒了睡不着，还要起床打开本子写上几行。

两个人一直为能持续这种笔谈感到骄傲，总觉得，这和班里那些爱在即时聊天软件上随时更新自己心情的人不一样。因为她们是说给知己听，而不是摊在大众面前，获取无意义的点赞。

4

现在安安走了，只剩小白，一切变得空空荡荡——谈不上伤心，但就是感觉身边少了点儿什么。小白也曾给安安打电话，但奇怪的是，两个人没说太久就没话说了，这在她们书写过的上千页心里话的衬托下，显得有点儿心酸和滑稽。临挂机时，安安说：“小白，你不忙的时候可以给我写信。”

于是，坐在窗户旁边却不爱拉窗帘遮阳的小白，此刻就安静地在班里欢迎转学生的雷鸣掌声里给安安写信。她不关注新来的转学生，比起她，她更喜欢在阳光里一笔一画地追逐自己的心。

临夏说：“你好，我叫陈临夏，你叫什么？”

5

临夏是个热情的人，不仅仅和同桌小白打招呼，还和前后左右的同学们都打起了招呼，互相做了自我介绍。课下时，八卦的同学们围过来后，还没细问，她便已经主动讲起了她的故事。

小白没有细听，但还是知道了大概：临夏转过很多次学，起初是随着爸爸工作的调动转学，但这次是自己回来的，为了高考，因为这里是她的户籍地。

大家问了临夏很多问题，小白理解，他们这些小学、中学都在一个片区念书的孩子，总是很羡慕

这种在很多地方念过书的人。对，孩子，虽然这些其实是小白的同龄人，但小白总觉得他们是孩子。

6

小白在给安安的信里提到了她的新同桌，她说，临夏是绚丽的玫瑰，人漂亮，性格也好，很快和班里的同学打成了一片，连平时冷冷的学习委员都和她有说有笑。她说，也许是因为经常转学要融入新集体才能做到这样“自来熟”吧？临夏的这个技能，她虽然羡慕，却是学不来的。

大段大段地讲完临夏后，小白又回忆起了和安安在一起的日子，她说：“原来我们上课走神的时候喜欢写字聊天，现在你不在了，这样的事再也不会有了。”临了又问，“安安，你什么时候回来呢？”

一边给安安写着信，另一边，小白已经和临夏熟悉起来了，还相约一起逛街。巧的是，第一次一起逛街，两个人就同时看中了一款带兔子图案的连帽衫。欢快地合计后，她们一人买了一件黑色的，一人买了一件白色的，看起来像姐妹一样亲密。

7

刚开始，小白焦灼地等安安的回信，还去过好几次收发室。后来，信件回得太慢，她便慢慢淡忘了。而且，认识临夏后，小白的心境渐渐变了模样，不再沉迷于那文艺但有些飘忽的世界了，连班级里养的、过去她根本不屑一顾的仓鼠、乌龟、绿植等，她都开始觉得可爱起来了。

安安回信了，在小白已经不再期待的时候，所以即便安安的信很短，她也丝毫没有计较。安安说，她住院的地方很空旷，加上楼层高，看出去有点儿一望无际的意思。她说，隔壁病房前几天有人去世了，她很害怕，可看着医生护士一脸坦然的样子，自己又莫名地很镇定……

若是以前，小白会写很长很长的回信，可这次，她竟然用原来自己很看不起的回答去回应：“好好养病，等你回来，我介绍临夏给你认识。”

8

盛夏很快来了，接着是暑假，再接着是秋天。

蓝天白云下，同学们排着队，依次进入学校礼堂，准备开高三动员会。临夏站在小白前面，走着走着，她回头说：“小白，你看，阳光这么好！我觉得，在操场上站着开动员会效果会更好！”小白看着她明朗的表情，回答：“这么热，会晒黑的！”临夏吐吐舌头，嘿嘿一笑。

小白太忙了，除了备战高考，课余时间通通和临夏在一起，竟然连酝酿情绪的时间也没有了，所以一直没再写信，而安安似乎也因为治疗日益紧凑而不再写信。她们恢复了在聊天软件上的交流，和其他同学一样，随时更新自己的心情和近况，而且分享时也懒得像从前一样认真分组了，只要是自己的好友，就都能看见，至于愿不愿意点赞，随便。

9

安安手术之前，小白带临夏去医院看她。其实两个人事先并没有商量，但碰面时发现她们穿成了一黑一白的姐妹衫。两个人身材相当，都扎着马尾辫，一样青春洋溢，一路上被不少人误认为是亲姐妹。活泼的临夏都一一答是，还指着小白说：“她是妹妹，我是姐姐。”而小白也挂着笑脸，感受着医院里被临夏的阳光烘暖的冰冷气氛。

临夏很会聊天，逗得安安和她妈妈都露出了久违的笑脸。告别时，安安的妈妈把她俩一直送到医院门口，一路上不停地感谢，说安安生病后状态一直不好，没想到今天竟然会这么开心。

但小白知道，安安刚开始时是有点儿不高兴的，在她和临夏走进病房、安安看到她俩衣服上同样的兔子图案时，眼神里的黯然很明显。但她也同样感觉到了，那黯然持续的时间并不久，临夏的状态很快将安安带入了另一种情绪中，就像她曾经被潜移默化地感染时那样。

晚上，小白翻开了她曾和安安笔谈的本子，里面记录了那么多的伤感、深情、孤独、犹豫、破碎……奇怪，当时是怎么想的？当然，不是厌恶，小白只是有点儿尴尬，检视这些晦涩的青春时，竟如回首久远的曾经。

或许，每个人的青春都曾有过这样感春伤秋，那是不少女孩生命中必经的一段路途，就连古人都曾有诗吟：“少年不识愁滋味，爱上层楼，爱上层楼，为赋新词强说愁。”但毕竟生活不全是华丽典章，它有愁绪，也有简单的快乐。走出那有些飘忽的文艺世界，去感受身边人触手可及的笑容吧，你会发现，那幸福的温度，是那样暖人心脾。MM

那些耀眼的孤独时刻

文◎苏陌年　图◎花月婷然

1

我几乎没有什么长久的朋友。

来北京快四年，有时候回头望去，偌大的北京，我找不出一个跟我有深刻交集的人。发小、同学几乎没有待在北京的，即便能找出那么零星几个，大家也不足以得到足够的由头，出来聚上一聚。

是从什么时候开始的呢？曾经陪在你身边的人，都渐渐远去。

从小到大，每一次阶段性的成长，都像是在经历一次交际的变革。我们努力从小学，到中学，到大学，到工作，不断往前走。我们以独立的个体，跟一群人成为一个群体，又跟一部分特殊的人成为非常要好的群体。我们把这群人亲切地称之为“朋友”，但即便从朋友升级成了挚友，最后也会由于各种原因各奔东西。

我们渴望永久的陪伴，却总在前行的路上错失了一致的步调；我们渴望跟这些人一直肩并肩走下去，但大部分时候，我们却是在成长的过程中选择了去成为更想成为的人，然后努力朝更好的他们走了过去。

2

我一个刚刚毕业的研究生朋友这么跟我描述她感受到的孤独。

那天，她跟往常一样，结束了一天忙碌的工作，在微信的小群里跟朋友们聊天。最开始，她还在讨论的队伍里有一搭没一搭地说着，慢慢地，她开始不知道自己该说点儿什么，所以就闭了嘴，看着大家在群里热热闹闹、叽叽喳喳，直到最后，似乎也没有人察觉过她是不是还在。

她想起以前的自己，也是这样洋溢着热情跟大家打成一片的。但她如今什么也不想说，因为接下来还有一堆事情等着她，一份下班后的家务，一个每天必练的一小时瑜伽，还有一个为了早起必须早睡的美容觉。

那天，她原本还试图在群里回复点儿无营养的话，但手按在键盘上，字只打出来了零星几个，却突然真真切切地感觉大家不再是一个世界的人了。当她放下手机，抬头看着轻轨外的夜景时，她突然觉得自己变得非常孤独。

其实也并非她有了更好的心灵归宿，或是找到了更加志同道合的群体，只是她发现她自己早已不是当年的自己，因为她不再享受那样的讨论、争执，以及那些细碎的生活了。

这样想来，或许孤独，其实是我们在找到下个同伴之前的必经之路。

3

1989年，科学家发现了一只世界上最孤独的鲸，它的发声频率在52赫兹左右，而正常的鲸只能发出和听到5~15赫兹的声音。声波是鲸之间交流的唯一方式，所以，没有同类可以听到甚至察觉到它。

它必定是孤独的，身处广袤的大海，却并没有真正意义上的同类，话无处可说，心无处可交。

但即便我们说着同样的话，长着相似的模样，也未必就能成为走在一起的朋友。尤其当你身处一个本身就不友善的环境，而你又不甘于与大家沆瀣一气时，这样带着抗争意味的勇敢，其实最孤独。村上春树说：“我害怕孤独，但更害怕失望。”

如果一直感到孤独，一直没有寻得同类，那唯一能够做的，其实就是不焦虑、不慌张，不为了急于得到认同而让自己变得失望。路这么长，我们却还要一直走下去，不就是为了找到我们的同类吗？

4

我印象很深的一件事情，是半年前，我问我还在上初中的妹妹：“你觉得在你的生活里，遇到过的最大的困境是什么？”

十一岁的她，给了我一个吓人的回复，她说她几乎没有朋友。

在小镇上学的她，其实不算拥有一个很好的环境，但如果这么小就几乎感受不到友谊的话，我担心她在自我成长中会有缺失。我想起她经常挂在嘴边的一个名字，便问：“那个姑娘也不是你的朋友吗？”我妹妹点了点头，说那个姑娘是，但她只有这一个朋友。

后来我跟我妈说起这件事，才知道了一些内情。原来，我妹妹的那个朋友是个一只眼睛看不见的可怜姑娘，其余同学没有人愿意搭理她，甚至三番五次地嘲弄她。我妹妹性格比较刚烈，一不小心就为了这个姑娘得罪了整个班级。

没有朋友有很多原因，一种是自己不够好，所以要改掉自己的坏毛病。另一种是别人不够好，那我们就需要更加努力，跳出那个坏环境。

不过，无论能不能判断得准自己属于哪一种，我们都要相信，所有的同类，都会在未来的路上不期而遇。

5

孤独究竟是什么？

不是心情压抑，不是空虚和寂寞。孤独本身，不应该是贬义的存在。

真正孤独的人，往往有着更高的要求，他们不想成为别人眼中特定的样子，而是更享受无所拘束的自在与洒脱。

在孤独里，我们其实最能接触到我们的本源。也正是因为孤独，我们才会有精力去观察、学习身边出现的各种客观事物。

孤独，可能意味着被误解，可能代表着被冷遇，但是，如此种种，都不应该成为我们放弃追求精进的理由。

坚守内心执着的那部分吧，当我们越发清楚自己的样子，并敞开怀抱随时准备迎接同类的时候，其实我们的孤独，已经成为了璀璨夺目的闪耀明珠。MM

成功就是走正确的路

文◎张军霞

默多克应聘业务员时，笔试的问题除了一些基本的个人爱好和理想之外，还有很多看起来跟工作毫无关系的话题：你有过什么样的绰号；你最出糗的一件事情是什么；如果有机会站在美国总统的面前，你最想说什么……

默多克回答到第5个问题时，发现已经有好几个人轻松地交上了答卷。当他写到第10个问题时，一位正准备离开的考生小声地对他说：“不必那么认真，选几个你感兴趣的答一答就行了，全部回答完太耗时也太累了！”默多克仔细看了看问卷，上面的确没有注明需要全部给出答案，可是自己怎么知道招聘人员到底对哪个问题更感兴趣呢？既然如此，那还是老老实实地回答吧。于是，别人最多用半个小时就交出了答卷，默多克却整整用了两个小时，当他站起身来的时候，屋子里早已空空荡荡的了。

默多克回到学校后，听说他逐一回答完了问卷上的全部问题，同学们都说，他的答卷一定是“世界上最笨的答卷”。可谁也没想到，仅仅过了一天，默多克就接到了被录用的通知，而那些嘲笑过他的同学无一得到那份薪水诱人的工作。

多年以后，默多克所创建的新闻集团成为了世界上规模最大、国际化程度最高的综合性传媒公司之一。被称为“传媒巨头”的他有一次在接受记者采访时提到了往事，他说：“当你遇到难题不知所措时，不如就选择最笨的方法去解决吧，因为有时‘最笨的’其实就是‘最好的’，一个敢于尝试‘最笨’的人，才有机会成就更好的人生。”MM

你其实可以不懂事

文◎亦青舒

图◎冷色系

1

我的学校一到三月便宛如一个知名景区，樱花开得很盛，游客如织。

春日傍晚的风已经微微有些暖意，只要深深吸一口气，整个胸腔便会灌满被夕阳烘焙过的草木香气。我披着线衫下楼买酸奶，视线却被一团粉色的棉花糖吸引住了。

那是一个粉雕玉琢的小女孩，大眼睛，齐刘海儿，穿着小裙子和圆头皮鞋，手里举着一朵硕大的棉花糖，眼泪汪汪地看着身边的爸妈，指着小摊贩手里的熊状气球。

“妈妈，买！”

旁边的那个女人穿得朴素干净，很气恼地瞪了小女孩一眼，拉着她的手就要走。旁边的爸爸小声地帮了个腔：“出来玩嘛，一点点小要求就满足一下吧？”

“小要求？她今天出门一路买了多少吃的玩的了？小孩子老提要求也不是什么好事，你不能老惯着她。”妈妈说着就蹲下来接过那朵棉花糖，对着小姑娘训斥道，“你得懂事一点儿，都7岁了。”

我20岁，站在旁边看着愁眉苦脸的小姑娘，觉得很好玩。

“7岁怎么了？儿童节都还能再过5年呢。”爸爸小心翼翼地看了看妈妈的脸色，牵过小女孩的手，走到小贩面前，选了一只棕熊气球，绑在小女孩的双肩包上。

“你看，多显眼，现在人再多也不怕你走丢了，我和妈妈能找到你。”爸爸笑眯眯的样子和春天一样好看。

“你总是这样惯着她，她什么时候才能懂事哦？”妈妈抿了抿嘴，嗔怪地说。

“有爸爸在，要那么懂事干什么？”爸爸拍了拍胸脯。

我看着，忽然就想起了我的小时候。

2

和软声哀求的小姑娘不一样，我小时候是个挺别扭的小朋友，尽管那种别扭在大人眼里算是令人欣慰的懂事与成熟。

回忆起那段时间的我，我妈说，她早些年带我去算过卦，算命先生对她讲，这个小孩子童岁的虚线短，早早就能懂事，也不为难爸妈。

每次，我妈讲起这段故事的时候，总是一脸很信服的样子：“别的不说，这个倒是真的。”

没错，谁都夸我懂事早。

别人家五六岁的小孩儿放学以后忙着玩泥巴、疯跑、溜进深深的巷弄里捉迷藏，爸妈傍晚提着灯笼都找不到，我不会。

那时，我总是坐在院子里的小板凳上，翻着连环画册和童话书，或者给我妈实况转播幼儿园的课堂进度。

周末的时候，我会去学琴，看着邻居家的小朋友在沟渠边上玩得鼻尖冒汗，我忍着那点儿羡慕，乖乖地坐在自行车后座上，对着我爸的后背喊：“我最喜欢罗老师，以后我的琴也要弹得和罗老师一样好！”

就算看不见我爸的脸，我也知道他笑得有多甜。那还是在2004年，双下岗的爸妈便舍得一个星期花三百块钱让我去学三个小时的琴。就算不知道当年的人均收入水平，我也能从我爸爸妈妈的殷切眼神里明白，自己真的没理由去羡慕在江边玩泥巴的小孩子。

在旁边的同龄人变着法子求爸妈满足心愿的年纪里，我早早就预知了什么样的要求是不该被提出的，比如购买太贵的换装芭比、新奇的文具，以及频繁参加各种各样的聚会和游戏。

我不哭闹，也不与父母冷战，甚至不会在妈妈面前说起我的那些小心愿。我只会趴在小桌子上认认真真地写完功课，乖乖地等着她从油烟熏天的厨房里走出来，给我一个温柔的、欣慰的笑容。我过早地了解到了父母的艰辛，并无师自通地学会了隐藏自己的想法，读懂他人的目光，然后尽力去完成那些无声的期待。

3

7岁那年生日时，我和妈妈去逛街。

在商场里，我们看中了一条白色的百褶裙，换上之后也发现非常合适。但等到导购员告知价格的时候，我迅速地在妈妈眼里看到了那么一点点犹豫和不自在。

我望着镜子里穿着裙子的自己，那条百褶裙洁白柔软，裙身像一朵花苞。

但是，下一秒我就很果断地把裙子换了下来，放回导购员的手里，对妈妈说：“我真的不太喜欢穿这个样子的裙子。”

我不知道妈妈有没有相信我，但她那天给我买了一支我从没吃过的草莓甜筒，摸了摸我的头：“真懂事。”那是有点儿苦涩的补偿。

“懂事”这个词，几乎伴随了我的整个童年。我用功念书、乖巧听话、面对种种诱惑闭上眼睛，都是因为我“懂事”，仿佛那是一种生来的本能。

但我其实知道，那不是什么本能，因为我也曾站在百货商场的橱窗前，静静地看着一条白色的百褶裙，想象着如果我任性地抓着不放手，是不是妈妈就会替我买下来；我也曾非常羡慕地在练琴的间隙张望江边，想问那个鼻尖冒汗的男孩子，下次他们去打水仗的时候，能不能也顺便叫上我。

但是我过早地学会了隐藏自己的心声。

4

童年是大部分人的黄金岁月，我们被毫无保留的爱意包围着，从不用面对责任和忧虑。父母像是遮天蔽日的保护伞，我们身处其下，不知风雨。而我，也许是因为那条短暂的“童岁虚线”，在风雨来临的时候总想伸出手，去替爸爸妈妈遮一遮。年幼的我因此受到了无数褒扬和赞美，它们贴在我身上，渐渐变成了固化的标签，时间一久，我自己也不知道该如何撕下了。于是，即便家里条件慢慢好起来了，爸妈也从没真心想委屈过我，但是我“懂事”的这个习惯，却也没有再改过。

“懂事”不是没有坏处的，我自童年起养成的别扭性格和回避性人格，让我在长大之后，陆陆续续吃了很多闷亏。我能读懂爸妈的期待，却看不清自己的心愿，在很多犹豫的瞬间，放弃了不少我真正喜欢的事情。即便是在和朋友们相处时，那些期待和要求，我也总是没办法自然而然地表达。体谅别人是我的天赋，但是我不知道如何站在别人面前，坦诚地指着一个气球，说“我喜欢它，请你买给我”。

提出要求就像索取爱意，我没勇气直视对方的眼睛，因为我怕自己会看见那么一点点的犹豫和迟疑。

在那些别扭的岁月里啊，我其实也很希望会有那么一次，爸爸妈妈能站出来对我说：“你其实不用那么懂事的。”

毕竟，“不必懂事”是童年的权利，也是被爱的证明。

站在三月的晚风里，我伸出手，轻轻地摸了摸自己的头。MM

感谢曾经那个灰色的自己

文◎成长中的王小青　图◎冷色系

1

我第一次意识到自己不讨人喜欢的时候，是在小学五年级的家长会上。

那天，我不经意间看见老师悄悄地把妈妈叫到一边说：“你女儿比较小气，以自我为中心的意识很强，时常会与别人发生一些小争吵。记得多留意一下呀。”

回家的路上，我紧紧地握住妈妈的手，装作懵懂的样子问妈妈老师跟她说了什么。

妈妈沉吟了一下，如实告诉了我。

尽管已经做好了心理准备，但那时我还是很难过很难过……

其实，这一问题我又何尝没有察觉到呢？

在大家围在一起窃窃私语，我走到跟前，就马上打着眼色散开的时候；在我拼命打电话给朋友想找她一起玩，却始终无人接听，但后来知道她明明在家的时候；在活动时自由组合，最后却莫名其妙只剩我一个人的时候……好多好多的瞬间都指向一个冰冷的事实：我不招人喜欢。而“那只是我想太多，但实际上并不是如此”全是我一直在欺骗着自己的拙劣借口。

妈妈还在絮絮叨叨地说着什么，我却已经没有在听了。我暗暗地下定了决心，一定要加油，要让别人接受一个更好的自己。

于是，我开始畏畏缩缩地去探索、去尝试、去改变，虽然效果甚微，但也不是没有收获。小学毕业的时候，老师在我的鉴定表上写道：“老师看到了你性格上的改变，也相信你会变成一个更可爱的姑娘，继续加油哦。”

然而，这并不等于别人都开始喜欢我了，我用了很长时间才发现，改变自己是一个多么漫长且艰巨的过程。

2

当初的我觉得小学生活并不愉快，便急切地躲避着，拼命地向前奔跑，连挥手作别的勇气都没有。

就这样，我匆匆又匆匆地送走了小学，转身踏入了未知而又迷茫的初中阶段。

开学前我对自己说：进入一个新环境，认识新朋友，要好好表现，不要让别人讨厌啊。

可怜那时的我依然不懂得如何真正地去和朋友交往。一方面，我常常压抑自己的真实想法，为了顺从别人或讨好别人而扭曲自己；另一方面，我的自私和坏脾气还是始终存在着的，尽管我早已意识到这个问题并想着去改变，却总是不如愿。

因此，尽管我每天都在提醒自己要改正、要注意，但还是一直在交朋友方面磕磕绊绊。

就这样，在不断挣扎与努力中，我一微米一微米地进步着，迷迷糊糊地度过了初一、初二，迎来了初三，却也开始了一段很漫长的黑暗时光。

初三那年，学校强制每个同学都要住宿。也许是因为突然被迫更近距离地和他人接触，同学们清晰地感受到了我性格上还没来得及调整的缺点，并更直观地见识到了对许多事情不恰当的处理方式。

于是，我再一次引起了几乎全班同学的反感和排斥。在这个班级中，没有什么人愿意和我亲近，几乎都在不约而同地孤立我、给我起侮辱性的外号，甚至评论我时不再窃窃私语，而是光明正大。

那时候，我怎么也想不明白，为什么连自己“瘦”这一点也能成为他们讥讽的谈资，不是都说要减肥吗？

现在的我明白了，因为他们不喜欢我，所以我的一切都是可以被诟病的。

记得有一次，体育训练完，大家陆续去食堂吃晚饭。食堂很挤，我以最快的速度打饭、吃饭，然后就急急忙忙地跑回宿舍准备洗澡。

宿舍楼的热水是以每层楼四个水龙头的量来供应的，所以我们要拿桶去走廊打水。

当我第一个冲回宿舍时，我看着阳台上七八个桶，突然想：如果我帮她们也打了水，她们对我的反感会不会少一些呢？

于是，我两只手提着六个桶，筋疲力尽地把大家的桶都提去了打水处，并提前帮她们装好水，又守在旁边等着她们自己来提。

不久，她们回来了，然而，得知我提前帮她们把桶提过去后，她们瞬间露出非常震撼和不情愿的表情，甚至有一个人十分嫌弃地脱口而出：“不关你的事，何必乱碰我们的桶呢？以后别乱来！”

该怎样形容那时候的我呢？尴尬地站在她们面前，心里像开了锅的水一样上下翻滚，积蓄已久的孤独、苦痛像岩浆一样，在那一瞬间全部喷发出来。

然而，当时的我终究没有爆发，而是咬紧了牙关，任它们在五脏六腑间翻滚冲撞。虽然，我压抑得似乎就要炸裂了。

可以说，高中升学的压力或许还远远比不上我交际困难的痛苦，那段时间的我，不知道能去何方，只能靠熬、靠忍，默默地承受着一切，每天都在倒数着日子，期盼着毕业。

3

终于，我初中毕业了。

回校拿通知书的那天，我看着正在重新翻修的教学楼，无比感伤，却一刻也不愿多待。我曾在这里经历过多少痛苦，也许只有时光清楚。

高中开学前，我决定不再纠结，生活能怎么平淡就怎么平淡，只努力处理好舍友和身边人的关系，其他不相关的人与事就顺其自然吧。

曾经看到过这样一句话：“人们改变大多都是因为两个原因：要么，他们已经学会了太多；要么，他们已经被伤害得太深。”大概是因为初三的经历，我在被伤害中得到了质变，竟慢慢地实现了自己当初所有曾期盼的事：二三好友，无一结仇。

将近十年被孤立，特别是初三的顶峰状态后，我的心已是伤痕累累。

高一那年，我很怕在街上碰到初中的同学，更怕往事被提及，甚至常常梦魇，总是在梦里回到初三，重遇那个不堪的自己：下了晚修后随着人群游走，脸上却满是泪水；打着热水却看着天空，在一片氤氲中迷茫无奈；穿过操场奋力奔跑，拼命想把痛苦甩掉……

关于自己的过往，我闭口不谈；对于复杂的关系，我视而不见。而是遵从内心，按照自己的频率，看书、写字、找一个正能量的人当偶像去学习……

不知不觉中，我的正能量增长了不少，变得越来越积极阳光，也越来越活泼开朗，同学们都说我变化很大，更真实、更自然，不再像是当年那个敏感而卑微的女孩了。而且，高中三年，我有了一群很好的舍友，相处愉快。

我想，大概自己已经释怀了吧。

回首岁月，我对着那个曾经在痛苦中孤军奋战的自己，轻声说了声“谢谢”：谢谢你的努力，终于迎来了一个还不错的今天。而今天的我也终于明白，别再为了“交友”而去讨好，你的“卑微”不是友谊的通行证，反而会让人生厌。你就是你，独立、自主、有特点且真实自然的你，才有结交的价值。

我对着这些旧事，做了一个漫长的告别。无论如何，都请你相信，我会变得更好，我们会变得更好。MM

愿你成为能够驯服孤单的女孩

文◎陶瓷兔子 图◎繁 繁

1

有个小姑娘问我："为什么有的人就能轻而易举地成为朋友圈的中心呢？明明他们也没什么特殊的，却如众星捧月一般。我也好想成为那种被人惦记着、围绕着的人啊。"

她上大一，并没有知心好友，总觉得自己是个可有可无的人——没有谁下课后会等她一起离开，也没有谁会买完饭等她一起回宿舍。

我回她一句："意欲取之，必先予之。没有人等你，你就试着等等别人。"

半晌，她回我一句："我一直都是在等别人，生怕别人走了漏掉我，但是别人走的时候依然不一定会等我，好尴尬。"

其实，我可以从很多角度告诉她应该如何应对，比如掌握一些让人无法拒绝的话语技巧；比如学几个让对方产生亏欠感的小伎俩；比如去寻找那些同样害怕孤单的同类，然后跟对方紧紧地结合……但我没有这样回复她。

因为，逃离形单影只的痛苦很容易，避免独自吃饭的尴尬很容易，可人生路上那个最难打赢的boss（大人物），不叫失败、不叫破产、不叫怨憎，也不叫别离，它就叫作孤单。

2

我第一次感到孤单的压力，是在跟朋友们的一次聚会之后。

那时，我刚上大一，最怕寂寞。盛夏的一天，我们五个女孩子坐在咖啡厅里聊了一下午，该回学校的时候犯了难。搭公交车要坐三十几站，还没空调，车内热得像个烤箱，可是打出租车又坐不下。

其中一个姑娘对我说："你家不是本地的吗？要不你回家吧，我们四个刚好一辆车。"

明明是合情合理的安排，可当目睹着她们四个有说有笑地打车离开的背影时，我还是很难过。不仅仅因为"一个人"而难过，而是因为那孤单背后巨大的阴影：你是个无关紧要的人，她们其实没那么喜欢你。

我试过很多种方法对抗孤单：跟QQ（即时通信软件）群、微信群里并不熟悉的人掏心掏肺；一遍又一遍地刷着微博；仓促间给自己找了个舍友；每天发五六条状态，每隔十几分钟就拿起手机瞅瞅看又多了几个赞……

但有时候，孤单并不是身边多一个人就可以解决的问题。

有一次，我刚刚独立做完一个项目，有满肚子的感受想要在饭桌上跟闺蜜讲，她却接到了一个重要客户的电话，一边谈一边记笔记，只留了一个抱歉的眼神给我。直到一个小时后，她挂掉电话，才顾得上问我一句："你刚刚想说什么来着？"

我不生气，却再也没了兴致。明明那个很亲密的朋友近在咫尺，却依旧好像远在两颗星球。

所以，我想笃定地告诉那个姑娘："即使有个人等你下课、陪你吃饭、二十四小时跟你在一起，你也可能会被孤单打败。"

在你今后的很多年中，孤单会时不时地来敲碎你的玻璃心，时不时地将一桶冷水冲你兜头而下，并且反复告诉你一个事实：你不是世界的中心，不是万人迷，你只是你，你只有你。

3

我认识一位很厉害的学姐，在一家著名金融公司上班，能流利地说三种外语，还常常做“空中飞人”——一年中有半年都在出差。更让我佩服的是，在繁忙的工作之余，她还出了一本画册。

某天，我因为跟闺蜜闹了小别扭，心情差到极点，鬼使神差地发了条微信给她，问：你也会感觉到孤单吗？

会，而且常常。她秒回。

我惊叹地再问：怎么可能？你的生活过得那么丰富多彩！

她很认真地回复说：那怎么办？本来就很孤单了，还不善待自己，难道要自暴自弃吗？毁掉了自己的生活，伤的又不是别人。

你无法打败孤单的，无论多么有声有色、有钱有爱的生活，都不能。你能做的只是将它慢慢驯服，习惯每个人都是一颗不同的星球，从而不再刻意渲染自己的情感，博取别人的侧目。

人与人的差异，并不在于是否孤单，而在于你如何对待自己的孤单。

没等我回复，她又发来了两大段话。

我顿时醍醐灌顶。

到底是拼命发状态刷存在感，像藤萝一样痴缠某个人寻求陪伴，还是能在孤单中静下心来看完一本书、写完一帖字、跑完五公里、画上一幅画，都是你自己的选择。

你如何对待孤单，生活就如何回馈你。一个人独处的能力，会决定他的人生。

我们都是普通人，正因为无法彻底打败孤单，才只能学着慢慢驯服它：善待自己的想法和情绪，并不以之绑架他人；珍惜每一个细小的美好瞬间，即使心知肚明它即将逝去；尊重自己的每分每秒，让自己变得更好，让生活多些色彩。

既然只能做自己，那就好好做自己。

在这个总是独身一人的世界里，愿你能成为一个懂得如何驯服孤单的女孩。MM

废纸三千成一画

文◎朵　拉

巡回画展期间，观众最关心的问题是：画一幅画需要多长时间？

但那些每天都在作画的人，竟没有一个能提供具体的标准时长。

之前看过的一篇文章中提到了知名画家李苦禅先生的故事：一日，某领导派车接李苦禅先生到中南海，要苦禅先生画一幅他最有代表性的画，即他最擅长的老鹰。然而，在一群领导的围观下，苦禅先生画了三四张也没能把他画了一辈子的老鹰画好。最后，老人干脆放下了笔，表示要回家画，画好了再送过来。

这并不是什么不可理解的情况，因为真正从事艺术创作的人都不得不承认，现场挥毫很难完成好作品。进行艺术创作，在落笔之前，往往需要收集大量的资料，努力阅读，仔细观察，用心思考和感受。而且，画出来以后，不一定就是成稿，有很多作品，第一次画是无法完整地呈现出画家想要表达的内涵的，于是，半成品摆着，画家每天继续观看和思索，真正完成可能是在一个月后，或者三个月后，甚至一年半载也并非怪事。

“废纸三千，一事无成”，这是画家创作时经常要面对的事。创作是一件非常个人与自我的事，所以画家常常是孤独的，每天要安静地作画十几个小时。每一朵花画了千百朵，每一棵树画了千百棵，每一片叶子画过千百片，每一只鸟画过千百只……等到真正呈现出一幅有花、有树、有叶子、有鸟的作品时，之前已经不知道丢掉了多少花、树、叶子和鸟。

不只是画画，其实每一件完美的事情，都是背后殚精竭虑的结果。MM

合适的圈子 最能理解你的不合群

文◎毛维安　图◎星象vikki

1

刷微博忽然刷到一句话：俄罗斯方块教会我们，如果你合群，就会消失。

眼前仿佛突然就落下了各种形状的彩色方块，被摆放得整整齐齐，彼此之间密不透风。每当一整行的缺口被补完，方块之间你中有我、我中有你时，你我就会立刻消失。

生活中的每个人就如同一个小方块，我们都希望融入集体、找到共鸣，于是投入人群，感受那种左右相伴的温暖。但当你和所有人一样的时候，会发现，你突然找不到自己了。

人与人之间是需要一些空隙的。

这条关于“俄罗斯方块哲学”的微博是KIKI最近转发的。她在离家很远的城市上学，最近常常感慨睡不好，而这个小麻烦来自每天朝夕相处的舍友。

大家一起生活了一年多，不曾出过矛盾，可是到了大二，生活一下子忙起来，KIKI觉得有些地方不对劲了：“大一时，自己也没有什么特别的想法，平时和舍友一起上课下课、吃饭聊天，偶尔空闲时到周边城市玩玩，因此我们的生活没有什么不同。到了大二，我打算出国，所以开始准备。而另两个室友小斯和三三都打算毕业后直接工作，所以我们的生活节奏开始变得不一样了。”

最近发生了一件让KIKI茶饭不思的事情。那天，她上自习回来，见小斯和三三正相聊甚欢，她便疲惫地躺在床上，一边玩手机一边听她们聊天。一个多小时后，忽然有个念头闪现：她们聊了这么久，都没有任何一个话题来问问我，将我加入讨论，难道……是在冷落我吗？

她有些刻意地找了个空隙插进去：“对了，你们英语期末作业搞定了吗？”

滔滔不绝的小斯忽然冷笑：“你不是和交流生一起做吗？我们俩只好相依为命喽。”语气中是满满的不高兴。好像在她的逻辑里，你不和我们一起做作业就意味着不和我们要好了，你不和我们要好了，这段友谊也就差不多要散了。

女生因为这样的小事“吃点儿醋”很正常。本来，被人在意是好事，但KIKI突然觉得这段关系让她好累：“我以前很怕一个人，怕在集体中被落下，可是现在忽然发现，如果融入一个集体再也出不来，那种感觉更加可怕。”

KIKI困惑地问我：“我是应该逃离出来做自己想做的，还是应该和她们一起常规地生活下去呢？”

2

我们常常被教育：要和周围人搞好关系，要合群，选择大家选择的就是没错的。其实，这只是因为很多人根本不知道自己喜欢什么，所以觉得别人做什么自己也跟着做准没错。随着在大学里尝试的东西越来越多，一些人开始意识到自己的兴趣所在，于是渴望改变，渴望新的尝试，这本是非常正常且值得鼓励的行为，却常常被困于一些相处状态的惯性中。

他们害怕的不是挑战自己，而是如何面对周围人的态度，因为有人可能会说：“你竟然和我们不一样，你太不合群了！”

其实，当你开始举棋不定的时候，也恰恰是那些人慌张的开始。因为他们意识到，这个稳定的状态好像要瓦解了，你我本来是差不多的，却忽然变得有了落差，有了不同的状态。

正因为他们很害怕，所以他们才会急着否定你的所有的改变。

真正关心你的朋友，应该是欣喜于你的改变的；真正适合你的圈子，应该是能理解你的“独处”的。

其实，你不是不合群，而是没有遇见对的群，或者说，你和周围人的关系还有待磨合，没有达到最合适的状态。

3

世界上没有谁有义务一定要去等谁、陪伴谁，我们都有自己的事情要做。

保持独立思考的能力，不随波逐流，同时在与人接触中，对别人宽容一些，及时给予别人必要的关心，并且尊重对方的选择，这才是面对朋友时最重要的态度。

我们常常把合群与独处这两种人际交往的状态过于极端化，好像非黑即白、非此即彼，更有甚者，为孤独冠以“光荣”的含义，仿佛只有“孤独”的人才能成功，而合群就是一群无力无梦之人的选择，这也是不对的。

合群和独处，都是一种暂时的选择，而不是绝对的规则。真正合适的圈子是能够包容的，能够接受各自的不同的。大家的友谊应该建立在相互补充和理解上，而不仅仅是看起来一致。

既能合群又能独处，那才是最舒服的。一个人待着的时候，不需要和任何人解释，但是与一群人在一起的时候，就不得不有所退让和互动。合适的朋友，一定能够相互理解、相互包容。

不要让友谊“绑架”了我们，亲密又保持一定的距离，这样很好。

打开第八扇门

文◎李良旭

看中央电视台《开门大吉》的节目时，我发现了这样一个现象：很多选手猜中了前几扇门后的歌曲，走到了第八扇门时，总是选择“见好就收”，因为奖励金额积累到了一定程度，害怕前功尽弃，所以不再猜下去了。第八扇门极少被打开，在舞台上，那个角落总显得有些落寞。

这种情况让我充满好奇，甚至一度猜想：第八扇门后面一定没有演唱者在候场，因为几乎没有人打开过它。直到有一次，一名选手终于选择了继续挑战第八扇门，门被打开后，一名演唱者走了出来……演唱结束，主持人问了这样一个问题：如果今天这名选手依旧没有选择挑战第八扇门，您会不会懊恼又白来了一趟？

那名演唱者回答：“不，每次我站在第八扇门后，都有和其他门后的演唱者们在同样认真地准备，虽然我出场的机会几乎为零，但是我依然格外珍惜那微乎其微的机会。第八扇门后也是一段人生、一个故事，我的人生和故事就在第八扇门后，那里有我的精彩和美丽，我很喜欢！”

这名演唱者回答完之后，现场观众报以了热烈的掌声。我终于明白，第八扇门后也是有演唱者的，他也在时刻准备着上场，即使机会十分渺茫。

我们的人生，其实也有很多时候和第八扇门后的状态是相似的——很难有出场表演的机会。但是，我们并不能因此而放弃努力与拼搏，因为第八扇门后也是一种人生，那里同样有着精彩和美丽。只要时刻准备着，总有门开的那一刻，让全场看到你夺目的光彩！

张帅，浴火重生的网球灰姑娘

文◎劳富平

1. 年少成名后屡受挫

2016年1月25日，在澳网女单第四轮比赛中，张帅逆转战胜凯斯，首次晋级大满贯赛八强。自资格赛起，张帅连赢了7场，用胜利续写着中国女网运动员2016年首个“黑马神话”。

由于生在足球运动员和篮球运动员结合的家庭中，张帅自然而然地走上了体育之路，但其实，她的网球天赋并不突出。所以，在屡屡受挫的那些日子里，她也曾经埋怨过父母为何让自己选择网球。

不过，在她的网球生涯起步阶段，也不是没有过高光时刻，比如，在2009年的中网比赛中，她击败当时世界排名第一的名将萨芬娜的那一场，可谓轰动一时。

然而，预想中的突破却迟迟没有到来：从2010年法网到2013年澳网，张帅又先后七次在大满贯正赛一轮游，“大满贯首轮不胜魔咒”显露雏形。伦敦奥运会上，她与李娜组成的双打组合也在次轮便出局，不管是个人成绩还是集体荣誉方面，张帅都没有太大的收获。

由于单打迟迟未能突破，张帅一度完全看不到冲进世界前100的希望，非常焦虑。此时，教练刘硕鼓励张帅放手一搏去“单飞”：“球员的职业生涯并不长，与其耗着，不如勇敢地去闯一下，去承受压力，去挑战一下自己！”

在刘硕的鼓励下，2012年年底，张帅成为了第五位单飞的中国网球运动员。

单飞后，张帅的确曾经迎来了一段黄金期，标志性的突破便是2013年广网的夺冠，这是她职业生涯首个WTA（国际女子网球巡回赛）的单打冠军。同时，她的世界排名也在上升，2014年7月8日甚至升到过第30位。

但遗憾的是，在当时尚未退役的、国民知名度更高的网球名将——李娜的光环笼罩下，张帅的排名突破并未引起太多的注意。

与此同时，虽然享受了处女冠和排名突破的甜蜜，张帅也开始尝到了单飞所带来的苦涩滋味，首先就是巨大的经济负担：由于经常一轮游，她的奖金常常连支付旅费都不够。

为了保持排名，也为了挣到足够生存的奖金，在很长一段时间里，张帅只能拼命地多打比赛，受了小伤都不敢歇。但是，很明显，这种疲劳参赛对她造成的影响极大，小伤拖成大伤，影响发挥，增加失误率，造成更多小伤……形成了恶性循环。

手臂和肩胛骨的伤势让张帅整个2015赛季都形同梦游，上半年，她的最好成绩只是巡回赛的第二轮，世界排名一度退到200名开外，经济上入不敷出。与此同时，她的大满贯首轮不胜记录却累积到了让人绝望的14场。

其实，以张帅的实力，她早就该突破大满贯首轮了，但这道关卡却成了她的魔障：“有一段时间，我越想打好，越做不到，一到比赛就完全没有感觉，手心发冷。”张帅坦言，由于压力太大，自己曾一度差点儿得抑郁症，“很多内心的东西很难和人沟通，有时候甚至想着生了病也好，至少可以远离网球、远离无休止的训练。”

2. 彩票未中却收获意外惊喜

澳网前那几天，正是美国15亿彩票开奖在即，张帅还凑热闹让美国朋友帮买了几张彩票，她开玩笑似的跟教练刘硕说："可能我明天就变亿万富豪了，那就不用再辛苦打球了。"

这自然是玩笑话，但步入职业网坛以来，别说中奖，张帅的运气可以用"感动世界"来形容。从澳网资格赛闯入正赛后，抽签前，张帅笑着调侃："最差不过就是抽到哈勒普（赛会2号种子）。"没想到，一语成谶，她最终抽中的正是哈勒普。

"这次首轮就抽到哈勒普，我闹心着呢……"教练刘硕无心理会她的玩笑。不过，相比于他，张帅却显得很平静。"反正我每次打大满贯抽签前，都不看别人，只看种子。"张帅自嘲着说。

回头看看张帅14次大满贯遇到的对手，全是库兹涅佐娃、拉德万斯卡这样的大种子。有时候，连张帅自己都不明白，大满贯正赛128个参赛选手，怎么每次自己都这么点背，抽到大种子？

2014年法网时，张帅在首轮抽到的是三号种子拉德万斯卡。当时她异常失望，因为在此之前，她在罗马站刚刚闯入8强，状态回升。"为什么又是这种签呢？"张帅第一次有了极度消极的情绪。那年美网时，肩部受伤严重的她原本应该选择退赛，但因为当时排上种子选手的她抽签避开了名将，与巴瑟尔对阵，她便不顾教练的劝说，坚持要登场，却最终因为伤病输球。

"你要是赢了哈勒普可不是全国新闻，而是全球性新闻啊。买彩票中奖的概率是千万分之一，但赢哈勒普，你有百分之五十的机会 。"澳网首轮前，刘硕这样安慰张帅，没想到一语中的，赛后就连费德勒都当面恭喜张帅。

从2008年参加美网开始，张帅曾经14次站到大满贯正赛的场上，不过，命运似乎在和张帅作对，因签运不佳而经常遭遇强手的张帅每次都是首轮出局，在国际赛场上一直难有突破。

回忆起这段历程，张帅说："8年，一场胜利都没有。不是等，是拼都拼不下来，那种压力是没有人能体会的，真的，只有自己知道。再不给我这个机会，我就坚持不下去了，都想退役了。这次是真的豁出去了。"

多年的积累并不是毫无意义的，而正是这一次的坚持，才让张帅迎来了破茧成蝶的一刻。

3. 从此打网球是享受

"当我的排名跌至200多名的时候，我每天都很难过，几乎想过退役。我从来没有懈怠过，每天都努力练习，但很怕打比赛，那段日子刻骨铭心。"张帅说。教练刘硕也始终对她充满信心，在一次次输球后，刘硕总会跟她说："没关系，要么你不赢，要么绝对不是一场。"教练的预言在澳网赛场终于成真，沉寂多时的张帅赢来了爆发。

刘硕和张帅合作了很多年，刘硕说，2014年张帅打得非常好，只不过没有出现在大满贯赛场，因此并不为人所了解。其实张帅在那期间赢了很多世界排名在30位到40位之间的选手，但后来她受到伤病的影响，陷入了沉寂。但恰恰是在沉寂了那一段时间后，张帅反而变得更勇敢、更坚强了。

除了教练不断鼓励，前辈李娜也在她失落时给予了帮助。"我也许永远不可能成为娜姐那样的球员，但我可以努力变得更好。我也想过是继续坚持，还是像我的一些队友一样，去上学或者转型。"张帅说，而李娜建议她再给自己一个机会。随后的冬训，张帅练得非常辛苦，此番她甚至还邀请了父母前往墨尔本观战，暗暗下决心不出线就退役。

对张帅来说，此次澳网改变的是网球对于她的意义。张帅说："过去很多时候，我站在球场上是痛苦的。但从那一刻起，网球对我来说就变成了很开心的一件事，我只需享受。无论输赢，我都自认为成功了，因为以我的能力，我已经做到了最好的自己。"

4. 生活单调，被逼逛街

与大多数运动员不同，张帅经常被教练逼着去逛街，因为她的生活太单调，太缺少调味品了。

教练刘硕最了解这个内心倔强、爱和自己较劲的姑娘。他说："她对自己的要求太高，把自己绷得太紧，有时候反而会受'内伤'。"

为让张帅放松，刘硕逼着她出去玩，因为生活中只有网球的张帅连逛街都极少。"她过的是老年人的生活。"早上7点起床，晚上10点30分前入睡的节奏让刘硕又感动又心疼，"她不去KTV（提供影音设备与视唱空间的场所）、不逛街，去个超市就算最大的休闲活动了。"

"我要拿拍子说话，因为我是网球运动员！"张帅总是这样说。而正是这样的态度，让她终于破茧成蝶，拥有了属于自己的成就！MM

从『令人讨厌的朋友』身上学到的事

文◎杨熹文
图◎猫　草

1

大概每个人的生活里都有或者曾经有过和我一样的经历：身边有一两个算不上朋友的朋友，明明已经对他们的种种行为抑或性格讨厌至极，但还是要在不得不接触的过程中给予他们朋友般的礼遇。撕破脸皮这种事不是没想过，有几次也差点儿压不住火，但转念一想要收拾的残局，便在心里一忍再忍，最终还是作罢。

读大学时，我在一次社团活动中认识了一个女孩，虽然不读同一个专业，但短短几个星期，我们就发展成了无话不谈的朋友。我们经常约着一起吃饭、逛街、上自习，甚至去甜品店买面包也会默契地给对方带上一份。我们花很多时间聊天，竟发现彼此的人生惊人地相似——父母经常吵架，学业很多苦恼，一心向往远方……我们住在距离不远的寝室，却每晚彼此发短信聊到深夜。“从小到大很少有人这么理解我”，这样的话，在双方的手机屏幕上出现了不止二十次。

可是后来我慢慢发现，这个被我称为“人生知己”的女孩并不是那么完美。我对她的态度，从依赖，渐渐变成了嫌弃。我看不惯她总是一副大大咧咧、无所顾忌的样子，在公共场合声音大到刺耳。更恼人的是，我发现她总是在对我说身边同学的坏话，今天是“你看某某某胖了那么多，好丑”，明天是“寝室里的女生天天晚上煲电话，太讨厌了”。终于，这令我渐渐生了疑：难怪她在自己的班里没有朋友，如果我和她同班，想必也是一样的下场吧？被她毫不留情地向外人吐槽！我揣测着、质疑着，也厌倦着，就这样苦恼到了极致——只要和她在一起，就能感受到那些可恶的言行。于是，我编造出各种理由放弃和她一起出门的机会，甚至到了每天早上起床都忧愁该如何躲开她的地步。

终于有一天，这长久困扰我的情绪变成了一场崩溃，我向身边另一位朋友哭诉了整件事情的经过。那位显得比我成熟得多也优秀得多的朋友冷静地听完我的诉说，简明扼要地告诉我：“你要学会

看到她的优点。”

我在心里不满地嘀咕着：“这叫什么解决方法！那么讨厌的人，能有什么优点？”

可这句话，竟然在我和那女孩接下来的相处里，渐渐发生了效用。我开始发现这个女孩身上被我忽略了的优点——虽然我看不惯她大大咧咧男孩子一般的性格，但是她没有那些矫揉造作的虚情假意；虽然我非常讨厌她在食堂里越过无数人高声招呼我的行为，但我发现同她吃饭时她总是帮我拿好汤匙和筷子，离开座位之前还会和找不到座位的同学说：“到我这里吧，我就快吃完了！”虽然我无比厌倦她总是在我面前说别人的坏话，但我发现她是我遇到的最坦诚的一个姑娘，她会告诉我“你穿这条裙子显得腿粗，换那一条比较美”。虽然我还是介意她那些在我看来让人无法忍受的缺点，但我渐渐发掘到了她身上我理所当然地接受着的美德——她热心、快活、真诚，这些都是之前被我忽视了的品质。

我们的相处变得容易起来，我不再每天清晨起床时担忧今天如何躲避她，可是我对她的态度从嫌弃变成了心虚，因为我从她那些渐渐被发掘出的优点中发现，那些好品质大多是我所缺乏的。大概是她也看到了我们之间不合拍的那一面，不知不觉中，我们的关系慢慢发生了变化，从每天黏在一起的状态变成了一周聚两次，再变成见面只打招呼的普通朋友。不久后，我再一次有了一起说笑的朋友，她也有了新的陪伴在身边的朋友，我们的生活，恢复了彼此熟识之前的状态。

她不再是我无话不谈的朋友了，但她的热心、快活、真诚，却代替她一直陪伴着我。我每每见到她，总是会想起当初朋友的那句话：“要学会看到一个人的优点。”这不仅解开了令我苦恼的心结，也避免了我之后人生中的很多痛苦，让我学会从光明的角度看待身边的朋友，重新审视自己的角色，在自己从前那粗鲁简单的判断方式中添上一份理解。

2

后来出国时，我和另一个女孩合租。最初，我们两个人没有房客之间的默契，她一副活得漫不经心的模样，而我每天早出晚归坚持着生活的高密度主义，偶尔见面也只是冷眼相对，从没有温馨的对话。我讨厌她把剩菜剩饭放在冰箱里馊了都不闻不问，也讨厌她把音乐的声音开到震天响……可是后来我发现，我每次晚归时她都会把门前的灯点亮，怕我一个人回家害怕，每次到了扔垃圾的前一天，她也总是会主动做些清洁工作……而我竟从未对她有过任何体贴。

那时，工作上，我也遇见过一个同龄姑娘，我们在同一家餐馆打工。自从我发现她常常在后厨偷吃东西，而且喜欢占身边人的小便宜后，我就对她再无好感。然而，有一次，我无意间听到她和家人在电话里的对话，她忧虑地说：“爸妈，弟弟的学费我寄回去了。”我这才得知：她身为家中的长女，不得不承担着重大的责任，不仅要负担弟弟和妹妹的学费、生活费，连家里盖房子都必须做出贡献。而我在那时只能检讨，自己连半份礼物都没给家人邮寄过。

3

“学会看到一个人的优点”，这句话我受益至今，因为它不仅让我看到了一些人背后的故事，也让我与很多人的关系发生了转折。有些最初令我讨厌至极的人，最后都变成了我极好的朋友，而对那些没能变成朋友的人，我也从心底生出了一份宽容。成长的过程渐渐让我明白：友谊应该是理性的认知，如今的我不仅会用这份理性的视角去看待身边朋友的优点，也通过这样的过程，重新审视了自己的人格。这几年，我从那些“讨厌”的朋友身上学到了那么多可爱的优点，体贴、宽容、热情……这都是很多年前我不曾有过的态度。

一对有过78年美满婚姻的夫妇说过：“即使最美好的婚姻，一生中也会有200次离婚的念头，50次掐死对方的冲动……”世上只要有关系的地方就有矛盾，连一对相爱如此之久的夫妇都这样说，更别提我们和身边朋友之间的摩擦了。大多数人一生中都会遇到些“令人讨厌”的朋友，一个人喜欢别人的心情是无法勉强的，但是，如果能够试着在自己讨厌的人身上发现些需要学习的东西，说不定也是那场令人苦恼的经历带给你的成长。

那个曾经给我如此建议的朋友，如今依旧比我成熟优秀，她那一步一步稳定前进着的生活，时常让我感慨：就算是一个优秀人士，也不会大度到欣赏身边所有的人，但是他的成功，恰恰是因为从身边不太合拍的朋友身上，也能够看到、学到那些自己所没有的优秀品质。MM

走出被人孤立的圈子

文◎Ximena
图◎猫　草

看过太多关于“被孤立了怎么办”“开朗女孩因被孤立而性格大变”“被孤立的境遇使人变得抑郁”等耸人听闻的文章，发现“孤立他人”甚至都可以算得上是“校园暴力”的一种了，很多人都曾经或轻或重地经历过。但是，被孤立真的有那么可怕吗？作为一个曾经两次被孤立后又轻松走出孤立怪圈的人，我来讲讲我的故事！

1

第一次被孤立是在小学四年级。那时候，父母工作忙，不得已只能把我寄放在学校周边的“小饭桌”。那是一个比较神奇的营业机构，可能连经营许可证都没有，只是给一群同学校的孩子提供一个一起吃饭、学习、午休的地方。我去的那家“小饭桌”在我之前已经有不少孩子加入了，但因为我比他们高几个年级，所以我刚加入的时候并没有受到排斥。可是，偏偏我小时候是个正义感爆棚的主儿，所以，一段时间后，我成功地因为打抱不平而被孤立了。

当时，“小饭桌”中有一个女孩子，学习不好，性子还特别软，所以总是被欺负、被捉弄。平常，因为有阿姨处理，所以我是不太掺和这些事情的。可是阿姨的处理方式太温和，几次过后，这些孩子已经完全不怕了。于是，一次考试后，“小饭桌”中的孩子们几乎是肆无忌惮地嘲笑起她来，甚至有些男孩子还动手推搡她。当时，被愤怒冲昏头的我为了她站到了其他所有孩子的对立面。几乎在我袒护她的一瞬间，我就成了他们共同的敌人，然后，剧情反转，以前的受害者被孤立者们拉进了阵营，组成了孤立我的大部队。不知道为什么，他们的团队甚至比之前更坚实，让我完全不能理解。

被孤立之后，我也曾想过求助于阿姨，但回想起之前阿姨对那个女孩子的态度，我便放弃了，索性开始了一个人吃饭、一个人做作业、一个人午休的日子，难得清净。不过，偶尔我还会因为年级高而被阿姨派去辅导他们，这种时候，他们想听我就讲，不想听，就放任他们去玩。我对整件事情采取了完完全全的冷处理，想不到，过了不到一个月，整个“小饭桌”又恢复了过去的状态：那个小女孩再次成为被孤立和攻击的焦点，而我也恢复了高年级姐姐的地位。整个事件来得猝不及防，去得也突然，但还是带来了些许改变：他们不敢在我面前肆无忌惮，甚至偶尔会扮演相亲相爱的假象给我看。虽然本质没有变，但我也没必要再为了一个背弃过我的人出头。那时候的我，完全不懂什么情商智商，只是手足无措的本能反应，没想到却成了现在想来最好的解决办法。

所以说，当遇到毫无道理的孤立时，不用忐忑不安，就当给自己一个安静的假期。放心，一切都会过去的，不要着急。

2

第二次被孤立发生在高二，这次更严重，我几乎是被全班孤立，对立面也好，旁观者也罢，几乎每一个人都以自己的方式参与了孤立我这个集体活动。不过，这次的孤立并不是毫无道理的，而完全是我自己种下的祸根，从某种意义上讲，也算咎由自取吧。

高二时，选择了文科班的我和一群活跃、文艺、聊起天来滔滔不绝的女孩子分在了一个宿舍。一天比一天时间长的卧谈会让我苦不堪言，在尝试了各种我能想到的私下解决的办法无果之后，我终于还是选择了学生时代大家最反感的方式：打小报告。被老师找过之后，舍友们的确消停了一段时间，但之后的反弹几乎把我逼疯。从身体到精神、从宿舍到班级的孤立，让我根本无力招架，甚至逼得我差点儿转学。那段时间，我的成绩和身体都每况愈下，造成的后果严重到直到现在我还深受神经衰弱的困扰。

面对这种孤立，我只能孤军奋战，不过这次，我比以前要聪明许多，在孤单和无助的时候，我学会了思考。高二第一学期即将结束的时候，我发现大家虽然平时闹腾得欢，但都很在乎成绩，每次考试后都会互相比较名次，对学习好的同学赞不绝口。于是，我开始在睡不着的时候看书、做题、背单词，那时就想着：我总不能因为你们耽误了自己，我就要做你们都羡慕的好学生！这口气和打小不服输的性格让我的成绩突飞猛进，在高二第二学期一度成为宿舍第一。成绩单下来之后，全宿舍都沉默了，从那以后，聊天的人越来越少，打手电看书的越来越多，我也慢慢走出了被孤立的圈子，还收获了很多以前想都不敢想的理解和支持。

这次的事情证明：孤立其实是可以靠努力打破的，你变得优秀了，孤立者关注的焦点自然也会随之改变。所以，努力做好自己吧，孤立总会消失的！

3

其实，两次被孤立都有我自己的责任：盲目出头给自己带来困扰、处理方式不当让自己陷入窘境。虽说不能因为别人的孤立而看轻自己，但我的确应该适当自省、积累经验。

不过，在遇到孤立，总是一个人孤孤单单的时候也不要绝望，既然各种尝试都改变不了现状，就做好自己，因为只有把自己经营好了，才有余力去顾及其他。说不定，走出孤立圈的突破口就在你努力向前的路上，你不走，永远不会看到。MM

尝试不可能

文◎漠　风

22岁的克里斯蒂安从里德大学油画系毕业后，立志成为一名艺术家。但毕业后多年，看着一张张无人问津的画作，他压力极大，陷入了对于未来的迷茫与绝望之中。

苦恼的克里斯蒂安常常到寂静的花园去打发无聊的时间。一次，克里斯蒂安躺在一片草地上，绝望地盯着天空，突然，一只偌大的花蝴蝶停在了他眼前的枝干上，那花色的翅膀像一幅美丽的画一样映入眼帘。望着花蝴蝶的翅膀，克里斯蒂安冒出了一个大胆的想法：如果把画画在蝴蝶的翅膀上，会不会因独特而大受欢迎呢？

之后多年，克里斯蒂安一直尝试着在蝴蝶的翅膀上作画。开始时，他把握不好颜料的调配，后来，他又发现，蝴蝶的翅膀实在太薄，即使颜料调配能成功，这一材料也让他极难下笔。不过，虽然难，他还是一次又一次地重复着，画坏了，就重新再来，从未放弃过。

如果说之前只是画画本身这件事让他焦虑，那么从他开始尝试独辟蹊径后，越来越多的流言和嘲笑也入侵了他的生活。他在蝴蝶翅膀上作画的消息传开后，有不少画家表示："那根本不可能，蝴蝶的翅膀只有12厘米左右，而且纹理复杂，别说作画，就是涂上颜色都很困难。"一时间，所有人都像看疯子一样地看待他，纷纷对他避而远之。

不过，令所有人都没想到的是，他成功了！他将画作完美地绘制在了蝴蝶的翅膀上！此举完成后，克里斯蒂安受到了业内人士的高度称赞和尊敬，并因此而声名大振，成为墨西哥的知名艺术家。

有时候就是这样，成功，只是因为尝试着做了别人认为不可能成功的事。MM

第二章

和别人不一样，也不必慌张

清晨黄昏，朝霞晚霞，一样柔美如画，却各有各的韵味；
春花秋月，夏阳冬雪，一样至美如诗，却各有各的风采。
这世上的女孩千千万，有的如玫瑰般娇艳美丽，有的如含羞草般内敛娇羞；
有的如梅花般一尘不染，也有的如蒲公英般潇洒自由……
这世上没有分毫不差的雪籽，数以万计的花朵，也各有各的芬芳。
所以，女孩，你有自己独特的美丽，无须去模仿别人的精彩。

图◎猫 草

别叫我地球人，请叫我表情包

文◎张欣悦

1

有一段时间，我进入了俗称“青春期黑暗时刻”的时期。这段时间里，我遇到问题总是束手无策，只好用搜索引擎找解决的办法。

我的问题五花八门且稀奇古怪，我本以为它们不会得到别人的解答。可当我悄悄地、小心翼翼地进行了搜索以后才发现，网络像一个庞大的帝国，我能在它里面找到自己所有想要找到的同类。我本以为他们是不存在的，直到看见他们出场，我才发现，原来我的幼稚和恐惧并不是那么独一无二。

在搜问题“上课不敢看黑板怎么办”的时候，我发现居然真有很多人跟我问同样的问题。我还顺藤摸瓜地找到了“豆瓣”上的一个“人际交往障碍小组”，在这个大家一同倾倒苦水的地方，我竟然感受到一种被治愈般的温暖。最终，我还在这个小组里看到一个奇妙的招数，不知道是哪位大侠留下的真传：把自己活成一个行走的表情包，当你遇到不开心的事时，往心里塞满自己的表情配图后，你会发现一切都变得美好鲜活起来，跟自己想象的都不一样了。

2

星期一，数学课上，无论老师是否挡住黑板，我都会集中注意力去看题。如果觉得她盯着我看的话，我就会在心里自动孵化出一个表情包来。上地理课的时候也是，如果老师不动声色地观察了我几眼，我就会自动脑补出一个娇羞的红脸小人儿：“请允许我自恋一下，或许她从来没有见过如我这般标致的人！”如果老师挡住我投向黑板的目光，我就配一个我挥动魔法剑，直指白菜的表情：“你是大白菜，是麻瓜，而我会魔法，你再不闪开，我的魔杖就要对准你了哇！”

在这种“自娱自乐”中，我渐渐地放松了心情，也最终发现了我当初每天害怕去学校的根源——我最害怕我们班严厉的班主任。为了缓解她对我造成的恐惧和压力，我在心里画出了一个表情包：一个小孩儿拿着一把斧头，雄赳赳气昂昂地屹立在那里。配音是：“她打架能打得过我吗？我要自信，不用害怕她……”

在学校里把表情包运用得多了，越发得心应手的同时，我也更善于发现生活中那些如遗世明珠般的表情包了。追一部电视剧的时候，我见证了一个男生的异军突起，他叫张晚意，他的表情总是生动又逗趣，本来被大家吐槽“不够好看”的五官也因为别致的表情而开始熠熠生辉。到后来，他还成了那部电视剧里唯一的演技担当，是推动剧情发展的最重要的角色。他让我发现，草根逆袭后不一定要变成“高富帅”，变成一个表情包也能让自己活得很精彩。

3

“把自己活成表情包”最初是谁发明的我不得而知，但是我惊讶并受益于它的魔力，它带来的是一种快速自我治愈的能力，让我如一朵执拗顽强的小菜花般生长。

因为变成了表情包，我开始用笑容去面对世界。生活难以预料，就像将手伸进黑乎乎的洞口去触摸一朵蔷薇，你无法确定自己会触到它的刺而鲜血淋漓，还是触到花香和那一抹旖旎的颜色。但是，纵使真的触碰到了刺，纵使那一刹那有难言的痛苦，也该在嘴角勾勒一抹笑容，并在自己心中配上下一秒也许就会看到幸运盆栽的音效，相信自己那一刻的诙谐与笃定。

后来的我很开心，因为每逢逆境时，我总能内心平和，让我觉得自己始终在不断地成长。

别叫我地球人，请叫我表情包！MM

永远的英雄

文◎穆熙妍

图◎一　猫

1

我是从小跟着爷爷奶奶长大的孩子。

小时候的我不太可爱，堂兄弟姐妹有的比我聪明，有的比我能说会道，据说，我最让人称道的就是脾气好，不哭、不吵、不闹。

那时的我乖到什么程度呢？大人们把我放在沙发上，给几块饼干，我就能安安静静地坐一下午。

大人都说我有这样的个性，是因为当初差点儿被家人打掉。

我上面有个大我一岁的姐姐，脾气比较倔，不是很好带。她出生后才几个月，妈妈就发现自己又怀孕了。

我们家重男轻女，年轻的妈妈因为怕累，加之发现怀的还是个女孩，因此很想拿掉，专心带老大。当时，都已经约好医生了，但最后关头，爷爷坚持要把我留下来。

“又不是养不起，何必造孽？”他皱着眉头说，“照顾不过来就送出去带好了。”

身为儿媳的妈妈不敢违背公公的话，默默地转身回房。几个月之后，她生下了第二个女孩，果不其然，我没得到多少关注。唯一值得夸耀的就是，我是个让所有人啧啧称奇的乖婴儿。

“这孩子是存心来做人的啊！”我爷爷摸着我的头，怜爱地说。

知道进退，大概是我有记忆以来听到过的、被人夸奖最多次的优点。

而爷爷，在我心里就是救命的英雄。没有他的一句话，就没有现在的我。

我对儿时住的地方还有一些残存的记忆：木制

的老房子，地板离路面还有一点儿空隙，房子一排一排的，旁边就是湖和树林。小时候，我和朋友们穿梭其中，裙摆揉碎树影，帽檐触碰湖岸。

那是我幼儿园时期的生活。在那之前，我真的如同爷爷对妈妈说的，被送到了保姆家去养，周末才带回家。有一次，爷爷偷偷去探望我，想知道保姆对我好不好。结果，他从窗户栏杆中窥探时发现，我坐在地上，手中只有一碗白米饭，而旁边的保姆则殷勤地把大鱼大肉都喂给自己的孙子，那个小孩儿身上还穿着家里给我的衣服。

爷爷气得拐杖一顿，抬脚就把门踹开了。他一把抱起我，头也不回地扬长而去，回家把我塞到我妈怀里，说："以后自己的孩子自己带！"

这个故事我听过无数回，每次都"脑补"电视上一手捋起胡须，一脚踢起长袍，虎虎生风进场的关羽或是包青天。尽管爷爷除了身高，和这些戏里的英雄没有丝毫相似之处。

但可以肯定的是，爷爷又救了我一次。

2

回家住之后没多久，我就开始上幼儿园。学校离家很近，走路就能到。

当时，家里有一条混种大白狗，每天陪我和姐姐上下学。我们走进校门后，转身对它挥挥手，它就会自己离开。等放学时间到了，它又会出现在对面的路口，伴随着我们踏着暮色回家，风雨不改。

我三岁的时候，爷爷已经退休了，时间变得很多。他以高龄考取驾照，常常开着车到处跑；听说英文很重要，还去报了补习班。

可能日子还是太无聊，爷爷的脑筋很快就动到了我们姐妹头上。

于是，在我们上学期间，他常常出现在校门口，表示有急事要带我们走。老师显得很狐疑，问他是什么急事。不擅长说谎的爷爷总是结结巴巴，最后拐杖一顿，迸出一句："她们生病了！"姐姐和我立刻捂着嘴咳嗽，一副病入膏肓、随时会昏厥的样子。

这招很有用，我们祖孙三人屡次得逞。在沙场上号令自如的爷爷在得到老师的允许后，便紧紧握住我们的手，战战兢兢地走出校门，直到上车了才呼出一口气。爷爷会开车带我们到处去玩，然后在放学前把我们送回学校，耳提面命当天的事绝对不能说出去。

这个小计谋一直很妥当，直到有一天，爷爷没把电影散场的时间算好。那天，家里的大白狗放学了接不到人，便奔回家狂叫，惊动了奶奶，而奶奶叫上了爸爸。

我还记得那天姐姐和我一进门，就看见难得早回家的爸爸脸色铁青地坐在客厅，爷爷满脸尴尬，奶奶摇头叹息。我们姐妹俩很不中用，一被审问就全招了。爷爷在一旁扼腕，眼睁睁地看着自己带的"兵"瞬间变成了"叛徒"，一点儿坚韧不拔的毅力都没有。

我爸年轻的时候火气很大，没说两句就要体罚。他到处找藤条却找不着，于是一声大吼："家法呢？！"没人敢搭腔，我妈偷偷伸手指了指我爷爷，大家不由自主地转头往他的方向看。只见爷爷挺起了胸，丝毫不退让，用力将拐杖往地上一顿："不见了！"

后来我才知道，我们一回到家里，爷爷看风向不对，就明智地把藤条藏起来了。

只见我的爸爸盯着他的爸爸，两个人对峙了几分钟。终于，我爸爸叹了一口气，投降坐下。

古人说，"一物降一物"，真是好有智慧。难怪爷爷和我们这么合，因为敌人的敌人就是你的好朋友。

3

上小学之后，我开始意识到爷爷不太一样了：他原本矫健的步伐越来越慢，曾经挺拔的身形越来越弯，甚至还被检查出心脏有问题。

尚年幼的我不太明白死亡是什么东西，大人们便语重心长地对我解释："那是会让爷爷离开我们的病。"

爷爷自己倒很豁达，只是开始安排很多事。在那段日子里，他见了亲戚，修了祖坟，把心里的乡愁与思念清空，又用满足和安乐盛满。

知道自己身体有问题之后，爷爷把遗嘱也立好了，内容是什么我不清楚，据说四个儿子也不想知道。而且，孝顺的爸爸很避讳这个问题，谁提，他要生气的。

人之所以逃避，是以为不知道的事，就可以不发生。

我九岁那年，爷爷开始寻觅墓地。他自己开着车到处寻访，最后选择了一座山。那天，爷爷回来后，愉快地宣布他找到了，那个地方叫作某某安乐园。我以为那是某种主题乐园，里面有过山车、海盗船之类的，于是缠着他，要他带我去。

爷爷终于被吵得不耐烦，一把推开我说："胡闹！那里岂是小孩子去得的！"

记忆里，那是爷爷第一次对我凶。我很委屈，都说是乐园了，怎么小孩子就去不得？

大约是看我可怜，爷爷又把我拉回来。他让我坐在他腿上："爷爷不是不带你去，那地方不是玩的……"说着说着，他哽咽了，将我紧紧抱在怀里说，"爷爷希望你能够平安长大，永远都没有机会去那里。"

那时候，我仍旧不明白有什么乐园不是给小孩子玩的，但还是很顺从地点点头。我隐约知道这是一件很严肃的事，因为他的声音有点儿颤抖，双臂非常用力，也因为自从我长大之后，爷爷说他的膝盖吃不消，已经很久没让我坐在他腿上了。

原来英雄也会衰弱，英雄也会老。

我十岁那年的大年初二晚上，工厂办年会，那是每年的大日子，爷爷的许多朋友与同行都来吃饭。

爷爷特别高兴，喝了一点儿酒，更显得红光满面。我记得那年冬天特别冷，刮着刺骨的寒风，年会当晚，爷爷就心脏病发作，被爸爸连夜送进了医院。我是第二天早上才知道的，脑海里出现晚上吃完饭、爷爷被扶着上车回家的那一幕：他圆圆的脸上充满笑意，像个孩子一样开心。

我再看到爷爷的时候，他的身上插满管子，脸上戴着氧气罩，躺在加护病房的床上。妈妈牵着我的手去床旁边看他，说我们只有十分钟相处的时间。

我不知道该说什么，只能一直摸着爷爷的手，那只手上的每个茧与斑点我都如此熟悉。他像是感应到了一样，勉强转过头来想要看我。爸爸连忙按住他，爷爷急得握着拳头猛敲床。妈妈将我往前一推，示意我对爷爷说话，我想了想，在他耳边说："爷爷，你什么时候回家？"

他已经不能回答了，只能紧紧握住我的手，泪从眼尾深刻的皱纹里汩汩流下。

入院两天后，爷爷因心肌梗死在加护病房过世，我们全部跪在病床旁，黑压压的一片人。我第一次看到爸爸和叔叔、伯伯们哭，心里有点儿害怕，眼角看见盖在爷爷身上的布有点儿歪了，露出了我前一天才握过的手。我赶忙握住它，爷爷一向是我的靠山，挨着英雄近一点儿总没错。

那只手很冷，我吓了一跳，突然鼻子一酸，哭出声来。我一边哭一边想，爷爷现在终于能去那个乐园了，我怎么可以哭，应该为他高兴才对。

可是，我一点儿都不高兴，我只想爷爷和我回家。

葬礼那一天，我终于见到了爷爷不让我去的"安乐园"。它在一座山上，面朝大海，视野很好。我看着石碑上爷爷的照片，心里默默地想：爷爷，你说得没错，这不是小孩子来的地方，现在我知道了。

爷爷走后的某一个下午，我走进他的房间，里面还是原来的样子，充满着他的气味。他的拐杖就放在墙角，我端详良久，上面被爷爷的手磨得很光滑。我拿起沉重的拐杖，学着他的样子往地上一顿，这是我记忆中英雄出场的声音，以往，在这"咚"的一声之后，爷爷说的话没人敢违背。

我一下一下地顿着地板，"咚咚"声越来越空洞。我终于意识到无论怎么敲，曾经拯救过我无数次的爷爷也再不会出现了，他是真的走了。

我扔下拐杖，痛哭失声。

4

转眼，爷爷离开我们已经二十几年了。每年，我们都扫三次墓，能到的人决不缺席。爷爷墓碑的旁边，十几年后添上了奶奶的名字。

站在爷爷选的山坡上往海边眺望，视野依旧开阔。我想，这里终究是个乐园，因为英雄应该去美好的地方。

爷爷，后来，我很久没逃课了，书读得还行。可我愿意再装一次病，和你去看电影，让你再给我的口袋里装满糖果和饼干。这次，我会演得好一点儿，就算爸爸找到藤条，也绝不把你供出来。我们可以手牵着手，撒很拙劣的谎，沾沾自喜，以为骗过了全世界，其实只是被温柔包围。

现在的我很少示弱，不太需要拯救，但我愿意再做个犯错的孩子，只为了再听一次心中永远的英雄那拐杖的顿地声。MM

好女孩，坏女孩

文◎Mango的日常 图◎星象vikki

1

从前，有两个女孩是邻居，她们从小一起长大，但对彼此的态度总是不冷不热的。

她，是人们眼中的“好女孩”——一头柔顺的黑色长发，身着简单偏小清新的碎花连衣裙，脸上化着淡妆，不耀眼但显得整个人都很精神，淡淡的橘色口红更是衬得她脸色红润。

她的脸上总是离不开笑容，遇到同一个街道的熟人，总是热情友好地和别人打招呼，家里有什么好东西，也总是不忘给邻居们带上一份。

认识她的人，没有一个不喜欢她的。

而她，是邻里口中的“坏女孩”——一头假小子般的金色短发，中间还做了几缕紫色的挑染；衣服的风格总是黑白系列，尤其喜欢穿带有破洞的服装；手上、锁骨上还有大小不一的三四个文身，出门总习惯戴顶鸭舌帽。

她基本不和邻居们来往，见了面也从不打招呼，大家都和她不熟悉。平时，她不是宅在家，就是叫上一帮朋友骑着摩托车呼啸在街头。

周围的人们都对她评价不高。

好女孩对所有人都很热情，唯独对坏女孩很冷淡。她不理解坏女孩为何总是这么叛逆，总是这么让人难以接近。在她的友好得不到回应的情况下，好女孩也逐渐习惯了和坏女孩保持距离。

她想，人和人之间总是不一样的。

2

小时候——

好女孩经常拿着学校发的各种奖状回家，邻居们都夸赞她“真聪明”。

坏女孩连一次奖状的边都没碰过，却总是因为调皮捣蛋被老师请家长。

好女孩喜欢和小朋友们一起荡秋千、玩过家家，常常邀请她们去家里做客。

坏女孩不喜欢小女生的幼稚游戏，经常和男孩子们玩在一起，却总是以打架收场。

3

上了中学以后——

好女孩每天认真上课，放学回家除了吃饭、上厕所以外，绝不离开书房，仿佛世界上除了学习，就再没有别的事情能对她有吸引力。

坏女孩不想上课，平时，她不是逃课溜去网吧，就是赖在家里睡觉，学校里经常两三天见不到她的踪影。

好女孩因为刻苦努力，成绩名列前茅，考试再失利也绝不会掉出班级前五，周围的同学们都对她的用功有目共睹，老师更是经常在家长会上把她当作榜样点名表扬。

坏女孩根本没有把心思放在学习上过，成绩永远垫底，即使老师特意把班上成绩最好的同学安排在她周围，想要给她一点儿积极的影响，她也依旧无动于衷。

直到快升高三的时候，好女孩实在看不下去

坏女孩的自我放弃了，便主动提出和她建立互助小组，想要帮帮她。而坏女孩迫于高考的压力，在父母、老师等多方面苦口婆心的劝诫下，也勉勉强强地答应了。

因为好女孩的帮忙，坏女孩的成绩慢慢提了上来。好女孩发现，其实坏女孩一点儿都不笨，只不过是不愿意用心学罢了，当她决定专注于某件事的时候，她比谁都要认真，而且，当她真心想要学会某样东西时，她接受得特别快。

但毕竟时间太短，坏女孩的成绩虽然提高了很多，但想要上重点大学还是很困难，最后决定选择另一条路，艺考。

这时，好女孩才发现，坏女孩在摄影和画画等方面有着极高的天赋，她设计画面的角度也很独特，随随便便就能创作出一幅栩栩如生、令人眼前一亮的作品。

最后，高考时，好女孩因为压力太大、过于紧张，没有发挥出正常的水平，只考上一所普通大学。为了今后的就业，她选择了金融经济方面的专业。坏女孩却因为在专业课上成绩突出，艺考拿下了前三的好名次。而她的文化课分数在一番恶补之后，在艺考生中也排得比较靠前，最后考进了电影学院的编导系。

4

进入大学之后——

高考失利对好女孩的影响很大，她的性格不再像以前那么开朗热情，反而产生了一些自卑，除了同班和同宿舍的同学，她不太愿意和不熟悉的人多接触了。

坏女孩却因为学的都是自己感兴趣的东西，不再像以前那样消极，反而对身边的一切都投入了比以前多的热情，性格也更加开朗了，还交到了一群爱好相同、志同道合的朋友。

不过还好，好女孩也还算有一两个知心的朋友，于是，她就那么平平淡淡地学着自己不喜欢的专业，为了以后好找工作一步一步地做着准备。但其实，她更想做一个主持人，能够有一档属于自己的节目。

坏女孩则在大学里参加了各种各样的活动，结识了很多有趣的人。对于毕业后的工作，她丝毫不担心。这是好女孩绝对不会有的洒脱。

5

毕业后——

好女孩走进了一家大公司，从实习开始做起，日常工作只是简单的端茶递水、跑腿打印，因为老员工们都喜欢使唤实习生。虽然有诸多不满，但好女孩只能任劳任怨地做着，因为她十分迫切地想得到这份工作，这份稳定的工作。

坏女孩也在经历煎熬的实习期，她在一家电视台做助理，听起来好听，实际上也不过是倒水小妹而已。不过，业余的时间，她还在一家小影楼做兼职摄影师。四年的锻炼，使她的摄影技术已经足够拍摄一套成片。

时间一天天过去。

好女孩做事认真诚恳的态度很受领导的赏识，最终从实习生中脱颖而出，成为正式员工，过上了白领的生活。

坏女孩想法多样、见解独特，领导认为她活泼的性格很适合，最后也把她留了下来，开始教她如何成为一个好的编导。

兜兜转转几年。

好女孩依旧兢兢业业地在自己的职位上认真努力地工作着，加班加点，但更多的却像是设定了工作程序的机器人，老板说什么她做什么，没有自己的想法，也无心参与公司内部的竞争。

坏女孩在前辈的指导下，一步一步掌握了“编导”工作的精髓。因为她总是很热心地给出建议，参与讨论，所以最后上司给了她一个锻炼的机会，不再让她只做小助理，而是让她独当一面，做一栏自己的节目。

坏女孩想起了以前好女孩对自己的帮助，她还记得好女孩的梦想是当一名主持人，所以单独为她策划了一期特别节目，邀请好女孩来当特邀主持人。

好女孩欣然答应了，激动到好几天睡不好觉。

节目录制的当天，好女孩来到演播厅，当她打扮好在一旁做准备时，她看到了坏女孩在演播厅里来来回回忙碌着的身影。那副饱含热情的样子突然触动了她，她不自觉地反思：自己如果也像坏女孩这样，对自己的工作、生活多投入一点儿热情，哪怕只是更积极乐观一点儿，也许现在一切都会焕然一新，生活得更加阳光吧？

站上舞台的好女孩，在灯光的照耀下显得比平时自信多了，整场节目的气氛被她调动得很好。

坏女孩在台下看着，微微地笑了，她仿佛看到以前那个热情自信的好女孩又回来了。

节目结束，好女孩也算完成了自己的梦想，笑容又回到了她的脸上，而她也从中收获良多，得到了很大的触动。

她想要找回以前的自己。

之后的好女孩逐渐地自信起来，在公司里积极地发表自己的见解。后来，因为在一场合作项目中表现出色，为公司争取了很大的利益而被升职加薪。

坏女孩也在电视台越来越好，负责的节目受到了很多人的喜爱。而在她兼职的影楼，好多顾客因为喜欢她的拍摄风格，都点名只要她拍照，也算小有名气。

6

假期的某一天晚上，好女孩与坏女孩坐在屋顶的阳台上，两个人就像闺蜜一样，互相说着最近的心事，分享着彼此的快乐。是的，她们已经成了好朋友，互相鼓励，互相支持。

好女孩依旧像以前那样，对社区里的人温暖善良。

而坏女孩也开始和周围的邻居熟络起来，经常主动召集大家聚会或者一起开派对。

两个女孩给整个社区带来了不少欢乐，虽然她们依然有这样那样的不同，但再也没有人用好坏来区分她们了，因为她们就像一道明媚的阳光，把温暖照进了每个人的心里。

其实，根本没有所谓的好女孩与坏女孩，只不过每个人有每个人的性格特点，有自己的生活方式，而周围的人更偏向于自己能接受的那一种性格而已，并因此给别人贴上了标签。

“很多时候，我们想要的都只是一个肯定的眼神和一颗理解的心。”后来，两个女孩都这样说。所以，不论你是哪一种女孩，你都是你自己，独一无二的那一个。MM

赫本的回信

文◎徐立新

在《罗马假日》等影片中出演女主角的奥黛丽·赫本，是英国二十世纪五六十年代家喻户晓的影星，很多电影公司、导演、剧作家都期待能有机会与她合作。

一天，赫本收到英国二流作家贾斯汀的剧本，在前言部分，贾斯汀先是大大夸赞了赫本的演技一番，接着称这个剧本是为她而写的，如果赫本能出演这部剧的女主角，“一定会再火一把”！

赫本看完剧本后，感觉很糟糕，她不认为自己适合出演这部剧的女主角，便提笔回复道：尊敬的贾斯汀先生，谢谢您的抬爱，为我撰写了这样一个有趣的剧本，只是……写到这里，赫本停下了笔，她是一个率直的人，觉得自己不该只说恭维话。

为了不违背本心，她决定重写：贾斯汀先生，您的剧本我反复看了几遍，但还是未明白它的深意……

写到这里，赫本再次停了下来，觉得还是没有把话说清，对方可能会继续纠缠，于是又重新写道：我见过很多糟糕的剧本，但从未见过如此糟糕的，它太混乱了，让人脑子发晕，连想死的心都有了。

这是赫本对该剧本的真实看法。但她想了想，觉得这样写还是不合适，因为太伤人了，于是她决定最后再写一次：承蒙厚爱，不胜感激。剧本很好，只可惜近两年我的档期都排满了，实在抽不出身，希望日后有机会再合作。虽然还是在撒谎，但终归是一个善意的谎言，赫本觉得没有比这更好的回复了。

后来，赫本跟一位闺蜜谈起此事。闺蜜笑着说：“看来，你也是个大俗人，到底还是没说真话，把最后一封信寄给他了。”

“哦，不。”赫本回答道，“我把四封信装进了同一个信封，然后寄给了他，他爱读哪封读哪封。”MM

父亲，我是你的骄傲吗

文◎猪小浅　图◎叮咛叮咛

1

二十岁之前，我爸给我定的人生目标是考复旦大学。那时，他常挂在嘴边的一句话是：“想当年，我可是复旦的高才生。”我爸在我面前有骄傲的资本，不过，我有办法对付他的骄傲。我会回他：“高才生又怎样？还不是留在这里，怀才不遇？”

当时，作为知青，我爸被分配到了武汉。那是一段苦闷的时光，他做梦都想离开，直到后来遇到我妈，才慢慢安定下来。但在我爸心里，他的女儿将来必定要回上海。我讨厌这样的他，连带着一起仇恨上海。明明我一出生就在武汉，我是土生土长吃着热干面长大的武汉姑娘，为什么要回上海？

上海在我眼里，只不过是一座陌生而又遥远的城市。我脑海里关于那座城的印象，只有弥漫着消毒水气味的医院。谁会对医院有好感呢？

高考成绩出来，我刚够上海的二本线。知道这个结果时，我爸的眼神一点点黯淡下来。我以为他会揍我一顿，但三天后，他平静地说：“就先去读这个吧，回头再考复旦的研究生。总之，还有机会，别灰心。”他这样安慰我，也像是安慰他自己。

不过，四年后，我没有给他，也没有给我自己这样的机会。

考研选学校时，我不动声色地敲定了武大。那会儿，我爸一直在电话里跟我盘算：等我研究生毕业，他刚好到了退休年龄，到时可以回上海，一家人团聚。所以，你能想象，当我拿着武大研究生的录取通知书给他看时，他的表情有多夸张。

我再一次让他失望透顶。那整个暑假，他都黑着一张脸，不肯和我说话。直到开学前两天，他斩钉截铁地对我说：“研究生毕业就跟我回去，这是命令！”

命令？他真是个失败的父亲，光靠命令算什么？

2

三年后，我爸退休，我研究生毕业。我妈早就答应我爸，等他退休，就陪着他还乡。他们甚至还卖掉了武汉的房子，去上海安家。

我没我妈那么伟大，她为了我爸，可以连根拔起。但我没办法为了他，放弃熟悉的一切，去一个让我毫无好感的地方。

我住在位于武汉的、租来的房子里，发誓这辈子一定要混出点儿人样，给我爸看看。我妈不放心，劝我一同去上海，但是被我一口回绝。她只好摇头叹息，你俩真是一样的倔脾气。

那两年，是我继考研之后，第二次拼命努力的时光。

凭着扎实的功底以及吃苦耐劳的干劲，2013年年底，我升了职。当上司决定将我调到上海总部时，我婉言谢绝了他的好意。

可不久后，有天晚上，我爸却突发心脏病。我妈在电话里尽量说得轻描淡写，但我没来得及披件衣服就赶去了机场。那一刻，我终于承认，自己有多讨厌他，就有多爱他。

我赶到医院时，他已经过了危险期。我坐在病床前，看着瘦弱的他，忍不住想，我俩相互抗衡的这些年，到底是他赢了我，还是我赢了他？

第二天，我爸的老同学来医院看望他。叔叔看到我，带着赞赏的语气说：“小姑娘真是能干，你爸说你现在可厉害呢，在公司管着一堆人。”

我爸在旁边讪讪地笑，我却惊得说不出话

来。他在别人面前真的是这样说我的吗？要知道，从小到大，在我面前，他连半句夸我的话都吝啬给我，我俩一直在斗智斗勇，彼此失望。

他对别人会这样夸我？

3

后来，我偷偷去问我妈。她说：“你俩就是性格太像了。这些年，你爸对你的爱，一点儿不比我对你的少。你读小学的时候，他有个机会可以回上海的。可那时你的腿不好，完全离不开他，回来的话一切都是未知数，想想还是不敢冒险……”

时间往前推，五岁那年，我不小心摔了一跤，当时没在意，等后来去医院，却查出软骨头坏死。那之后长达十年的时间里，我都是靠着我爸的背行走的。

那几年，我爸的工资全变成了我的医药费以及来回上海和武汉之间的路费，所以我对上海的记忆，停留在医院消毒水的气味里。

为了不留后遗症，我爸硬是背着我上学，整整坚持了十年。

我从来不知道，我爸为我做的事情远远不止那些。我从来没听他说起过，他原本可以回上海，回到他心心念念的故乡，却因为我而错失了机会。而现在，我有机会回到他身边，却非要和他对着来。

“他现在老了，家里来个人，就恨不得将你夸上天。虽然他不再提了，但我知道，他比任何人都希望你回到这里。毕竟这里是他的根，也是你的。”我妈柔声说道。

一席话，听得我想流泪。

现在想来，在这样漫长的一段时光里，我整天忙着得到他的认可，忙着向他证明我是他的骄傲，却从来没有想过，他为我做过怎样的妥协与牺牲。

直到现在，我爸也从来没有当面夸过我。可那天，当我和他说，打算接受公司安排来上海时，他却红了眼眶。

时光还算仁慈，它慢慢教会我如何与父亲和平相处。我是不是他的骄傲已经不重要了，重要的是，我终于心甘情愿地，想要陪在他的身边。MM

被反对时，支持自己

文◎计玉兰

理查德是英国一家创意设计公司的职员，主要负责名片设计。刚进入公司时，他每天都会拜访客户，但客户很少主动与他保持联络，导致他的业绩很不理想。

一天，他看到蛋糕店里的蛋糕很诱人，不禁想：如果在蛋糕店的名片上设计一个立体蛋糕，不是会很有代表性吗？越想越觉得可行，他决定着手把各行业的特点都设计到名片上，让人一看名片就知道对方的职业，而不用在一堆名片里反复耗时间翻找。尽管有人嘲笑他：“难道要把健身房的名片做成一位美女吗？”他也从未放弃过自己的想法。

经过几个月的努力，理查德终于设计出了立体名片。

那些名片除了普通名片都有的基本信息外，还多了一张图片，用工具在需要折叠的地方刻制好后，经过简单的几步就能让图片成形。蛋糕店的名片上是一个蛋糕，修理工的名片上是一把工具，而快递员的名片折叠一下就能变成一个精致小巧的包装盒。立体名片不仅能让人记住自己，还具有极佳的推广效果，大受客户欢迎。不久后，理查德也凭借这一创意收获了大量认可他的客户，成为公司的金牌设计师。

在生活中，创新总是会遇到各种反对的声音，但那些声音一点儿都不可怕，可怕的是在别人的惯性思维中让自己墨守成规。这个时候，能够在反对中坚持自我，不断完善自我，才能收获意想不到的成功！MM

远方的女儿

文◎杨熹文
图◎猫　草

1

我说不出那种感受。

我五旬的妈，为了迎合与我五个钟头的时差，掐着点儿在她那边凌晨四点起床，小心翼翼地在微信上和我讲话，试探着说：“孩子，你要是有时间就给妈妈打个电话，妈妈可以晚一会儿去上班；要是没有时间也没关系，你继续忙你的，不用管我。”她也曾在深夜因为看到了哪个不知名网友的激烈留言而睡不着觉，第二天心事重重地叮嘱我：“孩子啊，要是网上大家有说啥不好的，千万别往心里去啊！不管你做什么，都会有人不满意的！”

我大概能够想象得到，妈每天的生活，就是看遍我微博上的所有留言，查遍淘宝的新书销量，再对着我的文字读上一遍又一遍，认真全面得像是个专业的经纪人。有一次，她打电话给我，还没来得及寒暄，就把一口东北话说得慌张急促：“快看看微博上的读者，在淘宝订了书，都好几天了也没给人家发个货，赶快查一下怎么回事，别让人家白等。”她也会在我度假的时候对着我连不上网的微信催促着：“快回来更新吧，大家都等着急了。”她甚至每个周末去加班，只为那很少的加班费，转头却对我这个唯一的孩子任性地说：“孩子，妈妈想继续攒点儿钱，给你在机场旁边买个小单间，你回来的时候不用折腾太远，能安心写作。”

妈把我的书放在了床头，夹进了包里，送给了七大姑八大姨，甚至放进了公司科长的办公室。我说：“妈，咱别丢人。”妈说：“有啥丢人的？写得好，写得好！”

妈这个分不清“海子”和“顾城”，总是把“季羡林”说成“寂寞林”，半辈子都泡在柴米油盐里的妇女，就这样突然对文字产生了极大的兴趣。她像个高考前幡然醒悟的后进生，一头扎进数不清的习题册里，对着自己不懂的公式，一遍遍地推导着，很难弄清答案也毫无怨言。我心里明白，这份迟来的努力，大抵是因为文字成了连接着她和远方女儿的唯一一件事。

2

我从小就向往远方，爸妈每一次激烈的争吵后，我心里的这份愿望都会再加深一点儿。长大后，妈每每说起：“在家不是挺好的吗？干吗要去那么远的地方？”我都会非常狡猾地说：“还不是因为你们总是吵架，我才要跑得远远的！”我不喜欢妈冲着喝醉了的爸歇斯底里地喊，不想听妈在十点钟就催我上床睡觉，不想让妈一遍遍唠叨我每天要吃三种水果五种蔬菜，也不想让她在距秋天还很遥远的时候就不停地叮嘱我穿上秋裤。

我和妈之间总是有一条太宽的沟壑，那里填满了我对她的嫌弃、她对我的不理解，以及那曾经发生过的冷战和“热”战，我一直用力地长大，似乎只是为了离开她。有一天，我终于长大，拍拍翅膀，头也不回地飞走了，可身处近一万公里以外的异国他乡，我还是对妈心存埋怨。我不懂，为什么我那五十几岁的洋人房东每个周末都能和二十岁的女儿在一起喝个酩酊大醉，而我的妈妈隔三岔五就要在电话里唠叨：“少喝酒，多吃饭，吃水果、蔬菜，喝牛奶、酸奶，记得穿秋裤。唉，我要是能在那儿给你做饭洗衣服就好了……”

就凭这一直执意和妈拉开距离的态度，我就实在不是个孝顺的女儿。出国这么久，每次给爸妈带东西回去，都是因为有朋友回国前热心地问上我一句：“有没有需要我给你爸妈带回去的东西？”我这才心虚地说：“有，有……明天就给你！”于是花一个晚上的时间在超市里，把有用的没用的都塞进购物车，草草包成一个包裹，第二天放进朋友的行李箱。唯一真心给妈寄东西的那一次，是因为那年的樱桃又大又红，我打包了一盒两千克装的大樱桃。我告诉妈之后，她就一直盼着盼着，收到后照了无数张角度不同的照片给我看，还说：“这么大，真好，从来没见过！”我问她：“吃了吗？”妈心满意足地说：“吃了，每天晚上吃两个！”后来才知道，妈把这两千克的樱桃分成了四份，把三份送去了不同的人家，又从自己的那一小份里带了一部分给单位的同事们尝了尝。愚蠢的我忽然明白，她是在向别人证明：你们看，我这远方的女儿一直在惦记着我，一点儿不比那些隔三岔五就回家的姑娘差！

3

我出国后第一次回家，翻箱倒柜的时候看到之前托朋友给爸妈带的零食和保健品，大部分都没有拆开包装，规规矩矩地放在柜子里。

我责问：“怎么不吃？”

妈像个局促的小孩子：“等着你回来一起吃……”她神情紧张，让我想起了小时候的自己，那个馋嘴的小孩子把所有零食都攒下来，一心一意地盼到过年时，才在鞭炮响起的那一刻把零食全部拆开吃掉。我是一直在等一个重大的节日，想必妈也是一样。

我吃进一枚西梅，就像是为了安慰她一般用力地嚼着。她也吃进一枚，嘴巴机械地嚼着，眼睛却满足地盯着我。我笑她如同花痴一般，却在心里暗暗流泪，大概这一刻，无论吃下什么，都是团圆的滋味吧！

吃完后，妈转过身，把两三份零食包装纸留下，小心地折好，重新放进柜子里。我不知道她在接下来的日子里要怔怔地盯着那包装纸多少次。那些写满英文字母的包装纸像是在提醒她，孩子回来过，孩子就要回来了，而这两件事成全了她所有的欢天喜地。

我有时隔着电话和妈说：“妈，每次写完一篇文章，就像是蜕了一层皮。”妈说：“我懂我懂，人家不都说吗，写作特别辛苦，特别耗费脑力和体力。”可事实上，她一辈子没有和文字打过什么交道，哪里懂得我的感受？

她不懂为什么有话不能好好说，非得写得隐晦；不懂为什么外国作家不只是伏案写作，更多的是喝酒抽烟；不懂三毛向往自由、踏破孤独的决心和勇气；也不懂说着那句“面朝大海，春暖花开”的人实际上对人间再无半点儿留恋的心情。

但是，她懂得我熬到凌晨三点，饥肠辘辘、崩溃时的大哭，孤独时的无助，还有那些一个人要度过的寒冷和炎热；她懂得，我笨拙的手艺做不出一盘家乡的酸菜粉；她懂得，我脆弱的性格一定在远行的路上受了很多苦；她也懂得，远方的女儿，没有妈妈待在身边的艰难。

人类真是奇怪的动物，越爱一个人越觉得她不够坚强、不够聪明、不够幸运，好像总会受伤，总会受人欺负，不管去哪里活起来都非常艰难。我每次打电话给妈，还来不及问她好不好，她就急急忙忙地问我：“你好吗？那里冷吗？那里热吗？你吃饭了没有？都吃了什么？最近有没有感冒？心情好不好？”她从来不把自己的生活挤进我们的聊天里，仿佛东北那片大地上，夏天不会热，冬天不会冷，妈从不会感冒，也总是心情很好。

4

我记得，小时候我和妈一起去买菜，那是我第一次看见豆角，觉得特别奇怪，就伸出手一根一根地拨弄。卖菜的大婶一脸不高兴：“这咋还带挑的呢？哎，别碰！”我缩回手，一脸委屈，含着眼泪。那时，一向很瘦弱、含蓄的妈，突然间炸开了一般喊：“怎么的？买个菜也不让挑啊？你怎么还说孩子呢？”妈带着我愤愤地离开，一路还不忘扯着脖子和卖菜的大婶对骂。

那个景象我记了那么多年，以至于我一直都有着这样的幻想——妈一辈子都会保护我，她会在我受委屈的任何时刻毫不犹豫地赶来。

可是，妈渐渐地看不懂、听不懂，也赶不来我的世界了。好像只是一转眼的工夫，就到了我要保护妈妈的年龄。

很遗憾，现在的我依然还是没有找到填平我们之间那条沟壑的办法，但是，我已经开始去认真地理解成长的这份责任。我会把所有光鲜的一面拍成照片给她看，如果能发给她我在餐厅吃的烤鱼和红酒，就不让她知道我有时图省事只是扒拉一下冷饭；如果能让她看到我在外面旅行的照片，就尽量不让她知道我为了这次旅行没日没夜工作的辛苦。每每到了晚上十点，我都要在微信上和她说：妈妈晚安，我爱你。然后放下手机，继续写毫无头绪的稿子。

我从来都不知道妈是如何用她“不太灵光”的中年人脑袋去应对快速的互联网的，我只知道，不管我什么时候发了文章，她都会第一时间转发、点赞、打赏，用她所有的方式告诉我：远方的女儿，妈妈一直在支持你。

最开始卖书的时候，我看到有人在网上一口气订了三本，顿时觉得信心大增，后来和妈妈聊天时她却说起：“嘿嘿，宝贝，我那天在网店里订了三本书！”有一次在微博上发表文章，我看到有人给我打赏了九块九，正得意忘形的时候，却收到妈妈的微信消息：宝贝女儿写得真好，我给你打赏嘞！

我常想，一个人的生命里能有多少部作品？创作这些作品又是为了什么？是为了生活？为了梦想？还是为了别的什么？我总是把梦想摆在第一位，一副牺牲了什么都不怕的姿态，可是从此以后，我的梦想中多了一层意义：我一刻不敢停地努力着，就是怕这个美滋滋的老太太，有一天会没有了炫耀的东西，在人群中沮丧地低下头。

我想，如果妈妈真的爱看我的文字，那我就一辈子写给她看。

妈一辈子低调，害怕出糗，连在人群中讲话都总是词不达意，可如今，她却大大方方地把我的每一篇文章转发，带着炫耀的气势，坚持写上：我女儿写的！

我这个远方的女儿，看着那几个字，呜呜咽咽地哭了起来。

答案不止一个

文◎余 娟

学校古板无趣的教学方式让莱纳斯·鲍林很反感，一次物理考试，有一道题是这样的：试说明如何利用气压计测出一栋大楼的高度。鲍林决定做一个与众不同的答案。他写道：只要沿着阶梯而上，以气压计的长度为单位，在墙壁上画下记号，计算一下记号的数目，即可得出大楼的高度。

虽然并没有错，但麦克老师决定为难一下鲍林，他给鲍林打了一个零分。鲍林气呼呼地跑去找老师，要老师给出打零分的理由。麦克问鲍林：“你知道正确答案吗？”鲍林不屑地说：“太简单了。”“那为什么你不按照要求作答呢？”“你们总是不断地教我们如何使用‘科学方法’，而没有教我们怎样‘思考’。我的答案是我‘开放性思考’的结果，有错吗？”“没错，你的答案是正确的，我只是想知道，除了这种方法，你还有其他解法吗？”

“还有许多方法，例如，可以将气压计拿到室外，量出气压计及其影子的长度，再量出建筑物影子的长度，即可计算出来。还可以去敲管理员的门，对他说：‘我这儿有个很棒的气压计，如果你告诉我大楼的高度，我就把它送给你’……”鲍林一口气说了好几种。说完后，他没想到，麦克老师赞许地笑了，不仅没有教训他的“逆反”，还鼓励他以后也要多角度地思考问题，并给了他一个满分。后来，“逆反”的莱纳斯·鲍林取得了很大的成就，获得了诺贝尔化学奖和诺贝尔和平奖。

很多时候，解决问题的答案不止一个，从不同的角度思考，才不至于让自己陷入困境。

致
最爱的你
和最矛盾的你

文◎简墨绿　图◎星象vikki

1

我一个人走在路上，没有戴围巾和帽子，冷风从我的领口灌进去，像是喝了一杯加了冰的水，从喉咙一直冷到心底。

东北的冬天很冷，今天天气稍暖，不过早上依旧没有太阳。风刮在脸上很疼很疼，一大早就出门补课的我，现在身心俱疲。其实，我只是昨天晚上心情不好，延续到了今早，但我的情绪引发了妈妈的不满，爆发了一场“战争”。最后，我沉默地离开家，关上了那扇冰冷的门。

我不常和妈妈吵架的，可是我就是不知道，为什么生活总是把我排好序的东西一件件地打乱重分。原计划天不亮就出门的，但因为饭太烫、头发太乱、鞋带系得太松或太紧而拖到天已大亮才能出发……在这些时候，我的负能量就会满溢而出，进而导致学过的几何题怎么也证不出来，写好的文章怎么也找不到，最爱的摩卡怎么也喝不出香醇的味道……生活被打乱，我的心一下子变得好涣散。

于是，在这种时候，我总会不由自主地迁怒周围的人，哪怕他们明明没有做错什么。每次看到亲人落寞地离开，即使我的心里一再挽留，可还是抵不住我那如同火山爆发般的情绪。

我一直想做一个优秀且强大的人，可以为周围的人遮风挡雨，但是后来我发现，为他们带来风雨的人，好像一直以来都是我。

我很爱你们，爱这些比爱自己更爱我的人。可是我也很矛盾，因为我不知道如何去爱你们。

2

有那么一个冬天的早晨，我迷迷糊糊地醒过来，躺在柔软的大床上，用胳膊支起头，看到妈妈穿着灰色毛衣，站在客厅里，隔着一条过道，看着熟睡的我。

她好像在看着我，可又不只是看着我。那种眼神好像穿越了时间和空间，直达我的心底。

我突然觉得她一切都懂，懂我的言不由衷，懂我的心口不一，也懂我的喜怒哀乐。她知道我的愤怒是出于无奈，知道我的情绪背后隐藏着不安，她看着我长大，看着我越变越好，看过我最灿烂的笑容，也知道我曾在深夜哭泣。她明白我的悲伤和沮丧，包容我那些过失和缺点，即使有时她不能理解我的举动，但是她选择默默支持。至少当我撞得头破血流、当我被伤得体无完肤、当我流离失所再也爬不起来的时候，她可以给我一个避风港。

在那里，没有烦恼和沮丧，每一分每一秒都洋溢着幸福的味道。因为那个地方的一砖一瓦都是她亲手筑成的，是用爱筑成的。

3

前几天，我在某公众号看到这样一句话：*我不支持你，但我依旧会陪着你。其实，用这句话来诠释爱和陪伴，最好不过。*

现在，我在一座北方城市里一条寂静无人的街道上慢慢走着，又想起了一件很久以前的事情。说久其实也不算久，只不过它在我的记忆里漫无目的地飘荡了很久。一个冬天的正午，我窝在姥姥家看书，沙发又软又大，窝在里面刚刚好。坐在一边戴着老花镜看电视的姥姥突然接到一个电话，然后我便模模糊糊地听见姥姥和大舅在聊天。那边的大舅一个人在家，想起姥姥这边已是冬天，遂打来电话问候。我听到，话筒那边的大舅说要给姥姥汇款，姥姥忙说不要不要，照顾好自己就好。又聊了一会儿，姥姥挂断电话，不由自主地和一旁的我说起了大舅的事，一面说大舅关心她，要给她汇款；一面又说大舅一个人在家，不知道会不会好好吃饭……我一边看书一边听着，突然发现姥姥眼睛微眯，笑得很幸福。

手边的核桃露散发着香甜浓郁的气息，我放下手里的书，呆呆地望着窗外。我想，有一天，我的妈妈也会变成这样吧？接到儿女的一个电话便欣喜不已，记得他们很久以前的喜好，为了他们偶尔一次的回家而把家里收拾得窗明几净。那时，她一定头发花白，耳朵也听不清了，但是心依旧澄澈明净，装着她最爱的我。

事实上，妈妈一直陪在我的身旁，为我做了很多很多。有一段时间，我学习压力很大，每天放学路过美食街总是会对各种小吃垂涎三尺。在一个下着雨的傍晚，我在家写作业，妈妈出门不知道干什么去了。过了一会儿，妈妈回到家，鞋也没换就走进我的房间，递给我一杯关东煮。关东煮冒着热气，妈妈的头发还在滴着水，我连忙低下头狼吞虎咽，让热气挡住我即将流下的眼泪。妈妈不喜欢这类小吃，也从来不吃，但是只要我喜欢，就算被雨淋湿，她也心甘情愿。

我们都是孩子，即使沉重的现实压得我们喘不过气来，可是也总能感觉到有那么一个人，她就默默地跟在你身后，保持着不远不近的距离。可能她带给你的感动不是最温暖的，但一定是最长久的。

4

这篇文章敲敲打打到这里，我突然有些后悔，为我无法控制的情绪，为我给她带来的那些伤害。现在，亲爱的她正在厨房里忙碌，包着我最爱吃的饺子，当然，还会为我盛上一碗饺子汤。虽然我可能依旧脾气不好，依旧毛毛躁躁，但我毫不怀疑，亲爱的你，会耐心地陪着我慢慢长大。你陪我长大，我陪你变老，这是多么美丽又深情的承诺。

周围的人都说我是个温暖感性的人，能给他们安心的感觉。其实我知道，我并没有那么美好，因为我还不懂爱的真谛。学会如何去爱，学会不让自己的爱为别人带来伤害，这大概是一生都要努力去做的事。不过我愿意用很多的时间去弥补曾经的错误，努力变成一个更好的我。我会用心去爱那些爱我的人，虽然我还是会有些矛盾，但是人总会长大的。

时光回到那年寒冬，鹅毛般的大雪纷纷扬扬。妈妈在我身旁，牵着我的手，向远方走去。天色很暗，可是她就在我身旁，像是一束光，温暖了我的全部灵魂。

她是我的依靠，是我这辈子的肩膀。

希望当我学会如何去爱的时候，阳光与你同在。你可以撒泼、耍赖、发脾气，那时候，换我来包容你。牵起你的手，我们一起，慢慢走。

走到那个繁花盛开的未来。MM

真正的高手都是悄无声息的摆渡人

文◎莜麦面
文◎花月婷然

1

我有个发小儿，她是个非常古灵精怪的女孩子。小学、初中、高中我们都在一起，直至大学，我们考了不同的学校才分开。

小学时，她总是把家里的书和玩具带到教室，与小伙伴们分享。

中学时，她总是早同学一步把当下最流行的习题做好汇总，然后给大家讲解各种参考书的优点和缺点。很多时候，她的周末都花费在了各种知识梳理和总结上。这样的她，自然很受同学们欢迎。

她家与我们当时的数学老师有不错的关系。

有一次，吃完午饭，我看她不高兴，问她怎么了。

她说：“爸爸骂我。因为数学老师对他说，我经常跟班里的同学分享学习心得，这很浪费时间。爸爸说，希望我可以多花点儿心思在自己身上。可是，我真的做错了吗？我喜欢这样做啊！如果让我一个人闭门在家读书，那样的日子实在无趣。”

我安慰了她许久，她很快便振作了起来，依旧热心。

后来，她读了大学。在大学里，她依然保持着这种性格。

在许多同学都只顾自己努力往前拼，考研、工作、赢取奖学金的时候，她拿出了更多的时间为班级做事，不仅门门功课优秀，还是老师的得力助手。

毕业时，她不仅手拿七个offer（录用通知书），还得到了学校推荐的一个相当不错的单位的工作，这些战绩令她一度成为了学校的风云人物。

她说，她是一个不忍看见别人掉队的人，因为她始终相信：“一个人走，能走得很快，但一群人走，才能走得更远。”

2

我的研究生老师是一个和蔼可亲、清心寡欲的教授。

他有一个儿子，当时在读高三。那个男孩出类拔萃，在非常有名的中学读书，该中学有一个用以前总理名字命名的实验班，他便是那个班级的班长。

他学习成绩特别好，课外活动也很出色，每逢有领导人到该学校考察，他总被老师派去作为学生代表发言。

因为太出色，每个人都觉得北大或清华非他莫属。

临近毕业，高中校长找到他说，学校每年都有几个保送北大、清华的名额，经考察，他符合条件，决定将其中一个名额给他。

他问校长，如果这个名额他放弃，可以给别的同学吗？

校长惊讶于他的回答，说：“当然，名额是不会作废的。”

他说：“那好吧！身为班长，我希望我们班级能够多一些人走进北大或者清华。我可以通过自己的努力参加高考考上，名额要是能给别的同学就更好了。”

18岁的他从来没有想过会失败，而我的老师也因工作忙，几乎从未在细节上给过他指引，只是在大方向上强调要好好读书。

后来，名额被让了出去，但是他高考失利，发挥失常，没有考上北大，被中国人民大学录取。这所大学虽然也是国内排名前十的名校，但毕竟与北大、清华有些距离。

在我们毕业答辩结束的当天晚上，老师请我们吃饭，他也在。

我问他，后悔当初的决定吗？

他说，从来不后悔，因为如果再次重来，他还会那样做。

现在的他已经开始读专业领域的经典外文巨著了，并打算读完本科后考研或者出国深造。

那年，他才18岁。后来，我们虽没有再见过，但我相信，有这样思维和格局的人，不管人生的牌局怎样，都会打出别样的精彩。

3

苏东坡到杭州做刺史，某天在审理一桩案件时，原告状告被告欠债不还。原告称：“我帮工打杂积下十两银子，两个月前借给被告做本钱。我和他原是十分要好的邻居，讲明不收利息，但我什么时候要，他就什么时候还我。如今，我相中了一房媳妇，急等着银子娶亲，但他非但不还我银子，还打我！”

被告在庭上辩称：“从他那里借得的十两银子，早在立夏前就贩成扇子了。没想到今年过了端午节天气还是很凉，人家身上都穿夹袍，谁来买我的扇子呀！这几天又接连阴雨，扇子放在箱里都霉坏啦。我实在没有银子还债，他就骂我、揪我，我一时着急才打了他！”

苏东坡听完，在堂上皱皱眉头，命被告回家去拿来二十把折扇。

拿到折扇后，苏东坡将其一把一把地打开，摊在案桌上，磨浓墨，蘸饱笔，在那些扇子上画上松树、竹景、梅花、山石盆景……不大一会儿工夫，折扇全画好了。他对被告说：“你把它们拿到门口喊‘苏轼画的画，一两银子一把’，马上就能卖掉。十两拿来还债，另外十两你拿去做其他生意吧！”

两个人接过扇子，跑到衙门外，只喊了两声，二十把折扇就被一抢而空了。原告和被告就这样每人捧着十两白花花的银子，欢天喜地地各自回家去了。

苏东坡的智慧在于他没有陷入案子里，而是尽力找到一个双赢或者多赢的方法解决了问题。这个做法实在高明。

真正的高手思维与常人不同，他们能够跳出一己私利的小圈子，通过成就他人，帮别人摆渡，惠及所有人。

那些悄无声息帮我们摆渡的人，我们称之为生命的贵人。我的发小儿、那个18岁的师弟、苏东坡……他们都是摆渡人，悄无声息地帮助别人从此岸抵达彼岸，不求回报，可谓是真正的高手。MM

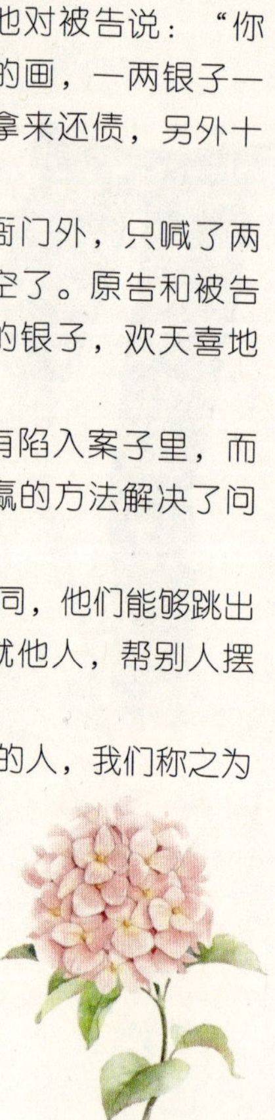

致年轻人：学会戴上“克制”的面具温和示人

文◎苏斐儿 图◎鱼 姬

1

从小到大，我有一种懒习惯，那就是喜欢在周末的时候睡懒觉，觉得没有什么能比睡到自然醒更让人心满意足了。

一次，暑假和朋友出去玩，约好一起看日出。

我至今记得那天被朋友拖着起床去沙滩，看见日出时的悸动。那种雀跃，只有你狠狠遏抑住赖在床上的懒念头，干脆利落地起床出门，准时守候，才有可能感受得到。

知乎上有一个问答说：“成年之后，应该具备什么样的品性？”如果我两年前看到这个问题，可能我会说勇敢、坚强；如果是一年前，我可能会说自律、自谦；但现在，我一定会在以上答案的基础上纳入一个新词：克制。

小时候，我很喜欢布娃娃。在漂亮的橱窗前见到心仪的娃娃时，总会停住脚步，拉着我妈非要买，如果我妈不肯，我就会跟她犟到底。

初中的时候，有一段时间我迷上了看小说，上自习课的时候都会把小说压在课本下偷偷看，等听到老师的脚步声时再装模作样地拿起数学题仔细研究。

十六七岁的年龄，遇到不开心的事时，我会偷偷瞒着爸妈，和几个好朋友在KTV一边抹着眼泪一边高声唱歌。

在我过往循规蹈矩的成长生活里，其实有过不少不敢明示大人的肆意妄为，蹚过不少浑水，吃了不少亏。

与人交往中，我也曾袒露过自己最真诚的心意，结果得到的却是不尽如人意的结局，有过各种体验，才渐渐变得温和、敛迹。

2

这种变化我是乐意接受的，因为一个人成长到了一定的年纪，总要学会克制一些流于情绪化的东西。

我们在初中、高中毕业后，都有可以互相倾诉不顺和忧愁的人。但现在不知不觉地变了，和常电话联系但不常见的朋友，我更愿意分享快乐。

不是互相亲密不甚了，只是我更愿意和大家“相见欢”。成长的生活，大家都不易，你有你的人际苦恼，我有我的学业压力；你有你心烦的琐事，我有我想不通的纠结。

苦处有很多种，边边角角、方方面面均有。在成长中，碰壁的次数多了，自然而然就懂得了要如何克制住自己的情绪化，放开那些非要发泄才能释怀的东西。

就好比一个巨大的黑洞总是需要得到不断的消解，往复频繁后，也会慢慢学会戴上自己“克制”的面具，以温和示人。

其实，好朋友见面的第一眼就能互相捕捉到

对方眼角的暗淡，只是大家不愿去捅破这层苦水，只是小心翼翼地转移着话题，尽量不让坏情绪影响对方。

你理解我的苦处，我也懂得你的难处，所以我更愿意让我们短暂的相处时光居于几个情绪饱满的制高点，多一点儿快乐。

因为是朋友，所以愿意为你克制苦水，掏出蜜糖。

3

读过路遥的一段话，是这样说的："年少的轻狂、白日放歌、纵意，随着尝遍世间毒草而克制、温润、收敛。不再向似水流年索取，而是向光阴贡献渐次低温的心，与生活化干戈为玉帛。"

这是一个软化自己、消掉戾气的过程。反观现在的大多数人，多多少少都有几分浮躁，比如说打开微博，常常可以看到大家的一些过于偏激的评论，甚至一言不合就开启互怼模式。

每当这时，我总是觉得，现在的人与人的相处少了太多平心静气的心态。

曾认识一个朋友，因为性子太直栽过不少跟头。作为几年的朋友，我深知她是那种不发泄自己会受不了，但过后就忘记的人。只是，虽然没有坏心眼儿，但克制不住自己的脾气，就总会给人一种不好相处、"黑脸" 示人的错觉，难免因此遭受不少的委屈。

我们常劝解她说："你要改，因为你锐气逼人的模样伤人也伤己。"

生活纷繁，我们所提倡的收敛情绪，不是说让你不能发泄，也不是让你面对任何问题都选择隐忍，只是规劝你不要激进。

我们要有少年的心性，也要有成年人的克制。

其实，在看到很多人身上的"自我克制"之后，是会激发效仿的欲望的。"人家长得好、能力强、性格又好，真的太难得了！"诸如此类的想法，难道你没有过吗？难道你没有满腔的期盼想去变成这样的人吗？

那么，想要温和示人，就先从戴上克制的面具开始吧！MM

慎重选择每一步

文◎姚　望

24岁的美国青年杰克·伦敦创作的第一本小说集《狼子》出版发行后，赢得了巨大的声誉，他也因此一举跻身知名作家的行列。

一天，一位朋友来杰克家做客。他抱歉地让朋友稍等他片刻，等他写够一千字后，就立刻停笔过来陪他。

朋友好奇地问他："你天天都在写作吗？大概每天创作多长时间呀？"

杰克回答："我规定自己每天只写一千字左右，同时，每个星期只写六天。剩下的一天，我会把前六天写出来的稿子再进行反复的修改和推敲，替换掉无意义和不满意的内容，绝不容许文章中有半句废话。"

朋友好心地提建议："你现在的生活并不算富裕，为什么不多写上几笔，每天创作四五千字甚至上万字？那样的话，不就能多挣一点儿稿费吗？更何况，以你现在的名气和声望，无论写什么，都不用担心编辑会拒绝刊登呀！"

杰克听后，严肃地回答道："一个人如果只抱着'填饱肚子'的想法进行写作的话，他一定写不出好作品。要知道，作品不是凭空堆砌的，而是用心写出来的。如果把写作比作砌墙，那么，每一块砖都必须经过慎重选择，这样才能盖起富丽堂皇、风雨不动的宫殿！"

确实，生活中，有很多捷径可以帮助我们获得一时的鲜花和掌声，但要谨记，如果想要永久地获得众人的认可，还是得踏踏实实地一步一个脚印地走下去！MM

文科生，一路繁花相随

文◎程宇瀚
图◎绚 莹

1

当我拿到那张薄如蝉翼却重似千斤的文理分科志愿表时，心中本能地弹出两个字：文科。

父亲把手摇得像扇子：“不行不行，文科的就业率太低。”

班主任把眼睛瞪得像铜铃：“你可得掂量清楚，真去了文科班，可没有后悔药吃。”

理科、理科、理科……我环视一圈，几乎抓狂地发现，周围的同学全都顺应大势填了理科。我性格急躁，从来都不是一个举棋不定的人，但在高一那个令人焦躁不安的冬天，因为文理分科这件关乎命运的大事，我第一次尝到了举步维艰的滋味。

三天的考虑时间已到，为了追寻一种热闹的安全感，我还是跟文科告别了。

同桌思宇的选择却让我十分吃惊。这个成绩优异的男生，淡定自若地在表上写下了“文科”两个字。在我的认识中，思宇是为理科而生的，他的未来应该是在科研室里认真钻研，或是在证券市场上运筹帷幄，而不是拿着一张“万金油”专业的文凭，在各个招聘展位前漂泊流离。

“不为什么，就因为喜欢。”面对我的八卦，思宇答得很平静，从他脸上读不出悲喜。

送思宇离开时，我们含泪拥抱。这意味着从今以后，我将在理科班走阳关道，他将在文科班过独木桥。

我和思宇都是典型的文科生性格，语言和文字是一簇将我们青春缠绕的紫藤。他喜欢让地理图册上太平洋的海水沾湿手指，我喜欢躺进历史书中读《凉州词》。只是他随性地选择了花朵，而我忍痛选择了果实。

2

文理分科后，高二接踵而至。晦涩的生物课从天而降，物理的难度连升三级，班主任的脸一夕之间沉了下来，教室窗外也多日不曾出现过晴天。

在公式和符号的轮番轰炸下，班上的汉子和“女汉子”们依旧坚守在战壕中。他们的脑内仿佛自带电路图和硫酸钙，考试时可以现场接通电源，或者来一场化学实验，然后在试卷上自信地写下刚刚验证得来的答案。而我的脑中只有豆腐渣，成绩排名很快就掉到了班级的下游。

我们的教室在教学楼南面，文科班的教室在教学楼北面，楚河汉界之间只有一架天桥相连。“海峡”另一边的生活太神秘，我只能从偶尔滚落过来的皮球或飞来的七彩纸飞机中幻想他们的热烈和放纵。老师经常课讲到一半，就会指着北面，像传经布道的僧人一样“度化”我们：“你们要是不努力，就只能像他们一样读文科。”

理科班级向来一板一眼，以成绩和效率说话，像一把锋利的手术刀，让我觉得格格不入。越来越糟的成绩、日益厌倦的书本、老师眉头越来越深的“川”字纹、新同桌不耐烦的语气……

思宇走后，我像一只找不到归途的惊弓之鸟，明明前方是四通八达的道路，却屡次被迷茫之风折断羽翼。

3

怀着背水一战的心情，承受着父亲的责骂和“自甘堕落、前途堪忧”的评价，我毅然决定中途转去文科班，这也是我17年来，首次独立自主地为自己导航。从南向北，步伐沉重，那架本不长的天桥似乎被无限延伸，仿佛有刀山火海正在另一头等着我。

理科班有20个，文科班只有3个，且隐匿在茂密的梧桐树后面，离厕所很远，离食堂也很远，还未来得及更新换代的桌椅普遍比理科班旧了几成，像是一处被世人遗忘的角落。

怀着迷茫和不安，像一只饱经风雨的扁舟抛锚后重新靠岸，在这个不知深浅的班级里，我重新有了一方属于自己的小小天地。

下课后，已有6个月身孕的老师挺着大肚子走到我面前，随意地撑在我的书堆上：“嗨，欢迎你，新同学，既然选择了远方，就和我们一起风雨兼程吧！”

我心里一动，宛若流星划过寒夜，这份久违的诗情画意，让我与这个班级轻轻地产生了共振。

文科班和理科班没什么明显区别，政治、历史、地理，没那么“烧脑”的现实不是能放松的免死金牌，这里的儿女依旧顶着一对黑眼圈冲锋战斗。但对于我而言，这却是颠覆式的学习体验：历史老师课前爱喝点儿小酒，他红着脸煮酒论史时，像李白重新站在了江陵的船头；政治老师是女文青，好端端的“绝色”一词，非得扩充成“娇花照水、雨落寒沙”；地理老师寓教于乐，常在课上放《动物世界》，让我们在场景里刨知识点。

在这样的好时光里，我和思宇口中念叨的公式变成了瑰丽的朝代风土，充满向往地在草稿纸上把安第斯山脉的轮廓画下来，还一起看《百家讲坛》，针砭时弊……我们像是两条被放归深海的鱼，潮起潮落，纵情游弋。

都说高中三年会越来越艰辛，但我转至文科班后的日子，却没有在理科班那么难熬。在这个被世人指指点点、避之不及的地方，我们这群性情儿女横行在自己的江湖。我就像一只候鸟，幸运地找到了适宜的树林栖息。

高考，我和思宇都取得了不错的分数。他选择了中医专业，从此沉迷于药香；我把自己交给法律，半生经天纬地。我和他的选择不是没受到过亲戚朋友的反对，因为法律和医学都需要熬资历，不等头发白尽，休想功成名就。

但是这一次，我们都不约而同地选择了遵从自己内心的选择。

4

大三那年，在漫天飞舞的传单和激情洋溢的演说中，无数持观望态度的同学纷纷成为考研一族。比之在书中的跋涉，我更喜欢践行，所以我是少数不考研族中的一员。

大四那年，三位室友全部考上了研究生。辅导员遗憾地问我：“你不会觉得难受和孤独吗？”

我愣怔，在内心检索了无数次，却一点儿都搜索不出难受和孤独。因为在高一那个文科与理科的分水岭前，我已用稚嫩的肩膀，扛住了最难受和最孤独的时刻。

大学里，在其他人疯狂考研、考证的日子，我读了很多关于哲学与历史的书籍，独自蹭了无数新闻学院的课，还听了一场场讲座，选择了“穷酸”的文字行业作为副业。我挣的钱不多，但精神世界翠绿又茂盛，像被封藏的白釉青花瓷，像被卷起的《清明上河图》。

曾经，我害怕成为少数派，害怕听到诸如“全班就你那样做”的嘲讽，所以那年，从理科班灰溜溜地离开时，我孤独绝望得仿佛被丢弃在了天涯。但幸而，我的选择给了我更多补偿，让我敢再次为命运押注，并有了承担后果的勇气。

这一路踽踽独行，既有风霜雨雪，也有繁花相随。MM

后现代女孩和老愤青的针尖对麦芒

文◎积雪草　图◎满　月

1

颜丹丹放学后，在自家楼下的发廊里把额头上的刘海儿修剪成了齐齐的三个层次，一段比一段稍长。这种发型最近很火，看上去特别时尚，像T型台上走秀的模特儿。再加上颜丹丹脸上素冷清淡，没有一点儿表情，看起来就很酷。

颜丹丹是一个非常有性格的女孩，喜欢看非主流电影，喜欢听小众音乐，常常背着大书包，赤脚穿帆布鞋，独来独往。

做完发型，回到家，刚放下书包，一转身，她就看到颜大维一脸愤怒到近于夸张的表情。颜丹丹吓了一跳，忙问："出什么事儿了？"

颜大维拍着桌子说："颜丹丹，你越来越不像话了，头发弄得乱七八糟的，赶快去重新修好！"

颜丹丹翻了个白眼，不屑地说："我还当什么事儿呢，不过是修了修头发，至于吗？"见她这样不以为然，颜大维的声音陡然提高了八度："颜丹丹，你太过分了吧？好好的帆布鞋，你硬是要把脚指头露出来。好好的头发，你愣是整得像梯田一样，你以为这就是美啊？"

颜丹丹面对颜大维难看的脸色，并没有退却的意思，起身去书柜里翻出一张照片，扔到颜大维面前，咄咄逼人地说："你看看，这就是你年轻的时候，比我更出格吧？那时候的大环境远没有现在宽松，可是你不是照样叛逆？"

颜大维愕然，举起手，但最终还是没有忍心落下去，只是无比愤怒地说："学会顶嘴了？长本事了？"不过，气归气，他还是拿过照片扫了一眼：照片上的男孩子穿着喇叭裤，背着破吉他，笑容灿烂。

时光流转，光阴似箭，怎么一转眼自己就变成了一个墨守成规的老夫子？想当初，自己穿成这样，老师和父母也都是不接受的吧？那时，自己是怎么"抗争"的来着？颜大维在思绪中游走了一圈，心慢慢柔软下来，没发现颜丹丹早已经偷偷溜走了。

2

颜丹丹继续过着她的日子，而事业不顺的颜大维依旧是看什么都不顺眼，整天唠唠叨叨的，让颜丹丹心烦不已。

那天，颜大维偶然去早市买了一趟菜，回来后就牢骚满腹：“猪肉涨到20块钱一斤，还让不让人活了？”正在写作业的颜丹丹说：“你怎么不说说现在的平均工资水平有多高呢？有本事你多挣钱呀！”颜大维白了她一眼：“臭丫头，翅膀还没长硬呢，就嫌你老爸挣钱少，钱那么好挣啊？”

更多的时候，颜大维都是躺在电视前的沙发上，边看边义愤填膺地吐槽：“现在的电视纸媒没一个好东西，天天忽悠，不把你的眼泪忽悠出来不罢休，世风日下啊！”颜丹丹先是捂耳朵，后来实在忍不住了，回头对颜大维嚷嚷：“你那么大的人了，是非判断不清能怪得了谁？有本事你切断一切信息来源，找个深山老林当野人去！”颜大维火起：“你这个死丫头，怎么跟老爸说话呢？”

总之，颜大维看什么都不顺眼，买菜能和小贩吵起来，看电视能和电视接上火，颜丹丹一回家，也得开战。颜丹丹快疯了，私下给颜大维取了个绰号——“老愤青”。

两个人真正发生冲突是几天后。那天放学时，颜丹丹遇到了隔壁班的一个男生，打篮球崴了脚，一瘸一拐的。看他走得实在太痛苦，颜丹丹主动上前扶着他，把他送到公交车站。谁知道这一细节刚巧被开车路过的颜大维看了个正着，他当时什么都没说，可是回到家里，一场暴风雨就开始了。

颜大维指着颜丹丹的鼻子骂：“你智商不高情商高，学会谈恋爱了？居然在大街上跟男生手挽手，我看你期末能考成什么样子！”

颜丹丹怒视着颜大维，一声不吭，被逼急了才跳起来说：“看见男生女生挽个手就说是谈恋爱？真是不可理喻，我怎么有你这样一个老爸，简直丢人！”

颜大维还没有回过神来，颜丹丹就跑出了家门，去了外祖母家，一连几个月都不肯回家。

3

冬天的时候，天上飘下了小雪花，颜丹丹伸出手，雪花立刻融化在了她的掌心。颜丹丹看着雪花痴痴地想，如果我也能变成一片小雪花就好了，悄悄地来，悄悄地去，不惊扰这个世界上的任何人，也就不会惹老愤青生气了。

她正胡思乱想着，忽然听到有同学喊：“颜丹丹，有人找。”

下了楼，她在传达室门口见到了等在那里的老妈。一向美丽能干的老妈有点儿憔悴，但颜丹丹依旧看着窗外，倔强地说：“我不想回家，我不想跟老愤青吵架。”老妈在她的头顶摸了一下，说：“不想回就不回，等到你什么时候想回家了再回。我今天来，不是接你回家的，是想带你去医院看看你爸，他住院了。”颜丹丹吓了一跳：“什么情况？不是因为我吧？严重吗？”

颜丹丹隔着病房门上的玻璃，看见颜大维像个孩童般趴在窗台上，盯着两只瘦弱的麻雀在寒风中打架，神情专注，仿佛那是天底下的头等大事。胡子长长了，他没理，脸色也更难看了，颜丹丹一阵心酸。原来，颜大维误信他人谎言，把家中积攒了多年的积蓄拿去投资，结果血本无归。老愤青一下子变成了失语者，拒绝吃喝与说话，看见谁都面无表情。

情急之中，颜丹丹的老妈想起了她，想着，没准儿女儿能解开他的心结。

颜丹丹的心一下子就软了，原来老愤青是真的老了。她推开门，温柔地叫了一声：“爸！”眼泪在眼中转了几个圈，终于还是忍住没有掉下来。她笑着，笑成了一朵花儿，口吻和缓地说：“颜大维同学，钱财乃身外之物，没了就没了。你还有我，还有我妈，我们才是你的无价财富。拜托你看清形势，别自己死扛到底，等我毕业了给你赚钱去。赚好多好多钱，多得你数不过来，我保证。”

颜大维闭了好多天的嘴终于开口了，忍了好多天的泪也掉了下来，他说：“臭丫头，你不理我，那点儿钱也背叛我，全世界都不要我了。我把咱家的钱败光了，你不恨我吧？”

原来老愤青这么在乎她啊？看着他明显苍老了的脸，颜丹丹忍不住哭了出来：“我爱你还爱不过来呢！我还要和你吵架，针尖对麦芒，一直到你老得哪儿也去不了了，一直到你骂不动我了为止。”

很多时候，我们都以为自己的小脾气和小个性不被理解，但其实，亲人在你身旁早已默默地将你包容了几千几百回。你说不出口的爱意，他们早就知道，而且在这同时，他们也深切地爱着你。彼此惦念，这才是人生最给力的事儿，不是吗？要相信，所有的个性、争执，都会融化在亲人间浓浓的爱意里！MM

你以为你在『合群』，其实只是被平庸同化

文◎寺主人

图◎花月婷然

1

“不合群”带来的压力可能会改变你的很多行为，小到你的穿衣风格，大到你的事业发展。

记得我还在上小学的时候，老爸去意大利出差，给我买了一双手工小皮鞋。现在想起来，那双小皮鞋无论款式、做工还是皮质，都特别好。

我生长的地方是一个位于城乡接合部的国企大院，那时候，不要说出国的人很少，连商场都没有，衣服和鞋都是在农贸市场买的。

那段时间，小女孩们除了喜欢穿小白鞋，还流行穿一种亮晶晶的粉色漆皮鞋。漆皮鞋模仿成年人的鞋，设计了略圆的尖头，装饰着很多塑料珠子，还有一点儿小鞋跟，漂亮极了。那时候，谁穿着这种鞋，简直就是时尚达人。而我爸给我买的那双手工鞋与常见的漆皮鞋不同，它是纯牛皮的，鞋底既厚实又柔软，鞋带是深褐色的，圆鞋头有些棱角，没有任何装饰。

我拿到那双鞋的时候特别开心，觉得好看极了，而且那时候没有人穿过这种鞋，有一种别致的感觉。第二天，我就高高兴兴地穿着它去上学了。

结果到了学校，其他女生发现我穿的既不是小白鞋，也不是粉色漆皮鞋，而是一双她们从来没有见过的鞋子时，就忍不住开始“吐槽”了：“丑死了，都不是漆皮的！”

“鞋头好方啊，你爸买成男生穿的鞋了吧？”

随着班里的两个“意见领袖”的“吐槽”，其他女生也纷纷加入笑话我鞋子的队伍里。

现在想来，她们其实没有恶意，也就是小孩子更喜欢夸张地表达自己的喜好，更喜欢起哄而已。

但我遭到嘲笑后，不管爸妈怎么劝，死活也不肯再穿那双小皮鞋了，甚至连自己都觉得那双鞋丑丑的，一点儿也不好看。

直到很多年以后开始流行复古，我才突然想起自己小时候的那双手工小皮鞋。那样的款式和做工，可能很难再找到了，而我的脚已经大到不能穿那双鞋了。

我这种行为，可能是大部分人都曾有过的，在受到外界压力的情况下，很容易就放弃自己的偏好和想法，和周围人趋同，从而减少“不合群”带来的不适感。

2

和我截然不同，我认识的另一位姑娘遇到类似的情况时，却有着很帅气的解决办法。

她生长的地理环境比我的更偏僻。读高中的时候，她偶然在旧书店看到了一本《西方哲学史》，出于好奇顺手翻了一下，结果被吸引了。于是，她陷入了对哲学欲罢不能的喜爱中，用零花钱接二连三地买了《苏格拉底的申辩》《谈谈方法》之类的书，课余的时候经常拿出来看。

“哟！你还看哲学书呢！哲学家哦，啧啧啧……”这是她一开始听到的最多的话，甚至有人开始给她起外号叫“破拉图”。

面对这些不同的声音，她并没有像我一样被人笑话后就止步不前，而是每次有人这么说的时候，她就嘻嘻地笑着说："对啊，就是哲学家啊，我是不是很厉害啊，羡慕吗？"然后依然看她的书。

很快，别人觉得没意思，也就不再嘲笑她了。她依然会被叫作"破拉图"，但她并不在意。

就像一个传统的励志故事一样，她后来考入了一所著名院校的哲学专业，一路第一名，被公派留学去读哲学博士了。我相信按照她的性格，不一定会成为"柏拉图"一样的人物，但一定会在哲学领域留下一些与众不同的东西。

3

从众很容易，所以大部分人是平庸的。古文里也翻来覆去地在讲这个道理，可是学的时候背得很熟，遇到情况时却极容易忘记。

"道不同，不相为谋。"如果觉得自己在某方面的成长速度已经超过周围的人，那就赶紧努力，换个环境，去找和自己志同道合的人，这才是解决这种"不合群"问题的唯一办法。

而对于那些不了解你的"独特"的人，以礼相待，客客气气，足够了。因为，别人并不会因你和他们相同而加深与你的友谊，即使有，这样得来的所谓友谊，我真的觉得不要也罢。

"人各有志，不能强求。"自己喜欢什么，没必要非得推荐给别人，也不要期望别人能够理解甚至喜欢。因为你以为自己在分享，别人则以为你在炫耀。

"燕雀安知鸿鹄之志哉？"自己在做什么，如果你坚信它是对的、好的，不管别人如何嘲笑，请不要轻易放弃，也用不着争辩什么。因为有时你以为你在合群，其实只是在被平庸同化。

平庸没有错，但可能这并不是你想要的人生。MM

三分钟热度，好过漫长的准备

文◎戴　蓉

我有一个朋友是个三分钟热度的人，做事只凭一点儿好奇心，只要有想法，冲上去就做，但那股冲动一过，热情就像冷灰堆里爆出来的小火星，一闪即灭。

小时候，学二胡，她咿咿呀呀地拉了一阵，没两天就把二胡挂到了墙上，再也没有拿下来过。长大后，她常常看各种各样的书，但总是看几页就无心再翻。偶尔，她也摩拳擦掌说要写东西，结果总是铺好稿纸，写上几十个字就扔在一旁……

我常常拿史努比的故事来开她的玩笑："史努比梦想当作家，但每次写小说，写完'这是一个月黑风高的晚上'便卡住了。"她写的书，拖了又拖，和她合作的人都快疯了，她却说："开始两三个月还有点儿兴趣，这都拖了一年多了，早就不想干了。"当然，我教她唱的歌，她也没耐心学完整。

这样的人，大概总是被当作反面的例子吧？但奇怪的是，我并不反感她的三分钟热度。

三分钟可以做什么？泡一碗方便面是三分钟，默哀是三分钟，打一次长途电话的基本收费也按三分钟来计算。在她那里，三分钟刚好可以新奇一回、意思意思、凑个热闹。

很多人，其实并不明白自己最适合做什么，懵懂而迷糊的我们，很容易被各种各样的事情勾起兴趣，在脑海中想象着：如果是我，我能够怎么怎么样。但常常只是想象着，想象很久之后，就永远停留在想象当中了。

所谓的"三分钟热度"，其实也是一种很难得的"执行力"。喜欢、感兴趣，那马上就着手去做，自己是不是真的能做好、真的有坚持下去的毅力，很快就能够得到验证。如果是真心喜欢，那么大可以向纵深发展，如果不是，马上转方向，也比苦苦思考、漫长准备的效率高。

所以，懵懂且迷糊的女孩们，我多希望，你们也能拥有这种"三分钟热度"。鼓足了劲尝试过了、体验过了，比那些总是空想却迈不出第一步的人，要强多了！MM

你本就独一无二，何必要附庸流俗

文◎左 夏 图◎繁 繁

1

周末，我去了小芮的城市，到达时，那里刚好在下雨，海风堆起翻涌的海浪，椰子树哗啦作响。

说起小芮，她绝对是个不折不扣的学霸，名牌大学大学生。都说学霸高冷，小芮却是个例外，她特别热衷参加各类活动，性格也活泼爽朗，笑起来明眸皓齿的，活脱脱一个灵动俏皮的女生。

现在我眼前的小芮，妆容精致，却总让我感觉缺了些什么——似乎漂亮得千篇一律，没有特点。

难得和小芮见一次面，自然要合照留念。对于拍照，相比人流熙攘的牌匾、石雕，那些充满勃勃生机的小角落更能吸引我的注意，比如雨后荷叶上憩息的小小蜻蜓，又比如博物馆的展览柜前一只手扶着玻璃框，另一只手拄着拐杖，背影佝偻的老人……画面是活的，照片才是美的。

因此，对于合照，我和小芮产生了很大分歧。

小芮要求照片中的自己必须笑不露齿，有东方女子的含蓄与忧郁。还要依靠自然光把自己拍得白净，拒绝后期PS（图像处理）加工。然而即使这样，出来的照片却依旧无法令她满意——不行，这张笑得好傻；这张表情好僵硬；这张脸好黄！

她坚持认为，只有肤白嘟嘴、低眉顺眼才是美的。可在我眼中，她的明眸皓齿远比那些要动人得多，一排明晃晃的白牙晒着阳光，眼睛透澈得像一汪湖水，可以看见天空的颜色，这才是她最美的样子啊，为什么一定要去追求并不适合自己的东方神韵？

2

无独有偶，前几天，我看到一个老同学换了新头像，是她新近的自拍。照片中的她绾起了头发，梨涡浅笑，眼睛里仿佛藏着整个春天，眉眼间透出南方姑娘特有的风情神韵。在我看来，这张照片好美，展现出了她最与众不同的气质和韵味。

但她没过几天就把头像换了，依旧是自拍，只不过变成了长发披肩、包子脸卖萌的照片——可爱是可爱，但她特有的那种气质却完全无处寻觅。

她们身上都有一个共同点，就是不知道自己身上最珍贵的气质是什么，更不知道自己什么时候最美，总觉得大家都认可的美就是最好的。

她们喜欢肤白嘟嘴、二十度侧脸的最佳自拍，却忘了笑眼盈盈也是一种独特的美；她们坚信卷发、长裙是最具风情的女人味，很难接受短发、长裤也可以性感妩媚；她们习惯了面无表情地合照是最优雅的姿态，极其反感在开怀大笑的瞬间被抓拍，因为觉得不够美……

但是，在手机里的那么多自拍之外，你可曾花时间仔仔细细地端详过自己的样貌呢？它的优缺点分别是什么？日常妆容你有没有真正做到扬长避短？更进一步说，你是否清晰地观察过自己，一颦一笑、举手投足，哪一刻的自己最迷人？哪个角度的自己更加妩媚？

3

以前的老式偶像剧里往往有这样的桥段：女主角追问男主角自己哪里最好看，然后浪漫多情的男主角用似是而非的回答讨得女主角欢心，女主角整张脸都笑成了桃粉色还娇嗔地说："讨厌！"

但这毕竟只是过时的偶像剧，现实中，我们大可不必等着别人来发掘自己的美好，你只需要记住，你是上帝创造的礼物，有独一无二的气质，是旁人无论如何模仿不来的。

亲爱的女孩，潮流的，未必适合你；大众追崇的，也未必能够契合你的气质。潮流易逝，风格永存，你应该知道自己美在哪里，更应该珍惜自己独特的气质——不被岁月吞噬，也不被风潮磨损。

愿你一直是你，美得独一无二。MM

『爱出风头』的你很耀眼

文◎薛瘦脱
图◎花月婷然

1

我的朋友鸽子向我抱怨总有人在背后说她喜欢出风头、锋芒毕露。事情的起因是这样的：鸽子班级的微信群里时常有人问一些与专业知识相关的问题，而热心的她总是第一个站出来帮忙解答。听起来，这是好事，但没想到，她的热心竟然会引起别人的不满。

鸽子年年都能拿到奖学金，是一个名副其实的“学霸”，这是她整天泡图书馆，甚至熬到深夜学习所得到的回报。

因为鸽子的专业课成绩很优秀，所以当她有能力帮助别人的时候，热心肠的她总觉得应该义不容辞地站出来。可到头来，她的热心肠竟然被别人评价为“爱出风头”。

我特别怕有一天，鸽子会因为这些莫名其妙的恶意指责而动摇自己，从此不再理会别人的求助，不再敢于做热情善良的自己。

2

我曾经上过一门关于“演讲与口才”的选修课，在课上，老师让大家依次上台做三分钟的自我介绍。

为了不落俗套，我私底下精心准备了很久，采用了自黑的方式，还特意往讲稿里插入了一些生活中幽默搞笑的小段子。

经过一周的不断练习，我的演讲果然引起了听众的热情和兴趣，在逗得大家哈哈大笑的同时，也让大家记住了我的名字。

夜跑的时候，我兴致盎然地给朋友讲起了白天课堂上的事情，朋友也来了兴趣，让我给她演一段，果不其然，她听完也忍不住笑了。

本以为她会夸我有创意，谁知她接下来却泼了我一盆冷水：“的确很精彩，可你不觉得这样显得太招摇了吗？”

我知道朋友并没有恶意，她只是不愿让我成为别人事后谈论的笑料罢了。

因为后来的我渐渐明白，在这个世界上，有太多人明明被你的能力所折服，一转头却说你爱出风头、太张扬、不低调。

类似于这种明明被别人的努力打动，却偏执地否认别人努力的行为，真的很让人愤怒。每个人都有自己在这个世界上寻找存在感的方式，而我是在靠自己的努力试图让这个世界认识并记住我啊。

3

大学的时候，我曾经遇到过一个学妹，没见面时就听很多人提起过她，说她过于积极、爱出风头，话里话外都是不屑和嘲讽。院系活动，学妹总是一个不落地参加，积极到就连平时出外展搬凳子、守展位这种大多数女生都避之不及的苦活儿、累活儿她都从不放过，更别提细碎的、女生做起来更游刃有余的记录工作了。

后来，在一次聊天时，学妹告诉我，她想把大学生活过得丰富多彩，还梦想自己能成为学生会主席，锻炼自己，为将来进入社会储备能量。她努力地参加各项活动，不仅仅因为能够磨砺自己，可以在老师和同学面前展示自己、得到肯定，同时也是为了能及时发现自己的不足。

后来，我在一次和学生会部长聊天时谈起她。部长说，在一群新生里，因为她平时参加活动格外积极又努力，所以早就注意到她了，只要她能够保持这种状态，坚持下去，一年后，她很有希望在学生会里有一席之地。

爱出风头又怎样？在大学里待了四年，有多少人连名字都没被同学们记住？相反，又有多少人通过所谓的“出风头”，让自己的名字成了整个校园的传奇？只有认真准备、努力付出的人，才能把风头出得精彩漂亮，才能赢得掌声。而那些丝毫没有努力过的人，只能叫作“出丑”。你经过努力获得的成就，就要从容自信地绽放出来，不要畏惧别人掷来的冷眼和嘲笑！

4

所以，请不要藏匿起优秀的自己，更不要在外界目光的压迫下慢慢变得平庸。多少人在别人的冷眼和嘲笑中变得缩手缩脚、不敢向前？他们原本明亮的眼眸变得黯淡，原本开朗的微笑消失不见，变得按部就班、枯燥无聊，这是多么值得遗憾和扼腕叹息的事情！要知道，生活不是在成批次地生产玩具，我们也不是模型里面大同小异的成品。

不要活在别人的目光里，更不要活在别人的谈论中。你努力地付出过，机会来临时还怕什么呢？你有资格和底气，只需要从容地站出来就好。那些准备充分的人，一上场就自带光芒，能够吸引全场的目光。他们有资格获得赞美和掌声，因为这一切荣誉和光环都是他们努力的结果！

没有谁能够轻轻松松地获得别人的认可和关注，因此，我总是格外喜欢那种经过自己的努力，厚积薄发，然后一鸣惊人的人。毕竟“爱出风头”的人，往往都是有备而来的。MM

成为独特的自己

文◎罗　西

英语课上，老师指着黑板上的“A、H、K、J、Q”5个字母问大家：“这当中，哪一个与众不同？”

有人立刻回答说：“H！”

老师惊奇地问道：“为什么？”

那个学生解释说：“因为其他字母我都在扑克牌上见到过，H没见过。”好有创意的回答，这就是个性！

那个学生就是比尔·盖茨，而这个回答是他学生时代的第一个漂亮答案。他曾说过：“人可以不漂亮，但是不能没有个性，因为有个性的人，是不怕被人遗忘的。”

同理，演员陈道明处世从不迎合他人的口味，但照例是影坛的常青树，正是因为他足够有个性。

因为个性，我们还同时原谅了姜文的傲气、葛优的谢顶，以及曾志伟的矮胖……

个性就是最好的广告，同时也是最好的出路。学会经营自己，学会展示自己的个性，即使不能鹤立鸡群，也可以在每一领域追求与众不同的境界。

鲁迅先生曾批评说：“大家都争着往一个方向去，很少有人敢去做一件和大多数人不一样的事情。”其实，所谓的“优秀”，不是说你一定要得到“第一”或“第二”才行，而是要求你尽力成为最独特的自己。毕竟，要先有个性，才能发挥创造性。MM

王珞丹，奋斗和青春的代言人

文◎常立军

王珞丹，1984年1月30日出生于内蒙古自治区赤峰市，中国内地女演员。

2007年，一部《奋斗》，一个富家失恋女“米莱”，让大家记住了王珞丹。2009年，同样是王珞丹，同样是赵宝刚导演的青春都市剧，闹腾的柴火妞“钱小样”令更多人认可和喜爱：男孩们喜欢她为爱的执着坚持；女孩们羡慕她的坚强勇敢；长辈们则疼惜她的单纯、善良和平凡。但无论是米莱还是钱小样，每一个被王珞丹诠释得淋漓尽致的角色，其实都在不经意间折射出真实的她。

1. 叛逆的假小子

小时候的王珞丹，像极了钱小样，叛逆、闹腾、闲不住，为此留下了许多伤疤。“最严重的一次是坐我爸的自行车出门，脚后跟卷进了车轮里，那次，去医院缝了16针。”王珞丹说。王珞丹的母亲在生活中对她严加管制，但在前途方面，王珞丹的父母相当支持女儿追求梦想。当年，王珞丹想考电影学院，他们也很平静地就接受了。“我小时候长得不好看，又黑，想考电影学院时，好多同学都取笑我。不过父母的支持给了我很大的鼓励。”回忆起那个选择，王珞丹感恩地说。最终，在父母的体谅下，她如愿以偿地上了电影学院表演系。至于当时想当演员的原因，她认真地琢磨了一会儿，笑呵呵地回答：“好像真没什么原因，就是喜欢。”毕业后，王珞丹跟很多同学一样，顺理成章地选择了演员这条路，开始接拍广告、演戏。

其实，王珞丹的走红，并不单单靠“米莱”，而是“花开四地，厚积薄发”。2004年8月1日，王珞丹主演的第一部电视剧《蝴蝶飞飞》在中国首播。2006年2月24日，在成名作《阳光像花一样绽放》中，原本她的角色是文静的“小珂”，结果她靠着叛逆、野性而非常惹眼，在试镜时一举拿下了女一号“单鹃”，把导演汪俊给彻底征服了……

2. 不可多得的小戏精

2007年，由王珞丹担任女二号的电视剧《奋斗》在各大卫视热播。其实，在选择角色时，王珞丹自己心里也没底，总担心自己不够漂亮，说话不够北京味儿，和皮肤白、眼睛大、一看就是京城富家女的形象还差点儿。“刚开机的一个星期，我被导演骂惨了。其实，我是一个被踹一脚才往前走一步的人，被逼急了才把所有包袱都放下，找到了感觉。”王珞丹回忆说。

从2004年拍第一部戏开始，王珞丹的履历看上去就顺利得不可思议。在《奋斗》之前，赵宝刚就曾经找过她拍戏，但因为时间的问题没有合作成。戏拍完了，她也会回过头来看自己演的角色，可是："去年的表演我现在就有点儿看不下去了。"说到这里，王珞丹自己先笑了，"看自己演戏其实有感觉，知道自己哪里不好，即使是大部分人都说好的，你自己心里也清楚哪里出现错误了。我有时候下了戏会写一些体会，提醒自己下次引以为戒，可下次照样还在会犯错的地方犯错。"

2009年4月12日，王珞丹参演的电视剧《我的青春谁做主》登陆央视一套黄金档。再度接演赵宝刚的戏让王珞丹成为了人们口中的"红人"——这个捧红了无数优秀演员的大导演继《奋斗》之后的另一部力作还没开播便已经尽人皆知，曾经的大家闺秀"米莱"一转身就变成了闹腾至极的"钱小样"。然后，突然间满大街的人们都在谈论小样，延续着米莱的执着，钱小样的敢爱敢恨少了一丝安稳，又多了一些大条，草根的形象成功被观众所接受，剧中台词也同样广为传诵。

谈起《我的青春谁做主》里的"钱小样"，王珞丹用"亦正亦邪、亦动亦静"八个字评价："她简直就是不靠谱、不着调、不消停、没心没肺的代名词，干什么都没长性，人生剽悍不回头。刚开始拍，我有点儿找不到感觉，因为钱小样太疯了。后来，导演说你别有什么顾虑，就撒开了疯，别怕。然后我就整天在现场也疯，下了戏也疯，这才摸到了感觉。过了一阵，导演说，你现在该'沉'了，我才彻底懂了导演想要表达的角色感情。"原来，因为恋爱的曲折、家庭的变故，在故事后半段，钱小样从头到尾彻底地改变了一番。"虽然还是那个爱说爱笑爱闹的女孩，可承担和责任令她脱胎换骨，我想也许这就是赵导希望表达的那种成长。"王珞丹回忆说。

3. 亦师亦友的同行者

赵宝刚之于王珞丹，不仅仅是伯乐，而是老师，还是朋友。三年内的两次合作让二人之间形成了一种默契，拍《奋斗》时，赵宝刚对她的调教非常严厉，而她也丝毫不将这种严厉当压力，而是以一种充满感恩的心去对待："在赵宝刚老师身边总能学到很多的东西，不仅仅是表演，还有更多深层次的事物。他的肯定和影迷对我的鼓励一样，都给予了我自信和力量。我可以放开手脚去挖掘自己的潜力，也不会害怕过程中的错误和失败，因为导演和影迷构成了一道坚固的后盾，我所需要做的就是把自己最好的状态表现出来，不让他们失望。"

在赵宝刚导演的青春剧《奋斗》和《我的青春谁做主》中，王珞丹出演的都是女二号，一个是敢爱敢恨的富家女"米莱"，一个是四六不着、为理想奔向大城市的草根"钱小样"，但两部剧播完了，这两个角色都红过了女主角。

她从不去想"自己是否红得太快"这样的问题，因为不红之前她从来没想过要出人头地，拍完一部戏以后也不会去想这部戏会不会大热，一切都顺其自然，自言不是那种做事情特别有目的性的人。王珞丹早期塑造的角色以叛逆、野性的气质而非常惹眼——在拍根据海岩小说《深牢大狱》改编的电视剧《阳光像花一样绽放》时，她被称为"岩女郎"；跟赵宝刚两度合作都市剧，又被叫作"宝女郎"。在这个喧嚣的消费时代，她的身上不可避免地贴满了各种标签，但像赵宝刚导演的一句"不可多得的小戏精"这样的赞扬，她才会尤为看重。

4. 我的青春我做主

出道即备受海岩、赵宝刚力捧，更遇到米莱这样讨巧的角色大放异彩，令许多人感慨王珞丹的运气真不错。对此，她并没有反对，但也更客观地表示："角色受欢迎，是多方面因素共同决定的，有导演的原因，有角色定位，还有剧本所赋予的戏剧冲突，当然也有我的努力，虽然这是微乎其微的。"幸运的只是她抓住了这个机会，并且更加努力。她说："有空我就会看剧本，每个空白都填满注解。不用功不行啊，我特想得到别人的夸奖，尤其是导演的！"

王珞丹形容自己的性格是：红色与蓝色的综合体。一边如蓝色安静平和，另一边又如红色热情阳光，没心没肺。

对王珞丹而言，获取快乐的方式就是把问题看得简单些。希望能睡到自然醒，喝一杯热豆浆；会为一只丢失的狗伤心，出不了戏在房间里大哭一场，公司企宣离职了也会难过得不行；重复错误会骂自己"不长脑子"，也会给自己打气；爱滑旱冰，爱攀岩，还练过架子鼓，学这么多东西并不是因为爱好，而是怕无聊；因为年轻有资本，不太在意花时间保养，相反得空就睡大觉，却又渐渐体会到定期排毒和运动给身体带来的不一样的感受；喜欢去有山有水有海的地方，快乐很重要，开心就好……对她来说，这些全都是生活的意义。MM

写给怪女孩

文◎王酷酷哦　图◎来　去

“我可以温柔地养花，也可以残忍地杀鸡。”这是当我给洋牡丹剪根的时候，心里萌生的想法。

依稀记得去年冬天，我穿着睡衣，在家给爸妈炖了人生中的第一只鸡。处理那只鸡时，厨房里被弄得很脏乱，煲好了汤后，爸说鸡汤很咸，鸡肉也没有味道。但那是我作为一个女孩，第一次一个人完成了那样一顿饭，堪称壮举。我想，有那种骄傲的感觉一定是因为我知道很少有女孩可以做到同样的事。

2017年2月的一个傍晚，我跟母亲在长途汽车上没有中心没有重点地随意聊着，打发寂静无聊的旅途时光。内蒙古的夕阳总是那么灿红，纯净的蓝天衬得火烧云妖艳得像穿着红装的新娘，我望着窗外的风景出神时，母亲转过头，若有所思地对我说：“本该是一朵花的年纪，但你为何冷漠得闻不到一丝芳香？”我震惊，甚至愤怒，我想反驳，但面对本该是最懂自己的母亲，我无言。是呀，我也多想像窗外的云一样绚烂夺目，可我做不到。

有芳香的女孩是什么样子的呢？她们肯定明媚如暖春的太阳，不刺眼又不失温度；或者像棉花糖，柔软香甜，需要小心呵护着以免被风吹散；她们肯定还很会向家人撒娇，将整个房间的空气都烘托得暖洋洋……想象着她们的样子，我的嘴角也会弯起弧度，因为那样的女子，真的很美！

但也有一些女孩，像黑夜里的猫，像卓别林的无声电影，普通、沉默、冰冷，甚至愚昧。她们习惯一个人的电影、一个人的旅行、一个人的归途，以及一个人的草木世界。

为什么一定要笑呢？为什么一定要对身边的人热情洋溢呢？为什么一定要有一个圈子谈天说地呢？为什么要示弱呢？为什么要叫闺蜜一起上厕所呢？为什么一定要晒美食、晒旅行、晒自拍呢？

“一蓑烟雨任平生”，何惧！

我不是格格不入，也不是被别人冷落，只是跟那些人道不同，心中的世界也不同罢了。人生本就是一场一个人的四处游荡，别人不懂你只身旅行的惬意和自由，也不懂你画秘密花园时的专注和慵懒，更不会懂你对攀岩极致的热爱。不是不温柔，只是你的柔软在他处，所以所有的选择，都伴随着嘲笑与误解。

可是，你知道《美女与野兽》里的贝儿和野兽吗？他愿意听她读书，在他的眼里，贝儿并不是怪人；而冰天雪地里，贝儿也没有抛弃野兽，在她眼里，野兽并不是怪物。

所以，亲爱的怪女孩，别害怕，你不是这世界上唯一的怪人。要相信，总会有人恰到好处地读懂你，愿那一天，她能看到，你眼底的世界是多么精彩！

你知道的，岁月静好，来日方长！MM

第二章

你『不像个女孩』，没关系

喜欢坐在围墙上看风景，看别样的风景；

喜欢跟着男孩们东跑西颠，探索未知的世界；

喜欢穿着牛仔裤和破球鞋，展现帅气的风姿……

你喜欢做很多事情，它们能够展示你的青春，释放你的活力，满足你的好奇心，

但是，它们让你看起来『不像个女孩』。

你会犹豫吗？会在周围人的议论声中蓄起长发、穿上连衣裙吗？

其实不必！

你『不像个女孩』，没关系，也许有一天，你能用自己的独特，为『女孩』增添新定义。

图◎猫 草

我的心脏没问题

文◎李筱懿
图◎满　月

1

大概从我上小学开始，爸爸就反复叮嘱我：“你的心脏不好，心跳有二级以上杂音，不要参加过于剧烈的运动，不要到处乱跑。”

所以，从小学到初中，我一直是一个很安静的孩子，自动屏蔽所有的校园运动会项目，而且，体育课上遇到跑跑跳跳等稍微活跃点儿的项目，我都会举手向老师请假，重复一遍“二级以上杂音”，然后在老师同情的目光中老老实实地站在一边，看同学们玩玩闹闹。我一直生活在一个特别宁静的氛围中，最大的爱好是看书、听音乐、散步与思考，发型也是齐刘海儿的学生头，成绩不错，非常文静，活脱脱一个好学生的标本。

就这样，我过了8年好学生的生活。转眼，到了中考，由于考试发挥得不理想，文化课成绩可能达不到重点高中的录取分数线，需要通过其他途径补救一下。恰好，从我那一届开始，中考加试4个体育项目，成绩可以计入总分。于是，我最佳的补救办法，就是在立定跳远、800米跑、50米跑、铅球这4个总分20分的项目中，拿到16分，也就是“优秀”的成绩。这样，我便能够稳妥地超越重点高中的预估分数线。

可是，我的心脏一直有“二级以上杂音”啊！我当时就哭了，这根本不可能，一个平时心脏不太好、不大上体育课的女孩，要用几天的工夫拿到A级体育成绩，听着不像神话，更像是一个笑话。

2

那天，父母撇下我，关上房门窃窃私语。良久，门打开之后，爸爸对我说：“其实你的心脏没大毛病，就是小时候有点儿杂音，我和你妈妈每年都带你去医院检查，早就好了。只是，我们觉得女孩乖点儿、文静点儿挺好的，不要像个猴子似的上蹿下跳，所以一直没对你说。现在，你千万别有心理压力，努力地准备体育测试吧，其实你跟其他孩子一样，身体素质很好。这两天，我陪你突击练习。”我当时的感觉，大概像大力水手吃了菠菜，力量“噌噌”地直冲脑门儿。对于这场决定求学命运的考试，我摩拳擦掌、跃跃欲试，都没来得及追究父母为什么瞒了我那么久。

不久，中考体育成绩公布了：我立定跳远1.8米，铅球6.8米，800米跑3分32秒，50米跑8秒9，总分得了18分，顺利超越一中的录取分数线——当年，文化课表现优异的学生往往标配了特别厚的眼镜片和特别烂的体育成绩，而我，绝地反击了。

我的体育老师走到我爸面前，拍拍他说：“你女儿的心脏好得能参加铁人三项。”

我爸高兴中又有些羞愧难当，而我，从此开始了与从前完全不同的高中生活。

我在体育课上活力四射，每年参加学校的运动会，甚至成为入场仪式上举校牌的健康姑娘，在400米接力项目和800米长跑项目的比赛中表现得优异极了。

3

尝试了与此前完全不同的生活方式后，我察觉到，自己其实是一个非常善于奔跑的女生。我爱那种风在耳边轻轻呼啸、风景在眼前一一闪过的酣畅，从一个羞涩安静的女孩，彻底变成了热情阳光的姑娘，我发现了一个特别新鲜的自己。

甚至，我开始重新打量“乖乖女”这个角色，而不再是对父母的决定言听计从。我明白，长辈的意见虽然是在努力为我们着想，但往往带有温暖的私心和每一代人都必然存在的审美局限。

安宁的“小确幸”确实是幸福的一种，可是，假如你的梦想是探索，或者是超越父辈、成为一个与众不同的人，那你就一定不能给自己预设轨迹，一定不能迷迷糊糊地对“过来人”的话言听计从——想想同学会上那些特别精彩和提气儿的人吧，他们对自己的人生考量，可是相当清晰的！MM

那个“英雄”一样的女孩

文◎冠一豸

图◎叶　子

1

安冬妮是我初中时的同学，在我们成为朋友之前，我很讨厌她。安冬妮很泼辣，她不仅会和女生吵架，和男生打架的事也干过，毫不示弱。

作为品学兼优的学生代表，我和“刺头”安冬妮完全是两路人。我看不惯她，一个女生完全没有女生的样子，穿着另类，还喜欢哗众取宠地引人关注。我觉得她像个小丑，她却自我感觉良好。

班上的同学都在排斥她，安冬妮却变本加厉。她飞扬跋扈，毫不收敛，跟同学争争吵吵，在课堂上顶撞老师。班上的女生没有人愿意和她说话，怕被她黏上甩不掉，男生更是对她退避三舍。

在我成为她的同桌之前，我们井水不犯河水，倒也各过各的，相安无事。我讨厌她，但没有直接和她发生过冲突，彼此就是最最普通的同学。班上六十三个同学，除了安冬妮外，我和其他同学的关系都还处得不错。

我是个很乖的男生，老师说我“稳重”。可能和家庭教育有关吧？我从小循规蹈矩，根本没做过“出格”的事，见识到安冬妮这样的女生，真是“大开眼界”。

2

初三时，班上转来一个新同学，原本老师为了不让安冬妮影响其他同学而安排她独占一桌的情形只能结束。新来的转校生很矮，只能坐在第一排，而其他同学没人愿意和安冬妮同桌，老师很为难，左思右想后，决定调我和安冬妮同桌。

这对我来说简直是“晴天霹雳”，因为我既不想和安冬妮同桌，也不想让老师为难。最让我没想到的是安冬妮，她居然站起来鼓掌欢迎，笑成了一朵花，还大声嚷嚷：“我最想和一灿同桌了，他人帅成绩又好，谢谢老师！我以后一定好好学习。”

教室里一阵哄堂大笑，安冬妮很得意，我却窘迫得满脸通红。老师课后特意叫我到办公室去，做我的思想工作。老师跟我说了很多很多，但具体说的什么我是真的都没有听进去，只记得表扬我的话说了一箩筐，最后让我不得不接受这样的安排。

坐在安冬妮身旁，我对她总是视而不见，无论她课上做什么，我都不理睬，眼睛只盯着黑板。我上课一直都很认真，总是在思考老师提的问题，安冬妮捅了我的手臂好几次，我都没搭理她。直到下课后，我才严肃地瞪着她说：“不打扰别人是一种礼貌，你不知道吗？希望以后，我们互不打扰，各自安好。”

“我们是同桌呀，我有个问题没听懂，想问你。”安冬妮一副天真烂漫的表情。

“我不是你的课外辅导，你懂不懂和我没关

系，更别说是在课上问我。”我根本不理她的示好。

“原来你和其他同学一样坏，看不起我，你有什么了不起的呀？亏我还把你想得和别人不一样。”安冬妮见我一副拒人于千里之外的表情，突然就情绪失控，大声尖叫起来。

“疯子！”我见状，丢下一句话，不再理她。

安冬妮却是一个劲儿地扯我的手，质问我凭什么骂她疯子。我用力甩开她的手，一脸嫌弃地对她说：“都这么大的人了，你怎么还这样？”

我的冷淡和拒绝，她应该是感受到了。虽然她接连向我示好，但我当她是空气，根本不想正眼看她。可能安冬妮自觉没趣，后来几天，她都没再来打扰过我，我也难得落了个清净。

3

一个周末，老爸出差不在家，老妈硬是拉着我陪她逛街。我最烦陪老妈逛街了，她总会没完没了地买东西，我就像是个小跟班一样，双手拎满了东西，累得手都发酸。可老妈根本不听我的哭诉，而我又没办法拒绝她的请求，特别是她盯着我撒娇似的说“好不好呀，儿子，你再陪老妈去逛逛嘛。有你这个大帅哥陪在老妈身边，我才有安全感”时。

这样的请求不容拒绝，我只好答应。我们家人的关系很亲密，父母对我就像朋友，彼此间常会开各种玩笑。我自己也觉得奇怪，离开家人，和别人相处时，我会比较冷淡，话不多，给人感觉“稳稳当当”，但在家人面前，我能够完完全全地露出自己的真性情。

陪老妈逛了半天，准备去吃午饭时，老妈提议去吃上海菜，而我想吃川菜。老妈为了说服我，说了种种川菜的缺点，还说再吃辛辣的食品，我脸上得长“痘痘”了。但我就是想吃“辣子鸡”，喜欢川菜又麻又辣的味道，于是在她面前撒起娇来。

在老妈面前，我就是个没长大的男孩，为了说服她，撒娇是自然而然的事，况且老妈就吃这一套，百试百灵。只是我万万没想到，安冬妮会突然出现在我面前，当她走过来，一脸诧异地说“罗一灿，你好”时，我觉得整个人都不好了。

“你的同学吗？”老妈挽着我的手问。我不留痕迹地挣脱老妈的手，尴尬地介绍：“妈，这是我的同学安冬妮。”我期待着安冬妮赶紧走人，她却像是故意的，不仅没走，还微笑起来，对我妈说：“阿姨好！我是一灿的新同桌，我叫安冬妮。”装得好淑女，可我知道她是怎么回事，感觉好诡异。

安冬妮和我妈说话时，时不时往我脸上瞟，一副神秘莫测的样子。我在外人面前从来都是一本正经的样子，没想到，这次在老妈面前撒娇竟然被我最讨厌的安冬妮看见了，真是窘得我想挖个地洞钻进去。

4

在学校再看见安冬妮时，我莫名觉得心虚，感觉自己有什么把柄被她抓住了似的。上课时，她就坐在我身旁，我总感觉有道目光一直盯在我身上，让我颇不自在。终于，我忍不住扭头看，安冬妮果然正在用一种探究似的眼光打量着我，看得我浑身鸡皮疙瘩都起来了。

“干吗这样看我？”我第一次在课堂上主动与她说话。

“好奇怪呀，我第一次看见男生这么大了还……”她欲言又止。

“不要给我说出去！”我警告她。

“威胁我吗？你来求我呀，以前你还总看不起我，哼哼……”安冬妮阴阳怪气地说。

“安冬妮，你不要干扰罗一灿同学上课。”老师突然的指责激怒了安冬妮，她争辩道：“老师，是罗一灿他先找我说话的，我又没主动跟他说话。”

“是吗？罗一灿同学会在课上主动找你说话？他从来都很认真听课的。”老师一脸不相信的表情。

“老师，我骗你干吗？又没有我什么好处。其实罗一灿同学他，也有你所不知道的另一面，比如……”

我怕安冬妮把我在老妈面前撒娇的事脱口而出，赶紧制止她，站起来对老师解释说：“老师，其实刚才是我在问她有没有问题没有听懂的。”老师听后，笑着让我们坐下。

我松了口气，刚坐下来，安冬妮又扭过脸来，开始对我阴阳怪气地笑，笑得我一肚子郁闷。这个女生什么事都做得出来，现在我被她抓住把柄，她一定会出奇招折磨我的。

果不其然，现在，安冬妮也不主动来找我说话了，就是常常莫名其妙地盯着我看，似笑非笑，偶尔会自言自语地冒出一句："真没想到，好孩子气哟！太可爱了。"我狠狠地瞪她，恨不得用目光杀死她，她却一副惊慌失措的样子，说："不要吓唬我，要不我会不小心说出去哟！"

5

骑车回家时，因为心里有事，我精力不集中，在街角拐弯处与一辆逆行的摩托车相撞了。摩托车主是个蛮横的大叔，明明是他逆行有错在先，却怪我不知躲避。我的电动车挡板烂成几片，人摔在地上，膝盖和手掌都擦破皮流血了。

第一次面对这样的事，面对气势汹汹的大叔，我整个人都蔫了，不知如何替自己争辩。更糟糕的是，围观的人都以为我是"飙车族"，纷纷指责我不对。见有人声援，那大叔更是把责任全推到我身上，就在我不知所措时，安冬妮出现了。

以我对安冬妮的了解，我以为她会幸灾乐祸、落井下石，但没想到，她指着那位大叔说："你逆行难道没错吗？撞了人还推得一干二净？他的电动车都被你撞成啥样了？你的摩托车反而啥事都没有！叫警察来，你说了不算……"

安冬妮此刻在我眼中就像一个神勇的女英雄，往日里觉得她泼辣，现在却觉得是"正气凛然"。她口齿伶俐，几句话就把风向扭转了，围观的人开始指责大叔，说他不该逆向行驶。大叔知道自己有错，但他依然在蛮横狡辩，只是声音越来越不硬气了。

安冬妮打电话报了警，警察来时，那大叔彻底像泄了气的皮球，再也无从争辩。我不想把事情闹大，更不想让父母担心，于是在警察同志的调解下，大事化小，小事化了。

人群散去，安冬妮帮我扶起车子，她说："我陪你去医院看看吧。"我不敢看她，因为刚才面对凶神恶煞的大叔时，我畏畏缩缩的样子又被她看见了！见我没吭声，安冬妮又说："放心吧，我不会把刚才的事告诉别人的。我知道你是乖乖男，第一次面对这样的事。"

她的承诺和理解让我放下心来，只是在她面前，我依旧很不好意思。我一直是看不起她的，觉得她泼辣、野蛮，但没想到，她竟然帮了我。一个男生被一个女生保护，这事让我无颜面对她。

"不要觉得不好意思，你和我不一样，我经常面对这样的事，习惯了……你和我不同，你是温室里长大的，又乖又善良，还那么帅。"

面对絮絮叨叨的安冬妮，我的脸绯红一片。哪有她这样的女生，当面把男生夸得面红耳赤，不过，我心里却窃喜不已。

6

后来我才知道，安冬妮是跟着她奶奶长大的，她很早就没有了父亲，母亲改嫁，把她留了下来。小时候，她被人嘲笑、欺负，于是早早就学会了如何奋起反抗，没有人保护她，她只能靠自己保护自己。

她说她特别羡慕我，长得那么好看，还那么会读书。我红着脸说："长得再好看，也不如你那么勇敢。"

她瞪着我，不悦地嚷嚷："你是想说我野蛮泼辣吧？我知道，你们在背后都这么说我，大家把我当成'绝缘体'，虽然我是很想和大家成为朋友的。"

"我不是那个意思，我……"我争辩道。

"好啦好啦，我知道了，你没有觉得我野蛮。"她微笑着说，还做了个鬼脸。

成长环境的不同，使得我们形成了不同的个性，其实，安冬妮也是个可爱的女孩子。她想得到大家的关注，想融入班集体，想有自己的朋友，想……但在以前，我们都戴着有色眼镜，硬生生地把她推开了。

她的忧伤、她的心思、她的真诚，我以前不懂，甚至看不起她，觉得与她同桌是一件很悲哀的事。但当我渐渐了解她后，才发现她其实是个能力很强的女生，对人生有自己的看法。她有为了保护自己而故作泼辣的一面，但也有善良的一面。

她不想被忽视，所有的哗众取宠只是为了得到大家的关注。没有父母保护，所以她只能把自己伪装成一只刺猬来保护自己。我知道，有时候，她的一些想法和做法是欠妥的、偏激的，可是谁又能做一个十全十美的人呢？

现在，在我心里，安冬妮就是个善良勇敢的女孩。

我很庆幸，在初三这一年能够与安冬妮同桌，并与她成了可以敞开心扉谈心的好朋友。人生殊途同归，唯有时光这面镜子从不说谎，见证着我们的友谊。她的样子，一直盛开在我的记忆中——那个"英雄"一样的女孩。MM

做个很酷很酷的短发姑娘

文◎顾　鲸
图◎繁　繁

一双帆布鞋、一个双肩包、一辆单车、一张阳光的脸，这便是青春里最美好的装扮。就算是短发的姑娘，下雨天，我们也有诗意的模样。

从小到大，我差不多一直保持同一个发型，区别就是及耳或者及脖子。

故事要从小学二年级说起，因为明明那个时候人家还是个娇滴滴的萌妹子。后来，我之所以慢慢成了糙女汉，大概都应该怪我妈。二年级时，我家母后欺负我年纪小，骗我说留长发会把身上所有的营养都吸走，以后会长不高、长不漂亮、长不出牙齿……

于是，剪刀一起一落，头发一挥一洒，从此以后，我便和长发飘飘say goodbye（说再见），变成了一朵屹立在万众麻花辫女生中一眼就望穿的冬菇头。如此特立独行的发现，导致后来老师想不起我的名字时，就大喊：“那边的那个小冬菇，起来回答一下这个问题！”

回首往事，再看如今，我觉得当时被剪断的不仅仅是我的长发，同时被掐断的还有我变成一个温柔细腻妹子的道路。从那时起，我便在自己扛水上楼、换灯泡、拧瓶盖，甚至和男生踢足球、掰手腕的充满辛酸血泪的路上越走越远，成了一个活脱脱的女汉子！

小学过后，我升上了一个有着严厉规定的初中：女生一律得剪短发，发尾不得碰到校服衣领，而且定期检查！

这正合了我妈的心意，她觉得我是个学生，就应该苦哈哈地学习学习，只要学不死，就往死里学的那种，巴不得抹杀我除了学习以外的一切兴趣爱好。而每次剪发时，我都感觉理发师和我有血海深仇，人家都说理发师是人类头发的建筑师，那我每次遇到的，不是修楼梯的，就是修草坪的。

我觉得这都是孽！因为小学时没好好保养护理头发，所以现在，只要一起床，我的头发就变身满头弹簧。最令人痛苦难言的就是，北风一吹，我的头发就嚣张起来了，张牙舞爪，简直就不把我的脑袋放在眼里，尽情地在我头上作威作福。

到了高中，我终于可以留长发了！本以为，只要能过我母上大人那一关，长发飘飘就能被我拾回来了。可是，在我睡觉的时候，她竟然化身为容嬷嬷，把我留到及肩的长发一把剪断！

好吧好吧，我终于认了！

其实，到后来，我渐渐发现短发也没什么不好。和我同宿舍的女生，洗完头总抱怨长头发不容易干，冬天特容易感冒；她们还说，因为长，所以老掉头发，堵住下水口；更令她们头痛的是，每到冬天，一梳头，就有噼里啪啦的静电；还有，每次梳头，都会浪费很长时间。

想想我，头发揉一揉、甩一甩，十分钟就能干，感冒什么的从来不会是因为头发；再想想它的顽强不屈，我用几十秒就能处理好，省了不少事儿……想到这些，我简直幸福得不要不要的，头一回觉得我妈的决定是对的。

短发，给了我一个干净、方便、轻松的高中生涯，让我能沉静下来，心无旁骛地学习，让我在高三期间，每天省下了十多分钟的洗头和梳头时间，这些，大概都要归功于我明智的老妈吧！

不是所有少女都需要长发飘飘、裙摆飞扬，做个短发及耳、衬衫牛仔的女孩也可以很漂亮，而且特别酷。所以，短发的姑娘们，大胆地剪吧！只要你喜欢短发，就请一直保持你特立独行的倔强和勇气，因为我们是很酷很酷的短发姑娘，拥有晴好风景里独一无二的青春！MM

加油，逆风飞翔的普通人

文◎米　粒
图◎花月婷然

1

我不得不承认，这世上真的有天才。

小学五年级的时候，我们班转来了一个男生，成了我的新同桌，他的名字叫陈默寒。他的容貌我早就记不清了，脑海中深深烙印着的，是他那过目不忘的本领。

那时候，语文课本上所有的新课文，他只要读一遍，静默几秒，就可以完整地背诵出来。这项技能被语文老师发现后，开心得手舞足蹈，一下课就让他去分管教学的校长那里表演。回来的时候，陈默寒的脸微微泛红，粗声地喘着气，紧张得一直不敢抬头。我悄悄给他传了一张字条表示祝贺，可他吓得攥在手心里怎么也不敢打开。

然而，默寒的成绩并没有好到惊人，所有需要记忆出马的，他都手到擒来，但逻辑思维方面并不出众。小升初的时候，我们学校推优，他服从分配去了一所不算太拔尖的中学，之后便没了他的消息。后来，有人遗憾地说，默寒已经泯然众人矣。

第二个天才是我的高中同学薇薇，身高不到1.6米，人巨瘦，好像永远都没什么力气。她从来不参加体育活动，也不健身，但她的运动能力着实让人吃惊。高一的第一节体育课，800米摸底，体育老师说跑个七八成功力就行，但一声哨响后，薇薇跟匹脱缰的马驹一般“噌”地蹿了出去，速度快得全场都惊呆了。

她跑到第二圈的时候，我们刚跑过200米。最后，薇薇以2分30秒跑完全程，听说都快达到运动员水平了，而我们一众女生还在为3分50秒的及格线努力。

后来，我和薇薇成了好朋友，我非常好奇她小小的身体里怎么会有如此惊人的能量，也尝试着去探查她的成长过程中有没有什么奇遇。那时的我，心智比小时候成熟多了，不会再轻易错过研究天才的机会。可是，薇薇的饮食比常人还要少，除了吃虾不吐皮这一点，她普通得不能再普通。

最后，薇薇也没有选择当运动员。听说，后来她去了大国企当会计，最风光的时候就是集团每年的春季运动会，她代表财务室出征，包揽了各类跑步项目的第一名。

2

我常常想，为什么老天爷这么不公平，好像天才总是别人，平凡的总是自己。

我热爱音乐，想要唱出动人的旋律，可我从来就听不准音阶；中考800米体测更是我的生命不能承受之重，我捆着沙袋跑了三个月，才刚刚跑进及格线；也就记忆力还马马虎虎，谈不上过目不忘，但瞬间记忆的能力较强。记得上大学时，复习现代文学这门课的过程中，我漏看了郁达夫的写作风格，临考前三分钟才在同学的提醒下想起来，慌张间迅速浏览了五大页笔记。结果，最后一道大题果然是考这个，我洋洋洒洒地侃了一大篇，最后竟成了我们班的最高分。

这么想来，上天对我也不错，虽然没有哪一方面技压四方，但好在也没有特别差劲的地方：脑子不算太笨，动作也算敏捷，无风无浪地长大，平凡却也安稳。

我知道，这世上的大多数人和我一样，羡慕过身边某个光彩照人的偶像，惊讶过班里某个才艺过人的同窗，然后在众人艳羡的神情中搓着衣角，渐渐暗淡了目光。

人的一生会遇到成千上万个人，而我只遇到了两三个天才。我见得更多的是没有惊人天赋，只有难凉热血的普通人，他们逆风飞翔，比其他任何人都更勤奋努力。说实话，比起那些一登场就炫酷的牛人，我更欣赏那些努力坚持到底的普通人。

因为我们都没有通关秘籍，所以更能安心屡战屡败、屡败屡战地生长。少了一些轻而易举的收获和理所当然的成功，人生并不会怎样。

3

记得有一次，我去看一位年轻画家的小型画展，她笑靥如花地立在门口和大家攀谈，一个记者模样的人盛赞她的画气韵生动、深刻独到，而她则是不可多得的天才画家。年轻画家笑着说："天才画家？我小时候画画时常常被老师罚站，因为我资质平庸，总是不得要领。后来，我的同桌开始讥讽我、孤立我，甚至让全画室的孩子给我起外号。那时候，我总是埋怨老天爷，为什么不能多给我一点儿天赋。"

"后来呢？"众人听得入了迷，急着想知道画家的命运转折在何处。

她眯着眼睛："后来我就告诉自己：只要日日苦练，终究勤能补拙。再后来，就像看书一样，书读百遍，其义自见，日夜苦练的我如同开了窍一般，终于进入了绘画这座艺术的殿堂，我越画越自如，越画越自信，最后成功地举办了画展。天赋这东西确实很重要，但它也只是能帮助我们成功得更简便，并不是人生畅行无阻的通道。"

事实上，天赋就像被别人捧在手中的新年礼物，它们包装精巧、细致美好，但得到这份礼物的人并不是你。与其失望怨怼，不如坦然接受，明明白白地做普通人，脚踏实地地努力，理所当然地奋斗，安心接受命运给予我们的平凡，不靠偶然，也不靠侥幸，靠自己来一场漂亮的反击战。

什么最能感动我们？不是天才嘴角那一抹迷人的微笑，而是你满脸汗水和泪水，却仍然咬着牙奋力奔跑的身影。要知道，逆风飞翔的你，真的很帅气！MM

再前行200米

文◎王国梁

我常和一些朋友骑行去山里体验新奇之感。有一次，我们去登一座山，到了山脚下，仰望着高耸的青山时，都兴致勃勃的，想登上山顶，一览绝美风光。

可山路崎岖，没多久，很多人就感觉到了体力不支，而山顶还是遥不可及。正当有人萌生退意时，前面的路况也发生了新情况：山路被密密的灌木丛阻断了。如果铁了心披荆斩棘地向前进，这点儿困难不是克服不了的，但问题在于前面的路况更加难料。这时，有人开口说出了放弃的话："不去了，咱们往回走吧？"上山前满腔豪气的人竟然有不少响应的。随后，也有不太情愿的声音传出："可是我们已经登了大半了，如果放弃，就前功尽弃了！"经过协商，大家兵分两路，一路继续前行，另一路返回山下。几经犹豫，我实在没勇气继续探索未知的前路，便跟着下山的人一起返回了旅社。

第二天，那些坚持上山的朋友晒出了他们拍的照片，我们看到后，羡慕极了，因为山上的风景实在是太美了！他们说，其实，只要再往前走200米，就是一派柳暗花明的景象。听完他们眉飞色舞的描述后，我们又遗憾又羞愧。

其实，"再走200米"听起来简单，但真正做到需要一种难能可贵的坚持品质。很多事情就是这样，困难时有发生，但只要能坚持下去，走过最艰难的路段，就会豁然开朗。从那以后，人生路上，走不下去时，我会告诉自己："再坚持200米。"结果是，我常常看到令自己不悔当初的无限风光！MM

追逐繁星的孩子

文◎沈嘉柯　图◎莹　月

1

小辉是我大学时代的一个小学妹，我念大三时，她念大二。她在校报做编辑，那时我发表了一堆作品，拿了很多奖，她来采访我，说要写一篇人物报道。

年少时的我心高气傲，中央大报大刊发遍文章，哪里会在乎校报？漫不经心的采访之余，我反问她："你最喜欢什么书？"

她说她最喜欢曼彻斯特写的《光荣与梦想》，这本书可是新闻界传世之作，我虽然学的是法律，但也久仰大名。

我们一聊之下，很投机，平常我也很少看见如此豪爽大气的女孩，于是便和她成了朋友。别的新闻系学生就想毕业后找份好工作，这家伙却向往着成为一名伟大的记者，我很佩服她，但又带着怀疑。

后来，她决定考研。在读研这件事情上，她是我见过的最执着、最痛苦、最纠结的人。

第一年，她很认真地准备，每天都去上自习，背着一大袋书和考研的资料，还有一个大水壶。遗憾的是，那年她没有考上。没办法，那个学校的那个专业，再加上她选定的导师，面向全国只招三个人。

第二年，她决定换个环境。因为第一年没有成功，第二年她压力巨大——同学们纷纷参加了工作，家里人也总是催促她："一个女孩子，别有那么大野心，回县城考个公务员算了。"

当她觉得压力逼得她喘不过气来的时候，就来找我诉苦，她说："你不是学过心理学吗？别客气，拿我开刀练习分析，顺便给我减压。"我哭笑不得，但还是很讲义气地听她大倒苦水。

第二年她还是没考上，就差那么一点儿。她快崩溃了，但破釜沉舟，她反而更坚定地决定跟那个学校杠上了。

萎靡不振了小半个冬天，她开始第三次攻坚。这一次，她干脆跑到北京去，在那个学校里面租了房子。

觉得心理压力太大的时候，她还是会打电话给我，但我也没有什么新鲜的招数可以安慰鼓舞，说真的，我都被她给搞烦了。我只能跟她说，要想打赢"战争"，身体上不能垮。

她听从了我的建议，先从体能上储备力量，坚定斗志。于是，她每天围着那个学校里面小小的湖跑步，然后吃早饭，去图书馆泡七八个小时。

我特别不喜欢"皇天不负苦心人"这句俗语，但这一年，也终于忍不住在祝贺她时说了。在她的同学们已经工作了三年的时候，她成了北京大学的一名研究生，开始了又一段学生生涯。

2

她完成这一阶段的梦想后，我才知道，原来，她小时候的梦想是进外交部，当一名外交官。可惜高考前，她本来可以保送人大，却一心只想考北大，拒绝了原本的保送机会。可惜，天不遂人愿，高考时她压力过大，发挥失常，遗憾落榜。

落榜后，她被调剂到了我们所就读的这所普通大学。大学毕业时，她心有不甘，这才再度选择了特别难考的北大国际关系专业。

这场属于她一个人的“战争”，她整整打了三年。

但在她终于读完了研究生，开始找工作的时候，又达不到外交部招人的条件了。时移世易，很多单位招人的门槛逐年提高。

她回武汉办理户籍迁移手续的时候，我做东请客，问她最后决定去哪儿工作。她有点儿尴尬地笑了笑，犹豫了半晌，要求我不能笑话她。

我心里纳闷，找工作有什么好笑的。

她告诉我，是《新京报》。

我有点儿吃惊，真的忍不住笑了出来。

我之所以会笑，当然是因为这里面另有故事。

当年，她大四时，我已经工作了。那时候，她在《光明日报》实习，蹲在本地分社办公室，苦于找不到有价值的新闻线索。我上班的刊物大楼距离她所在的地方只有一百多米，一天下午，她打电话来求助，说自己实在是绞尽脑汁，也不知道该报道点儿啥。

我恰好嫌待在办公室太闷，所以就以外出会见作者约稿的名义溜出刊物大楼。见到她的时候，我吓了一跳，这家伙满头乱发如杂草，一身汗臭，比男生还邋遢。而且，她的桌子上堆满了各种报纸，电脑屏幕却一片空白。

我笑话她：“兄弟，有必要吗？不就是实个习，怎么弄成这副德行？”

还没做正式的记者，就搞得跟个新闻农民工似的。

她很无奈，推开报纸说，她的指导老师让她自己找新闻线索，但她翻遍各种新闻报道，都是一些鸡毛蒜皮的街谈巷议，要么就是一些官方会议，实在没有值得报道的东西。

看她这副样子，虽然我很想帮她，可我从事的杂志工作偏向心理学和文学，和新闻不是一回事。我把她面前的本地报纸翻开，忽然看到一条小学升初中择校热的报道。我指给她看，她不以为然，某报是堂堂大报，写这么小的事情能通过老记者的法眼吗？更别说还要过编辑那一关。

她不想丢脸。

我说：“新闻关心大事，但我们作家反而不喜欢宏大的，喜欢细致入微有生活气息的东西。大事不是天天有，民生小事也能折射社会风气。你试试看嘛！”

她半信半疑，试试看地写了。

那篇几百字的小报道，两天后上了头版，她有了第一个正式发表的实习作品。

万事开头难，其实难在打破心障。有了第一次发稿，她就放轻松了，陆续发了好几篇头版稿。

她的个性也挺受报社老师欣赏，她的指导老师是资深记者，问她想不想做记者，可以推荐她去《新京报》。事实上，她也确实去尝试了，可是待了几个星期后，因为心里的梦想之火还在熊熊燃烧，她还是决定读书考研，去考北大。

没想到，她读完北大的硕士，还是去了《新京报》工作。

3

那次饭桌上，我问她：“这一次工作，感觉怎么样？”

她笑嘻嘻：“我要当犀利的记者，最近申请调到深度报道部门了。”

我为她担心，劝她想清楚。别看都是无冕之王，做新闻也有很多细分类别，深度调查写特稿，接触的都是违法犯罪和严重事故，这些恰恰是危险系数最高的，有的甚至危及生命。真实的采访过程一点儿都不诗意，她一个女孩真的太危险了。

但她说：“我想留下自己的名字啊，也想写出好的报道，你知道的，我就是这种人。”

她说得没错，2008年汶川特大地震，她一个女孩子不顾危险跑去灾区做志愿者。在路上，她遇到一支救援的队伍，便不顾危险协助救援搬运，回来后，还因此获得了一纸嘉奖。

她说，她要像《光荣与梦想》里的那些大记者一样，寻找事实、抵达真相，从国内报道到国外，积累实战经验，再去大学或学术机构做研究，做个国际关系的学者。

这家伙野心大，即使成为外交官的梦想熄灭了，她心里还有一个更大、更海阔天空的梦想，始终不曾熄灭。

我无法再劝她。

4

后来有一次，网上爆出文学界黑幕，全国一片哗然。

当时，越来越有新闻敏感度的小辉也被这件事情惊动了，为了能够采访到当事人，她死缠烂打地缠着我，极力逼迫我去向不熟悉的作家同行要电话号码。

这种事一而再，再而三，快赶上我另外一个卖保险的同学了。虽然我们是多年老友，但我也不胜其扰，只好把她暂时拉黑。

再后来，有一天，一个作家朋友在微信朋友圈里发消息说，看到一则报道特别感动。我顺手点开网页，那篇新闻是记者深入某地村庄，采写的一则有关艾滋病孤儿的特别报道。

浏览到报道的最下方，我在配图里看到了一位女记者，正是小辉。

她还是学生时代的打扮，夹克外套、短发、跑鞋，搂着一个神情淡定的孤儿。她的样子风尘仆仆，但她的眼神璀璨如星辰。

那篇报道细致翔实，从小处入手，几乎全是白描手法，呈现了一群不幸的孩子的生存状况。她从前文字里的炫技文笔现在消失了，取而代之的是把深情与关怀收敛在沉静叙述里，让沉重的现实问题自己浮出水面。

我没有打电话告诉她："你写得很赞，我被打动了。"

我只是默默地在心里说：这家伙，终于成长了，终于知道自己追求的是什么，终于成了一个拥有像样作品的记者。

在我们文字行业，作品就是金光闪闪的勋章——铁肩担道义，辣手著文章，任重而道远。而她，终于成为了一位有担当的新闻工作者！

5

年轻的时候，人分成三种。

一种人浑浑噩噩，天天把梦想挂在嘴边，但上学时逃课睡大觉，工作时既怕吃苦又想偷懒，做做这个职业，干干那份工作，还没厮杀拼斗一番就投降认输。成年之后但求稳定，有一碗饭吃，很多年过去，再变成怨气冲天的中年人，光阴弹指而过，白了少年头。

另外一种人很早就知道自己喜欢什么，想要什么，心无旁骛地沿着一条路走到底。即使他们的奋斗历程并不平坦，但是他们有着不会被任何坎坷所打击的热情。大风大雪，自己一肩扛；甘苦冷暖，自己闷头咽，最终收获的丰盛闲适，都属于他应得的。

还有一种人，一开始不知道自己喜欢什么，后来呢？依然不知道自己适合做什么。但他们不愿意平平庸庸地过一辈子，而是一路拼一口气，每件事都非得竭尽全力了才谈放弃。与此同时，他们一直保持学习状态，为自己添砖加瓦，走下去，走到柳暗花明又一村。

有人浑浑噩噩，有人少年得志，也有人大器晚成。

人生之旅，殊途同归。到底做什么有意义，过什么生活从不后悔，判断标准只在自己心中。就像画油画，一开始要细致地打底稿，然后层层叠叠地勾描刮涂，中间堆上一团一团的色彩，逐步修饰成型。十多年后，隔远站开观看，轮廓才得以清晰。

小辉经历了艰难的自我认知和选择，三年又三年，都未能圆一个外交官的梦。

但不能直接达成的事情，她总是会不断地尝试通过毗邻的行当绕回去，我听说，从突发事故的爆炸现场到重大经济案件的报道，都有小辉的身影。

她的"人生油画"是星空，她追逐的是繁星。

小辉同学，愿你终有一天能够摘下闪闪满天星。因为哪怕岁月漫长，路途迂回曲折，你追逐繁星的过程，都会让你不负此生。MM

自己的路，自己选

文◎权蓉 图◎绚莹

1

满满是临近高三才被妈妈提溜进美术班的，因为母亲大人慧眼如炬，觉得满满这样成绩中游的主儿，很难靠文化课成绩考个好学校，于是，高二期末家长会后，她灵机一动，和班主任商量后出此计策。

艺体类的其他项目都太专业了，满满体格一般、五音不全，除了来试试强化美术技巧还有点儿盼头，其他事想都别想。而且，妈妈理由还很充分——学了美术，别的不说，以后穿搭衣服都比别人漂亮一大截。

但是满满才不认可这些理由呢，她背着画板提着画箱去顶楼的美术教室报到的时候，总有一种不择手段的羞愧感。

美术教室中，像满满这样因为高考进来的人其实很多，之前用了一半的画室，一下子变得满满当当，而且明显的分野是，一直在美术教室的同学，升格为前辈；这些连削铅笔都不会的半路出家的，成了新人。为了这帮新人，美术班的班主任特地在暑假安排了一个月特训，而被指派来辅助教学的，是画室之前的“老人”。

说是“老人”，其实是高一的美术生。怕这些准高三生有怨言，开特训班的时候老师就放了话：“那些同学是真心喜欢画画的，每个人都是从小的基础，他们带你们，完全合格。”

满满在心里自嘲，都准高三了，在日剧里那可是在校园里横行霸道、威风无双的人，现在反倒被高一的学生们指点着。

督促满满的是个男生，叫隆东然，他因为筹备画展而留校，本来不在此列。不过，分到满满时没有人，老师就临时拖了他来。当他自我介绍时，满满脑子里翻起来的是“龙傲天”那个段子，所以嘴角不由得一抽，一句话不受控制地就出去了：“龙傲天是你什么人？”

隆东然见怪不怪地回了一句：“我是隆重的隆。”

他这么一答，反倒是满满不好意思了，讪讪地不再说话。

每天满满从学校回去，妈妈都要事无巨细地一问再问，那天，知道来辅助满满学习的是隆东然的时候，她笑得合不拢嘴，整个人容光焕发。满满不解地偏了偏头，妈妈点着她的脑门儿说：“真是修来的运气，能让这个孩子给你辅导。他小时候获奖，我还跟着做过报道呢！”

网上搜索一下，好多个隆东然出现在了满满的屏幕上：各类获奖作品，给杂志画的封面，设计类网站报道……前前后后翻页一看，连学校美

术教室的招生广告里都有他的照片，满满嘴角又不由得一抽。

当然，师父再怎么优秀，满满还是个画画白痴，最简单的苹果素描起形都画不好，更不要说铺什么黑白灰的调子了。她坐在角落里，看着和她同时间来的那些人，他们同样是投机人员，可已经有人能独立临摹石膏像了。

不过，隆东然脾气好，也不催，就看着她泥牛一样地艰难奔突，间或在要点上指导指导。满满不甘心地问："你是怎么学素描的？"

隆东然像得道仙人："我没有学过素描，小时候自己乱画，后来就会了。"

满满不知道自己那个像隆东然一样的"后来"到底在哪里，起码现下她十分难受：各处要点都知道，可下笔后就差了十万八千里。

2

终于，有一天的特训，满满没有去美术教室，提前在一个路口拐了弯。那是个不小的街心公园，早晨八点的树荫下聚了一批晨练完聊天的老人，还有摆卖鲜花、水果的小摊贩们。满满找了一条长椅坐下，后来，日头升高，人们散去后，她干脆不顾形象地蜷缩着躺在了长椅上。

不知不觉中，她睡着了，太阳渐渐地晒过来，一热，把她晒醒了，而醒来时，她发现隆东然就在旁边的长椅上，坐着看着她。

逃课，被学弟抓了个正着，真是一件好尴尬的事情！不过只一瞬间，满满就又给自己找了个理由：暑假特训，也不算是正规的上课吧？她自己还在这边一一盘算，只听隆东然说："我又渴又饿，这附近有什么好吃的？"

吃饭间聊天，隆东然问满满为什么来学画画，满满咬牙切齿地将母亲大人的打算原原本本一说，他又问："你自己最喜欢什么？"满满顿时口若悬河："写小说，写脚本，写一切自己脑子里蹦出来的东西……"说到后来，满满都不好意思了，跟个小学弟吐露心声算什么事儿啊。

倒是隆东然一副大哥形象："今天我已经和老师请假了，说带你去买一些资料。"

不知道是不是因为这次私人包庇，之后，满满去美术教室的时候少了一点儿压力，多了一些温情。但即便如此，特训完交每项作业画稿的时候，满满还是觉得自己拖了那位"美术之光"的后腿。

3

隆东然在学校有自己的画室，就在美术教室旁边，特训结束那天，满满第一次受邀进去：中间是几乎墙壁那么大的一幅快完工的油画，旁边是尺寸各异的已经完工的作品，其中一些已经装裱好了。

满满虽然是美术白痴，但审美能力还是有的，看了半天，不可置信地问："这些都是你画的？"问完又不由得抬手给了自己一下，不是隆东然画的，难道是她林满满画的吗？

正式进入高三时，满满从美术班里出来了，原班级的同学问她，她也不回避，正大光明地回答："不是画画的料。"回想起来，这次自己这么坚决地拿主意，吓了妈妈一跳，一哭二闹地反对，最后还是爸爸说："文化课补一补还有机会，现在她明明画不好还去美术班才是耽误时间。"

满满没有大人们那么现实的考量，她只是践行了隆东然那天说的话。

夏天的夕阳下，那个明明是少年的人却跟老学究一样拍着她的肩膀叮嘱道："你根本不喜欢画画，所以才会因为忍受不了而逃课，以后再硬着头皮去坚持，也得不到什么。你要自己想好自己最想走哪条路，现在决定还来得及。"

满满大二那年，隆东然已经开了国际巡回展，在国内举办的两场，满满都去了。人来人往间，她走在人群中傻傻地笑，自己和隆东然是不是还有半师之谊？

展览后的交流会上，满满坐在后排，听隆东然讲自己的画画历程。散场后，好多人围上去要签名和合照，满满本来也想去的，不过呆立片刻后，终于回过神来，从往前的人群中逆向退出门外，然后离开了展览馆。

她想起那年夏天的树荫下，他坐在长椅上等逃课的她醒来，心里有一点儿说不上来的淡淡的甜。MM

哪有那么多理想，只是不甘心作祟

文◎Unny　图◎星象vikki

1

前几天，晚上和爸妈一起吃晚饭时，我妈看着我眼睛下面浓重的黑眼圈，说道：“你啊，天天这样读书累不累？”然后我爸紧接着跟了一句：“你啊，就是不听话。”两个人都一副无奈的模样，看着我，挺不满意的。

其实，我知道他们在埋怨我什么：上班上得好好的，突然之间打算辞职考研。

我从小到大，爸爸妈妈都没有对我提出过什么特别的要求。他们并不是很希望我成为光芒万丈的大人物，所愿不过是我大学毕业后找份还算不错的工作，顺顺当当、平平凡凡地过一辈子。

考研这件事，是我人生当中的一场意外，也是他们对我未来规划之中的未知数。

他们虽然同意了，但还是不太能够明白为何我突然决定要去参加这样一场赌博，去迎接一个尚且不知输赢的结果。又看到我熬夜看书，异常辛苦，就难免心疼。

我和他们说过很多理由，比如说我想要好好学习，又或者说我觉得读完研究生更好找工作。

可是那天看着他们，我脱口而出一句从未说过的话：“我不甘心。”

说出口，心里一震，突然之间明白过来，那么多理由，那些多所谓的理想抱负，都是实实在在的，只不过，抵不过一句“我不甘心”。

不甘心一辈子都没有资格踏入名校，不甘心一辈子尚未见过鲜活的生活就被捆绑在所谓的安稳里，不甘心一辈子尚未接触过优秀的人就被束缚在平庸世界之中。于是，就这样，心里面憋着一口气，然后熬夜看书，一遍遍告诉自己：你行的，你行的，去做吧。

然后，我就去做了。

2

我有个男闺蜜，是从小玩到大的朋友。

他从小男生女相，明明是个男孩子，长相却比女孩子还要秀气，身材也不高。就是性格，也和女生差不多，细腻柔和，有着女生特有的敏感婉约。

他从小和男生玩得并不好，初中的时候，常常有男生说他“娘炮”。我记得，当时他的脸都气红了，明明是个男生，被说“娘炮”的时候，我看到他的眼中有眼泪在转动。

想来，无论是哪个男孩，性格之中再怎么有女性的成分，也不愿意遭受这份耻辱。

高考结束那年，我去外地上大学，临行前，他告诉我：“我要去当兵了。”

他从小身体算不上好，我怎么都没有想到他会做出这个决定，于是问："为什么？当兵，那可不是一件轻松的事！""大家都说我男生女相，我怎么着，也得去变成男人回来，军营不是最锻炼人吗？那我就去好好磨炼一下。"我记得他说这话的时候，转过头来看着我，眼睛之中的光芒，竟是比起任何时刻都来得璀璨，轻轻一笑，露出小虎牙，让我的心不由得一颤。

大学四年，他在外地当兵，基本没有回过家。

今年，他难得回家探亲，路上碰见，他冲我挥了挥手，笑起来的时候，依旧露出可爱的小虎牙，只是整个人站在我面前时，让我有些不敢认了。

黑了，壮了，结实了，不过更重要的是，更有男子汉气概了。

明明还是那副模样，气质却是天壤之别，曾经让人感觉稍带娇柔的存在，竟随着时间的流逝，消失得一干二净。站在我面前，是顶天立地的军人模样。

"我回来了。"他冲我一笑，熟悉又陌生。

后来，两个人一起大晚上轧马路，我问他军营生活："当兵这么多年，苦不苦？"

"苦，累的时候恨不得马上回家，脱掉这身军装来得干净痛快。"

"那怎么待了四年才回家探亲？"

"训练练得很累的时候是真的想要回家，可是一想到回去又要被人说'娘'，被人说没本事，心里面就不甘心。怎么着，也得混出一副模样再回来！"他转过头来，冲我一笑，原来白皙的皮肤变得黝黑，露出小虎牙的时候，却让我又想起了四年之前的那个倔强少年。

我不由得踮起脚尖来，摸了摸他的板寸头："好样的，你是男人了。"

成长之中，那些让自己感到耻辱的存在，唯有自己能够抹去，倔强不回头地努力去做，最初也不过是源于心头的那一股气。"得混出个人样才能回去！""得改头换面才能重新站在原地！"……说我是少年意气用事也罢，说我年少天真也罢，只不过，我真的不甘心啊。

3

有个好友，八月底的时候刚刚进入外企，月工资5000元。

杭州租房贵，每月租房就花了1500元，另外加上吃饭、化妆、日常聚会的开销，林林总总下来，每月的工资一点儿不剩。

好友其实家境很好，本来家里面安排她去考教师资格证，考上了就去做个小学老师，月工资5000多元，不用租房，吃喝都在家里，又舒服又自在。更何况，她的成绩很好，举手投足也大方，条件过硬，若是认真准备考试，不会考不上。

只是好友连试都没有试，一心准备着进外企。

父母自然是反对，直说："不听老人言，吃亏在眼前。当老师多好？稳定又舒服。"到了最后，又是来了那么一句："小孩子啊，就是任性，家里都安排好了，也不愿意听话，以后啊，肯定得后悔。"

那天，我和好友两个人待在她的出租房里，看着外面的漫天星星，心里惆怅又迷茫。

我问她："后悔吗？"

"现在不后悔，以后不知道。"

"当老师是挺好的，挺稳定的，更何况，你也喜欢小朋友。"

"我只是不甘心只能尝试一种生活、一辈子从事着同一种职业，虽然面对的是不同的孩子，却教着同样的教材。现在，趁年轻，还是想拼命做好，不去过世人眼中安稳的生活，而是去尝试一次另外的生活。"

"我只是想要试试看，另外一种可能的我。"那清清淡淡的一口气，恍若是风，一吹就散了，恰似那温柔月光之下的你与我，张皇失措间，还是努力着不断向前行走。

我抬起头来看夜空。"我也是啊。"我轻轻应道。

4

我们深切地明白，理智上，走那条安稳大道来得更加舒适自在，却依旧在情感上选择蜿蜒小道；心里明白许多年后可能会后悔，只是此时此刻，依旧选择我行我素。这种选择，不过是因为我不甘心被所谓的条条框框束缚，去过一个舒坦却一眼看得到头的未来。

年轻人有时候蛮笨的，不撞南墙不死心，不头破血流不甘心，可是啊，还有棱角锋芒的时候，不多碰撞一下，又怎么能懂得成人世界的规则呢？

我不甘心，所以我要走自己的路，去拼一下属于我的未来。知道你们都是对我好，可你们都不是我啊。MM

傅园慧：虽然不够淑女，可是足够开心呀

文◎豌 豌

1

第一次来到游泳馆时，傅园慧一头就扎进了水里。

因为从小体质就不好，还患有先天哮喘，傅园慧5岁就被父亲带到了杭州著名的陈经纶体校参加锻炼，强身健体。年幼的她，丝毫不怕水，反而拿出了初生牛犊不怕虎的姿态，直不楞登地就一头钻进了泳池。岸上的教练急忙把她提溜出水，一边感叹她的勇气，一边笑眯眯地夸她是个好苗子。

虽然并未出生在“体育世家”，但傅园慧的家人都是十足的运动达人。她的母亲喜爱羽毛球，父亲热衷于游泳，就连年过七旬的外公也是个体育迷——曾经跑过马拉松，还横渡过钱塘江。因为一家人都是乐观开朗的性格，傅园慧从小就被熏陶出了“豪爽”风范：刚懂事就没事溜达到邻居家串门，主动找小伙伴们玩，外出吃饭时也总能迅速和边上的小朋友们打成一片。用她父亲的话来说，傅园慧从小就有点儿“人来疯”。

进入体校学习游泳后，傅园慧遇上了她的启蒙教练——吴鹰。除了日常的游泳训练外，其实，吴鹰私下里也与傅园慧有着深厚的师徒感情。当年，他很快就看出了这个小姑娘“霸气外露”的个性：别人占了她的位置，她会大声地让对方离开；生病输液也坐不住，一拔掉吊针就要求回来训练；不管训练多苦，她从来不哭，永远是无所畏惧的样子。

其实，回忆起与傅园慧的第一次见面，吴鹰说，那并不是在游泳馆里。在傅园慧被父亲送进体校之前，他就见过还在幼儿园念中班的她。有一天，吴鹰路过一所幼儿园，透过栏杆，他注意到了操场上站着的一个小女孩：个子特别高，身材也很匀称。他信步走到傅园慧面前，问她要不要学游泳，这个五岁的小女孩却歪着头对他说：“我要自己好好想一想！”后来，每次谈起这段“偶遇”，吴鹰都会笑着说：“她跟我有缘。”

2

经过七年的严格训练，傅园慧展现出了优秀的素质后，就顺利地进入了浙江省游泳队，进行更严苛的培训和竞争。但是不管环境发生怎样的变化，她看起来一如既往地大大咧咧，时常逗笑教练和队友。不过，真正了解她的人都知道，在她爽朗的性格下，其实埋藏着一颗十分敏感的心。

傅园慧很早熟，因为过早地离开了父母，她不仅有非常强大的独立生活的能力，同时也有不少独立思考的空间。

她十几岁就开始读《易经》《孙子兵法》，没事的时候喜欢待在房间里默不作声地看书。当时，身边的队友都形容她“静若处子，动若脱兔”。那样惹眼的性格，也曾一度使她的童年遭受了许多同龄人的白眼和冷落，但好在，在身体和外界的双重压力下，她很快找到了自我排解的途径——自己跟自己对话。

从十二三岁开始，傅园慧就感觉自己的身体里住了两个“她”：一个冷静成熟，一个幼稚冲动。每当在高强度的训练下，她处于崩溃边缘的时候，一个“她”就在心里拼命鼓动她：“放弃吧，放弃吧！”但另一个“她”会马上跳出来说：“坚持下去，你必须对自己负责！”

3

得益于刻苦的训练，傅园慧很快就崭露头角。

2011年，15岁的傅园慧在秘鲁举行的世青赛中收获了第一枚世界级赛事的奖牌——女子100米仰泳银牌，一战成名。随后的第七届城运会上，出色的发挥为傅园慧一举拿下了“三金”，媒体的镜头纷纷对准了她，专家们也给予了她广泛的关注，甚至称她为“中国女子仰泳继赵菁之后又一位天才少女”。但在赛后采访中，傅园慧让大家大跌眼镜。她丝毫没有扭捏与无措，而是时而爽朗大笑，时而做各种各样的鬼脸，回想起来，那是大家第一次见识这个15岁小将的搞怪本领。

之后，傅园慧一路从全国锦标赛赢到了2012年奥运选拔赛。不过，首次参加奥运会的傅园慧虽然闯进了女子100米仰泳决赛，却只名列第八，成了唯一没游进1分钟的选手。赛后采访中，她在插科打诨之余冷静地说：“我喝够了高手的洗脚水，也看清了自己与世界顶尖选手之间的差距。”

不过好在，她是爽朗外向的傅园慧。与生俱来的乐观性格帮她缓解了巨大压力，而优秀的思辨能力让她能冷静地看待自己。第二年，在巴塞罗那游泳世锦赛上，傅园慧与记者们“谈笑风生”，甚至和许多记者都成了熟识的朋友。在随后的第十二届全运会上，傅园慧在半决赛中名列第一，立刻向熟识的记者大喊：“怎么样？我的状态回来啦！”

4

随着时间的推移，傅园慧拿下的金牌越来越多，父母能见到她的时间也越来越少。2015年，因为她长期在外，回杭州也总是待在萧山训练场，傅园慧父母决定搬家到萧山，以便更好地陪伴女儿。

从她进入国家游泳队，傅园慧父母的手机全天开机，而且从不静音，生怕错过女儿打回来的电话。在萧山的家里，父母在记事本上按照日期逐一记录了女儿一年365天的所在地，甚至详细到了出行的航班号。母亲说，她希望女儿以后年纪大了，能根据本子上的内容，回想起这些年她走过的路。

从小离家“闯天下”，傅园慧说她从来没有过“青春叛逆期”。父母一直很开明，非常尊重她的意见，每次都告诉她不要为成绩所累，而要做让自己开心的事情。她说，她的内心是个圆，什么都不缺，自己就能够给自己最大的安全感。

5

2015年，在喀山世锦赛上，傅园慧斩获两金，但当观众都在期待她能一路牛到里约去时，她却开始陷入低谷：腰部受伤、淋巴发炎，一旦提高训练强度就高烧不退，差点儿得肺炎。那段时间，她的状态已然糟糕到父亲一度心疼地想劝她退役。

终于，身体状态的糟糕在2016年年初的中日澳游泳对抗赛上反应到了成绩中：她的200米仰泳成绩比去年同一时间段慢了11秒！

“你知道11秒意味着什么吗？”她指着泳池向记者比画着，“11秒是正常情况下我从泳池这边游到泳池那边的时间。”

4月的里约奥运选拔赛上，傅园慧发挥仍不理想，半决赛之后，她甚至一度在水里抽筋，只能被人搀扶上岸。

后来，为了备战里约奥运会，傅园慧远赴澳大利亚特训两个月。那段时间，每天的紧密训练让她累到爬不起来。传给父亲的照片中，她的手掌布满了老茧，厚的地方茧甚至有绿豆大小。看到照片，父母难过得掉眼泪，不住地劝她放弃，傅园慧却只说他们捣乱，表示自己能熬一天就要熬一天。

皇天不负苦心人，那段高强度的训练终于不负众望地将她送上了里约奥运会的领奖台，也成了赛后采访中她嘴里“鬼才知道”的笑谈。100米仰泳决赛后，听到记者说她的成绩是第三时，傅园慧的表情即刻由失落转为惊喜，情不自禁地说：“这样的话，我还是想对以前在绝望边缘挣扎的自己说：你的坚持和努力其实都没有白费！”MM

奔跑着，寻找夜空中最亮的星

文◎张超凡 图◎风子落

1

大四，身边的同学都开始奔走于北京这座“包容”的城市。

北京的魅力或许就在于此，它很大，可以包容所有心怀梦想的人；它也很小，不够执着坚定的必定会被淘汰出局。

专业实习是大四上学期必修的课程，月底的实习分享会更是别开生面。

“我在做娱乐采编，前不久刚完成了一期北京市高校校花专题报道，天天跟各种网红美女校花打交道，这种女神专辑网络点击非常多。”峰哥喜笑颜开地描述着。

“我通过学姐介绍在财经网实习，经常有机会跟主编去参加各种论坛，见识商界精英，感受他们身上的贵族气息。”彤彤的描述就好像她马上要嫁入豪门一样，引来同学们的一阵哄笑。

“奥美，你们听说过吧？我们公司待遇特别好，每天喝着咖啡很悠闲，公司还有健身房，听说年会时还有大奖呢！”琪琪抢着说。

导师听后皱了皱眉头，正了一下衣襟，打断了台上的发言。

“大家似乎有些偏离了方向，虽说是分享会，大家可以畅所欲言，但是我更希望大家说一些你们在实习中专业知识的提升与生活阅历的积累，并非炫耀一时的享乐。”

我是班级女生中最后一个发言的，在大家已经分享疲惫之时，我缓缓走上讲台，深吸了一口气，静静地说：“这几个月，我并没有实习。”

“那你忙什么了？”导师非常震惊，在他们的心中，那个包揽学校所有最高荣誉，奖学金拿到手软的“比赛狂人”张超凡应该是寻得名企，做出不少骄人成绩的。

“大二开始，我就把所有选修课安排在了固定的两天，从早上8：30开始上课，一直到晚上9：30下课，其余的时间我就在中央电视台《创业天使》栏目组、大学生创就业联盟实习。如今我正在创业，这几个月的时间我一直在办学校手续，我的毕业设计就要做与创业项目对应的品牌设计。”我有条不紊地绘制着自己的创业梦想。

导师会心一笑，他心里明白，我是个“不安分”的女孩。

“你不怕失败吗？”从同学中传来一个似乎有点儿挑衅味道的声音。

“我不怕一败涂地，就怕在未来的时光里对不起曾怀有梦想的自己。我愿意认清目标，把自己喜欢做的事情当成一份事业来做，并为此拼尽全力。”

话音刚落，掌声响了起来。

室友说，我说这话时目光坚定，让人觉得我总是会创造无限可能，爆发时注定光芒万丈。

2

这次分享会一共响起过两次雷鸣般的掌声，一次是为我的创业梦想，另一次是因为徐和，一个平日里并不太认真的男生。

徐和是学院出了名的美男子，长得颇为英俊，被公认为学校的“小钟汉良”。

我第一次见他时，他穿着一件白色的潮牌T恤，脖子上戴着一条很粗的银色链子，看起来非常时尚。

大学四年，无论是校园评优还是考试成绩，好像跟他的关系都不大，他弹吉他、做乐队，很是“潇洒”。

可这次分享会再见他时，却觉得他有几分疲惫之色。

他用并不标准的普通话慢条斯理地讲道：“我觉得超凡创业是个挺棒的主意，我跟她一样。”这话一说出口，大家都以为出生于浙江温州的他要开始经商了，“男神”瞬间变成了“霸道总裁”。一阵惊呼下，徐和做了个“安静”的手势，大家都咽着口水等着听他的故事，但他接下来的话却让我们目瞪口呆：

“我是说，我跟超凡一样都没实习。我在准备考研，因为我觉得实习是给别人打工，学习是为自己而学，我要考北大。”徐和给导师送去了一个安慰的微笑，可依旧抑制不住老师心中的汹涌。

“你不要误导同学，专业实习是咱们学生的必修课，你现在不实习，等到大四下学期时加上了毕业设计的压力，你的学分还能修够吗？”导师急着站起来教育道。

导师深知徐和说的话会影响很多同学的选择，可他的制止早已经淹没在同学们的欢呼雀跃与掌声中了。

3

班级中最有个性、目标最坚定且最有拼劲的当数我俩了。

“实习是为别人打工，学习是为自己而学。”这句话被他说得掷地有声。

“男神”徐和的话果真像老师担心的一样，鼓动了很多同学，甚至有不少人当天就辞了职，开始立志要考研，而且都要考北京大学。更夸张的是，班级里瞬间组织起了不少“考研小分队”。

大四那年夏天一个炎热的晚上，没有空调，电风扇又不好用的宿舍热得着实令人睡不着。我洗了一兜子葡萄，准备去“慰问”一下这个考研军团。

我走到自习室后门，正巧看到徐和他们几个坐在最后一排。唱哥看到我来，便叫上徐和一起出来，毕竟我们几个曾是一起去过山区支教的“好兄弟”。

徐和看我拿来了葡萄，便把自带的垃圾桶拿了出来。唱哥问他：“吃个葡萄拿垃圾桶干吗？”

“现在就要开始攒人品喽，这是细节你懂吗？”看来徐和真是下定决心要考研了，一举一动正经、认真多了，听说，他还专门为考研买了把可以随身携带的椅子，生怕去晚了自习室没有学习的座位。

我感慨地问他：“目标确定了吗？北大可是中国顶级学府，这个挑战系数会不会有点儿大？”

“确定了，然后就去做呗，想那么多干吗？创业，你的难度系数也不小。”徐和轻松的语气中充满了确定。

“我也想考研了。”我随即说出。

“半途而废可不是你的性格。”他转头看着我。

“我既要考研，也要创业，谁说这不可以同时进行呢？等我这个夏天办完所有手续，11月份我开始和你一起冲刺考研，就怕你坚持不到那个时候。”

“如果你11月来，我就破例给你占座。”

星光闪烁的夜晚愈加旖旎，我俩顿时好像又拥有了当初一起去山区支教时那份执着与力量。心中的目标就好似天空中最亮的星，赐予我了一股神秘力量。

我相信我们会成功，因为我们都一

样，年轻又坚定，可以全力以赴地去追逐自己的梦想。

哪怕会有风浪，哪怕会有忧伤，可是风雨过后总能见到彩虹，阳光注定属于我们。

4

11月底的北京已经有些寒冷了，我用了三个月的时间往返于工商局、税务局、教育局等各个窗口，用堪称完美的材料获得了民办学校的办学许可证。

完成后，我拿着那张许可证感慨万千——为了这薄薄的一张纸，我付出了多少个日夜的努力与心血呀！这种许可证，沉淀了无数90后创业者的骄傲与梦想，但拿到它之后的我并不满足，而是准备立刻开始新的追求。

距离12月中旬考研还有不到二十天的时间，徐和已经把所有复习材料做了三遍以上，一本本的笔记和已经被翻烂的书静静地讲述着他这几个月的酸甜苦辣，而我也在这个时间成为了他并肩作战的伙伴。

我曾在早上六点钟就去了自习室，可是竟发现他占座的书已经放在了我的桌上，而他自己已经拿着材料在走廊里拼命地背着。

我曾在晚上十一点还留在自习室里温书，但他比我更夸张，常在楼道里背单词、背概念，背到凌晨一两点。

临近考试时，意外患上重感冒的他也不肯休息，一把把地吃着各种颜色的药。最后二十天，他一天都未缺席。

“徐和，你还有过像现在一样拼命地想实现一个梦想的时候吗？”一起打水时，我问徐和。

“有啊，高三的时候。我可是以浙江省第一名的成绩考到咱们学校的！我只不过平时比较喜欢和所谓的‘坏孩子’一起玩，那是因为他们活得真实潇洒。可当我确定目标之时，就是该发力的时候，谁都挡不住。”

真没想到，他竟然是个快乐的学霸。

他的话犹如一支强心针，给了我一种势不可当的力量。

最后几天，我买了书店中所有终极押题卷，并且一口气做完了，小册子里的文字也全部刻进了脑袋。

我坚信所有的付出终将获得回报。

后来，我以初试407分、复试面试第一名、总分第一名的成绩考入了艺术学院，修读了国画专业的研究生。

用二十天的时间跨校跨专业考研，并成为研究生院院长的首徒，大家都叫我“花千骨”，说我身上有股控制不住的“洪荒之力”。

徐和也顺利成为了我们专业唯一考上北京大学软件学院的才子，这个消息为大家所知时，我们都感觉，他身上散发出的气质，比曾经的“小钟汉良”更迷人。

写到这里，我突然有点儿想哭的感觉。每个人随口而说的“目标”与“梦想”都很容易，但唯有那些用心去做的人，才可以感受到与众不同的风景。

我曾听过这样一个故事：

在非洲撒哈拉大沙漠的深处，有一片美丽的绿洲，但那里居住的原住民几千年来都没有走出过沙漠。一位英国探险家调研时发现，那些原住民之所以走不出去，是因为他们一进沙漠就失去了方向，而且不够勇敢，不敢在未知的土地上探索着前行。

他告诉那些原住民，每天晚上朝着北极星的方向前进，永远不要偏离那颗星星所指的方向，只要能够坚持这个正确的方向，就一定能够成功。结果，三天后，原住民们就走出了沙漠，获得了新生。

努力的冲动、正确的方向、坚持的汗水，三者共同构筑了成功的梦想，但是，我们有时甚至还不如那些原住民，因为我们连走出沙漠的冲动都没有。

在最好的时光里，要勇于去定位自己生命的高度与强度，无怨无悔地为了生命中的梦想而奋斗！

所以，年轻的我们，请在心中铭记北极星的方向，奔跑起来吧！

我相信，越过万水千山，经历坎坷困顿，你会遇见最勇敢的自己。从岁月里借来那段时光，冠以努力的名字，在这过程中，你没有把自己复制成其他人，而是带着自己的个性，活出自己最想要的模样，难道这不算是最大的成功吗？MM

不要活成他们嘴里『女孩』的样子

文◎小小狮子王　图◎猫草

1

1月25日，距离除夕只有两天，阿颖去了肯尼亚，做志愿者。

饥饿、贫穷、环境恶劣、暴力冲突、传染病盛行……肯尼亚给我的印象全是负面的。

但阿颖要去一周，整个春节假期，她都要待在肯尼亚。

看到阿颖发的朋友圈动态，我的第一反应是吃惊，随后再想到的却全是她的风格。

阿颖发了两张图，一张是志愿者协会的logo（标志），鲜绿色的大写英文字母，充满了力量和希望；另一张是她的照片，照片里，阿颖化了浓妆，微微眯起眼睛，捂着嘴笑。45度仰角不是一般女生敢挑战的，但做出这个动作的阿颖，妩媚和清纯同时在她身上得以绽放。

阿颖拍照时喜欢周围有光，让那些光线落在眉头，或垂在双肩。她还喜欢晃动镜头，模糊的画面、恰到好处的笑脸和倩影就好似她的灵魂，永远在骚动。

他们说女孩要有女孩的样子，阿颖从来不信，她要做自己，比风更自由、比光更灿烂的女孩。

2

认识阿颖是在初中的校园里，她是（1）班班长，我是（2）班副班长。

最早听说阿颖是因为我们有共同的语文老师，他总在班上夸阿颖作文写得好。

我和阿颖只隔了一道墙，常在课间操时碰见，阿颖认得我，我也认得她，但我们从来没打过招呼。

那时，阿颖就很爱笑，在楼道里笑得很大声，男生抓她的辫子玩，她会追着男生打，没有一点儿女孩的样子。

功课上，我和阿颖是各自班级里的第一名，所以常被老师们拿来比较。明明我年级排名更高，但偏偏阿颖更受欢迎，小小少年的自尊心屡屡受挫，所以我看阿颖不顺眼，心里憋着一股气。

直到初三，我和阿颖同时被选为优秀学生代表，被派去和初一新生交流。

我从来没在那么多人面前演讲过，一路上忐忑不安，默默背着提前准备好的词。阿颖看出我紧张了，她和我说的第一句话是：“我有点儿慌，你是男生，得罩着我。”什么嘛，哪儿有一点儿女孩子的矜持！但是听到这句话的我笑了，心里吹过一缕清风。

那天，我浑身僵硬，全程面无表情，把背了一晚上的稿子顺利讲完了。等到阿颖上台，我才明白，课本上写的“恰同学少年，风华正茂”，说的就是她。

阿颖神采飞扬、侃侃而谈，她不像我，刻板地传授经验，她在分享故事，说的全是我这个书呆子没听说过的稀奇事，把同学们逗得乐不可支。原来，好学生也可以听歌、看电影、打游戏……午后的阳光穿透窗户，落在她身上，一头乌黑的秀发如瀑布般垂在她的双肩，阿颖站在台上，闪闪发光。

那一刻，我从嫉妒变成羡慕，明白了阿颖为什么受人喜爱。女孩要什么女孩的样子？女孩就该像阿颖一样，想笑就笑，想闹就闹。

3

初中毕业后，我们考上了同一所高中，但阿颖分到了（8）班，我在（1）班，我们之间隔了两层楼，等我想好好认识她时，我们却很难再碰到。后来，我从别的同学那里打听到，阿颖又当上了班长，而我则被贬为了“庶民”。

但冥冥之中或许真的有注定，我和阿颖同时被邀请加入文学社，还是同一个部门。

再见面，阿颖兴奋地说：“果然是你，我看到名单上有你才答应来的！”她的眉毛弯弯，好像一道桥。

阿颖说得理直气壮，没有一点儿不好意思，我跟着大家一起傻笑，心里有种莫名的感动。可怜的是社长大人，一张脸憋得通红，却又不好发作。

文学社组织去乌镇游玩，要分成四个小组，阿颖死活不肯当组长，说自己管不了别人。最后，阿颖成功推选了我当组长，而她加入了我的组，郑重地交代我要提前做好功课。

我听话，足足准备了七八页资料，然而地图和实景的区别，犹如理想和现实的差距。

到了目的地，我根本分不清东南西北，来往游客又多，跑了两个点后，我们找不到路了。

阿颖一把扯过资料，皱着眉头研究了一会儿，直接扔进了垃圾桶。我急了，对着她大吼，在人来人往的路上直跳脚。

阿颖微微眯起眼睛，笑笑地说：“你别急嘛，跟着我走，不会有错。”阳光从屋檐滑落，单单照在她的脸上，旁边的一切黯然失色。

那天，阿颖扎了马尾，穿了一身米色的运动服，在长裙飘飘的少女丛中，显得格外潇洒自如。她冲在最前面，向街边摆摊儿的当地人问路，然后拼命冲我们招手。我加入了阿颖的阵营，一路问一路找，抵达了每一个我们想去的地方。

阿颖红着一张脸，额前的长发被清风吹乱。谁说女孩要文文静静才好看？在我眼里，阿颖奔跑着的身影，是整条街上最闪亮的存在。

4

高中课业繁重，除了文学社每月例会，我很少有机会见到阿颖。

我听同学们说，有很多男生喜欢她，组团在阿颖宿舍楼下唱歌点蜡烛。高中正是情窦初开的年纪，阿颖学习成绩好，长得漂亮，个性又开朗，受男生欢迎很正常，但她都拒绝了。

有一次例会，我和阿颖到早了，我偷偷问她：“为什么？”

阿颖微微皱起眉头，露出难得一见的严肃表情，没有回答。但我明白，阿颖和别人不一样，她是比风更自由的女孩，没人能抓得住她。

高考转眼即至，我如愿考上了全省最好的大学，以阿颖的成绩，一定也能考上。但我到阿颖班里找她时，她不在，她的同班同学告诉我，阿颖申请去香港大学，提前录取了。

十几年前，留学不像现在那么常见，放着家门口最好的大学不读，一个人跑去香港，阿颖疯了吗？我心里久久地失落，很想当面问问阿颖，但不知道为什么，我没有再找到她，我们失去了联系。

直到最近，微信火了，老同学们组了群，阿颖也在里面，我这才加了她的微信，两个人重新建立了联系。

原来，阿颖念的是律师专业，一直读到了研究生。她说，她要把正义带到每一个阳光照不到的角落！

我翻着阿颖的朋友圈，看了整整一个晚上。阿颖说，一辈子太短，她有太多事情想做，没时间可以浪费在无谓的人和事上。就如同少年时那样，时光没有在阿颖身上留下什么挫折的痕迹与阴影，她依然活在光影之中，时而侧身凝视，时而踮起脚尖眺望，时而扬裙起舞，眼角眉梢全是自信在发光。

虽然阿颖的样子变得和以前不太一样了：她烫卷了头发，化起了浓妆，她在积满雪的山顶和朋友合影，在深夜无人的机场疯狂自拍……但有一样始终没变，微笑那一瞬间，我仿佛又看到了那年初夏在乌镇街头冲我拼命挥手的阿颖，而且，她去过的地方总让我向往……

5

我一直关注着阿颖在肯尼亚的生活，担心她不适应。但事实证明我多虑了，她可是阿颖啊，是比风更自由、比光更灿烂的女孩啊！

阿颖过得很好，她身上有种魔力，能让周围的人迅速喜欢上她，围绕在她身边。

阿颖和当地人一起唱歌跳舞，她捧着一大盆水煮的土豆，冲着镜头笑说：“晚餐好丰盛。”

阿颖关心当地妇女和小孩儿们的生活状况，教她们注意卫生，学着保护自己。

阿颖也知道，生活在那样恶劣的环境，生存才是最重要的，但不做点儿什么，她不甘心。

为了表示感谢，大家给阿颖缝制了一件颇具地域风情的衣服，夸张的色调和图案，穿在她身上，竟也搭配得刚刚好。

阿颖每天乘超级挤的巴士，往返驻地和志愿者中心，她下车时，欢脱得跟阵风似的，身后的当地人在大笑，哪里跑来的野丫头，每天穷乐什么呢？

肯尼亚日照强烈，阿颖的脸被晒得越来越红，越来越像一颗发光发热的小太阳。

七天很快过去，阿颖要回国了，她发的最后一条朋友圈是四张当地生活的照片，最后一张定格了黑夜中的一对母子，抱着一团灯火。

阿颖说，没有再见，因为明年她还要回来。

我好想看到阿颖的照片：化着漂漂亮亮的妆，头发胡乱地散在双肩，阳光从身后照过来，她对着镜头，眨眼、微笑。

6

女孩，想要做自己、靠自己，有时并不是件容易的事。我身边有很多女孩，她们有学识，有才华，有自己的梦想，她们原本可以过得更好。但“女孩不用太能干”“女孩太强会不幸福”……在如此种种世俗的观念下，她们被洗脑了，被绑住了手脚，她们蜷缩在安全的角落，不敢跨步出去，终于慢慢活成了自己不认识的模样……

女孩，请一定不要活成他们嘴里“女孩”的样子。

女孩，请勇敢地跨出属于你的第一步，哪怕颤颤巍巍，哪怕被他们指指点点，先踏出去，告诉他们，你有说“不”的权利！

做你想做的事，会有点儿辛苦，但坚持下去，其实没有那么难。等咬牙撑过一段，你会发现，一切正朝着你希望的方向前进。

女孩，你完全可以活出自己想要的模样！MM

所有的努力，都不是无用功

文◎苗祖荣

林鹏在大三时，被负责北京奥运开幕式的张艺谋团队选上，担任一个节目的领舞。

他们提前五个多月进入排练，对于戏剧学院的她来说，动作只要几天就能掌握。因为要带领四十多个孩子来演，接下来，她便开始主动帮助孩子们训练。这很费时间和精力，且并不是她分内的工作，可她乐此不疲。张艺谋深为感动，主动说：“开幕式时，我想办法给你一个特写镜头。”

在那样的全世界瞩目的盛典中，如果有一个特写镜头，也许能够一夜成名天下知。可在直播中，因为各种原因，并没有给她特写，而且整个节目的时间极短，也就是说，她的辛苦全“白费”了。张艺谋有些愧疚，林鹏反而安慰张艺谋说：“我还得谢谢你选上了我呢！这五个多月，我得到了很大的锻炼，一点儿都不后悔。”

后来，为了弥补，张艺谋再次邀请林鹏参加奥运会闭幕式，而正是在闭幕式候场时，林鹏见到了成龙。就这样，她赢得了《大兵小将》里歌姬的角色，成了“龙女郎”，后又担任了于正的《半妖倾城》的主角，以不同的方式走进了观众视野。

为人处世中，不少人很势利，付出了就想马上得到回报。而在与人交往中，又太功利，事事都当作交换。其实大可不必这么计较，因为付出的汗水从来不会白流。MM

比努力更重要的还有坚持

文◎玛瑙石　图◎花月婷然

1

胡荼小姐是我最欣赏的好友。别以为她叫胡荼就真的糊涂，其实恰恰相反，她特有魅力与才识。

闲暇时，胡荼小姐喜欢约我去喝咖啡、聊天。前阵子，大地回暖，闻着花香，我们坐在神农湖的观景船上，品着茶，聊着人生，好不惬意。

聊天中，胡荼小姐告诉我，她的第三家分校将在一周后举办开学庆典。我被这消息吓到了，呛得咳嗽不已，脱口而出：“你又开分校了？”

胡荼小姐静静地点头，笑我怎么比她还激动。

2

我的惊讶不无道理，胡荼小姐从小热爱舞蹈，是我见过的最有勇气的女子。为了拒绝继承家族企业，大学毕业后，她跟父亲立下了一纸约定：三年里，不向家人寻求任何帮助，独立完成开舞蹈工作室的梦想，如果失败，就回家继承家族企业。

那时候，我就被胡荼小姐的胆识震惊过一次。作为一个豪门千金，胡荼小姐不仅人长得貌美如花，而且全身上下都散发着朝气蓬勃的青春气息。

胡荼小姐拒绝了父母的安排后，依然坚持着梦想。对于家族压力，胡荼小姐从不多说，印象最深的是她的那句话：“比努力更重要的，还有坚持。”

她只用了短短两年，就开了三家舞蹈工作室。我想象不到，这其中有多少常人无法吃的苦、多少常人没有经历过的难。

人生前行的路上总会看到很多正在努力的人，却很少看到始终在坚持的人。为了得到一个自己想要的结果，我们很多人都会去努力，但当发现那个过程充满困难与障碍时，还有多少人会一直坚持下去呢？也许大多数人不仅会找出各种说服自己放弃的理由，还会冠冕堂皇地说：“其实我已经努力了，只是结果不尽如人意。”而不是扪心自问：“我是努力了，可真的坚持了吗？”

3

当我以为故事到这里就将终止时，在胡荼小姐的第三家分校开学庆典上，我再一次被震惊了。

那日，前来报名学习舞蹈的小朋友特别多，我主动请缨，成了一名派送报名表的义工——每个前来报名的小朋友都必须在我手中的报名表上选择填写：能坚持/不能坚持。

如果能坚持，就要兑现承诺，一直坚持下去，否则他们就会背负一定的违约赔偿；如果不能坚持，胡荼小姐一般不会录取。这道选择题甚至成了胡荼小姐工作室的一大招生特色。

后来，我问胡荼小姐：“小朋友们那么小，他们会知道坚持是什么吗？”

胡荼小姐笑道：“能走到最后的孩子最终都会明白，有一种比努力更重要的东西，叫坚持。”

她看着我，继续认真地说：“学习舞蹈，不是足够努力就可以的，还要看你能否坚持。舞蹈有灵魂，只有坚持不懈的努力，才能把舞蹈的灵魂与自己完美结合，才能成为一个有灵魂的舞者。”

我很感谢生命中有她这样的励志友人。她不会在你失意时打击你，不会在你迷茫时与你一起沉沦，而是会在合适的时间，选择合适的地点，给出合适的建议。在我的生命中，她永远担当着正能量的使者，鼓励着我，排除一切艰难险阻，坚持初衷，努力前行！MM

你不必“像个女孩”

文◎艾小羊
图◎来 去

其实，作为儿女双全的母亲，我常常自责自己不够公平。

对于儿子，我给予了更多的爱；而对于女儿，我却有更多的同理心。

看着她，我就像看到了小时候的自己，有时候会心疼，有时候会过敏，有时候会不由自主地将她想象成可以长成另一个样子的我。

1

小小美在小区的花坛边疯跑，追逐一个男孩。男孩的个子没有她高，却跑得飞快，小小美不甘心，发挥耐力优势，终于让那个男孩气喘吁吁地躲在他外婆身后求饶：“实在跑不动了。”

小小美晃着脑袋上的小马尾辫，得意扬扬地凯旋了。旁边一个妈妈说：“看你们家小小美，像一个小男孩。”

我连忙说：“怎么会呢？她是一个勇敢的小女孩。”

我承认，自己对于小小美被形容为“像一个小男孩”有些敏感。

我曾经也是一个在家门口“疯”大的女孩。

上小学的时候，为了上学方便，我剪了短发。一次做值日，我与一个男孩发生了冲突，他忽然恶狠狠地说：“假小子！”跟在他身后的几个男孩也不约而同地说：“假小子！”

从小，身边就有很多大人说我爱跑、爱跳、爱玩泥巴，不像一个女孩。如果说之前，我并不能确定这样的评价是善意还是恶意，是褒扬还是批评，那么在男孩们集体嘲笑我是个“假小子”的那个黄昏，我深刻地感到愤怒与自卑，意识到身为女孩却“不像一个女孩”是奇耻大辱。

我认真观察身边那些受男孩喜欢的女孩，她们通常有着雪白的皮肤、细长的眼睛、棕色的头发、好听的声音、乖巧的性格。

而我却皮肤不白、眼睛很大、头发乌黑、声音尖厉、爱跑爱跳、不拘小节。

对于懵懵懂懂的女孩来说，自卑是借由自身机体繁殖的一种病毒，所以，因为耳边总是响起“假小子”这个称呼，我开始全面否定自己。

这种感受，直到中学以后才慢慢被克服。

上了中学后，我的身体开始发育，留长了头发，学会了使用粉底霜，穿适合自己肤色的衣服，不再热爱运动，在男孩眼里越来越像一个“学霸”级美少女。

但至今我依然感到遗憾，遗憾自己终究还是依靠迎合主流价值观的自我改变去克服内心的自卑，而不是坚持做自己，长成一个又帅又酷的女孩。

2

女孩对于粉红色的喜爱似乎是天生的，但也有许多特质并非如此。

小小美很小的时候特别喜欢恐龙，于是我为她买了许多有关恐龙的书籍和模型，还在闲暇时听她兴致勃勃地叙述关于恐龙的故事。

在那过程中，我惊喜地发现，那些在我看来很丑、很凶，甚至很恐怖的恐龙，她却能看出它们的可爱之处，甚至对霸王龙的模型爱不释手，出门玩耍的时候一定要带着它。

对于拿着一只大恐龙模型的小女孩，虽然大家的态度是友好的，但还是会有人无意中说：“恐龙是男孩喜欢的玩具。”

小小美听到这些话时心里是怎样想的我不知道，但有一天，她忽然改带芭比娃娃出门了。

我问她为什么不再带恐龙了，她说，带芭比娃娃会有更多的小伙伴愿意跟她一起玩。

我说：“其实带恐龙是一样的。”

“恐龙是男孩喜欢的玩具。”小小美很自然地说，脸上的表情好像在嘲笑我“你怎么连这个都不知道啊”。

随着她一天天长大，开始越来越多地跟我强调“那是男孩喜欢的事”，甚至她自己也开始嘲笑舞蹈班上的男孩，因为跳舞是女孩的事，而练跆拳道才是男孩的事。

我有些害怕地发现，她比幼时的我更早地懂得了该如何顺应旁人的目光。

3

男女原本就有区别，无论是先天具备的还是后天养成的，承认这种区别并非坏事。

然而，很多时候，我发现当一个人对小小美说“你这样不像一个小女孩”时，其实是在告诉她：你不应该声音洪亮、不应该跑得很快、不应该太勇猛（勇敢）。

又一次，一个男孩抢了小小美的玩具，她迅速夺回后，男孩的外婆随口说：“这哪像一个女孩子？现在的女孩都不像女孩。”

我知道她并无恶意，可她的小外孙却迅速开启攻击模式：“你是假小子。”

小小美不懂，只是凭着本能回击他：“你才是假小子呢！”

在回家的路上，我对小小美说：“你刚才表现得很勇敢。现在，你能不能以最快的速度，跑到前面的花坛那里等妈妈呢？”

小小美迈开大步，飞快地跑起来，像草原上的小鹿。到了目的地，她转头欣喜地大叫：“妈妈，快来！”

阳光在她的头上洒下很多金粉，这就是我心目中最完美的那个小女孩——奋力奔跑、大声说话、喜欢玩石头、喜欢做力气活儿，爸爸从超市回来时，一定要抢过他手里最大的那个购物袋。“我帮你干活儿！”她说。

虽然，最终大部分女孩会成为一个跑步不敢使劲儿跑、吃饭不敢快点儿吃的人，甚至努力工作、努力考取博士学位对她们来说都是一件忐忑不安的事。好像女孩就应该过慢节奏的生活，做轻松的工作，为生活中的小确幸感动，找一个坚实的肩膀依靠，而不是在宏大的事件中扮演重要的角色一样。

但我坚持认为，那不是“女孩”的标配。

我曾经以为，因为我观念的转变，我小时候所遇到的“假小子”阴影不会在我的女儿身上出现，却没有料到，大部分人惯常的思维与习惯的改变是一个异常缓慢的过程。而我能做的，也只是当有人说“你不像一个女孩”时，永远站在女儿这一边，告诉她：“其实你这样，就是一个很不错的女孩！”

我算不上优秀，只是足够主动

文◎刘媛媛　图◎花月婷然　无　轩

1

很多人都问过我，怎么想到要去参加《超级演说家》的呢？或者，怎样才能参加这个节目？

报名参加《超级演说家》的时候我刚考上研究生，每天乘坐地铁跨越半个城市去实习公司上班。有一天下午，我坐在办公室里翻看微博，安徽卫视的官方微博上弹出一条《超级演说家》招募选手的信息。

我点击进入，了解到这个节目不需要唱歌，不需要跳舞，只需要会说话就可以。如果赢得冠军，还可以获得一百万元的奖金。

我立刻对朋友说：“我要去参加这个比赛。”

朋友问我：“你有没有参加过演讲比赛？”

我点点头：“参加过。”

她问：“什么时候？”

我说：“班上选班委的时候。”

她面无表情地接着问我：“那你觉得自己在语言表达上有天赋吗？”

我不敢说“有”。

大学时，有一次，我在食堂排队打饭的时候被一对情侣莫名指责插队，整个过程中，我在言语上被那男女双打虐了一遍，中间一句话也没插上。

类似情形在我的生命中发生过许多次，不得不承认，我是个连男生都吵不过的人，经常被堵得一句话也说不出来，睡觉前才想出来该怎么反驳。

没有演讲比赛的经历，并且不认为自己在语言表达上有什么特长，但我还是向节目组发送了报名表。

我判断是否做一件事情的逻辑简单又粗暴。

我想，做这件事情最差的结果是我第一轮就被淘汰，那时候可能会有人说，一个北大法学院的高才生口才那么烂、多么丢脸之类的话，但是这个我根本就不怕。即使被淘汰了，不过是回到以前的生活，什么都没有改变，何况还多了一种人生体验。无论是成功的兴奋还是失败的教训，无论是认识的朋友还是遭遇的敌人，都是无形的收获。那么，这是一桩稳赚不赔的买卖，为什么不去？最坏的结果我能接受，付出的代价我全给得起，为什么不去？

我找了室友帮我录制了一段演讲视频，连同简历发送到报名邮箱里，可是没有人理我。

我又发了一遍，还是没人理。

我就开始琢磨，拍个什么样的视频会让导演想见我一面。只要可以见到，机会就大了。

别提什么北大才女了，北大每年的毕业生无数，凭什么是我？“北大”这两个字是不好用的。

2

当我为了报名视频苦恼的时候，我看到了脱口秀演员黄西的微博，知道了北京有一群讲脱口秀的人，每周总有那么几天会聚集在酒吧里给观众说脱口秀。最令人兴奋的是，这个组织在每周二和周四接受“开放麦”的报名，只要你觉得自己会讲笑话，就可以报名来讲，没有任何其他限制；如果你讲得好，可以常来，唯一的要求是必须原创。

于是我想，不如去酒吧讲讲脱口秀，然后录下来，发给节目组。

去酒吧给很多人讲笑话是出于一种很鲁莽的信心，想着要玩就玩得大一点儿，去酒吧讲，有麦克风、有观众、有笑声、有掌声，多热闹。

虽然这其实对我来说并不是一件容易的事，我过去的人生中除了学习还不错，没有表现出任何文艺天赋。何况讲笑话并不等同于唱歌跳舞，它需要观众及时地做出回应，而不只是谢幕掌声，如果我讲的时候大家不笑，那我就要哭了。

为此，我做了精心的准备，我把自己过去这二十多年间能想到的好玩的事情都搜罗出来，跟二哥借了摄像机，找了寝室好友帮我录像。

下午上完课就已经六点了，七点要赶到后海那边的一个酒吧，我和我的小伙伴几乎是一路狂奔去的。到达之后，气还没喘匀就到我了，负责人问：“你准备好了吗？准备好了就直接上。”

我说：“我词没有完全背下来。”

他说：“嗯，那不叫事儿，下一个就是你。”

我紧张得手上出了一层汗，忽冷忽热的，但是我装作若无其事的样子。

我这人最大的本事就是装作若无其事。

我深呼吸，想象着坐在台下的都是我的朋友、我的亲人：拿起酒杯抿了一口啤酒的那位，是我高中时隔壁班上的小明；坐在第一排的年轻小情侣，很像我那天在食堂里碰到的人不是吗？都是熟人，刘媛媛，你不要怕！

把全部的笑话讲完之后，我写在手心的提示词都被汗水模糊掉了，所幸效果还不错，该有掌声的地方处处有掌声。可这段视频发到《超级演说家》的报名邮箱之后，居然还是没人理我！

我暗暗想，这世界上任何一件事都打不败坚持，世事最怕“认真”二字，我再发一遍！导演看我这么努力，一定会感动的。

可过了很久，还是没人理我。

后来，经人点拨我才知道，把视频放在附件里别人下载起来太麻烦，不如直接发个链接。

你看，人们常说要坚持、要认真，并不是让你坚持做错事和无用的事。坚持和认真如果没有“方法”和“思考”，就会让我们沉浸在自己的世界里，成为一个只能感动自己的勤奋的失败者。

我也不确定是不是由于放链接比较容易被打开，但是之后确实有节目编导联系我了。

联系上之后，他表示要跟我见一面。

我又苦思冥想，怎样能给他留下印象，让他觉得要给我机会呢？我总不能坐下来喝着茶跟编导说“我有一个梦想，请你一定让我上电视吧”？

3

又是恰巧，我看到我们学院在招聘新年晚会的主持人，同样没有特殊的要求，谁都可以争取。

我从来没有当过什么主持人，在过去的人生中，我做得最好的事情就是学习和考试。

但我还是报名了，我暗自谋划，等应聘上主持人之后，就叫《超级演说家》的编导过来看晚会，这样可以给他造成“我是一个在舞台上很活跃的文艺分子”的错觉。

结果我居然真的应聘成功了，因为当面试我的学长问我“你为什么觉得自己适合做晚会主持人”的时候，我说：“学长，我脱口秀说得特别好，有视频为证。”

再后来，看过晚会的编导答应给我一个机会上电视。

我想，要是我看到选手招聘启事的时候没有主动去报名，或者我在没有收到回复后自动放弃，又或者我全程都只是听天由命地被动等待的话，大约就没有后来的好事情了吧？

所以你看，我并不算多么优秀，只是足够主动罢了。

4

有人说，是你的就是你的，不是你的怎样都强求不来；还说，你若盛开，清风自来。

不知道是成长环境造成的，还是性格的原因，我从不认为什么是应得的。

我一直以来的观念是：别说什么顺其自然，一切现在还配不上的好东西，都是要强求的。

要知道，即便同样有才华的人，利用才华的方式不同，最终走上的路与获得的自我实现成就也会相差甚远。好比都是漂亮女生，有人利用漂亮去应聘了公司前台，有人利用漂亮去当了网络主播，也有人利用漂亮去做了空姐。

没有人会为我们的才华安排最好的出路，除非我们自己肯尝试、肯探索、肯“强求”。

愿每个人都像我一样悲观，不相信任何好运，而是在头顶悬挂一个小雷达，“嘟嘟嘟”地四处搜索着机会前进。

人生中从来没有什么是必然如此或者必须如此的，无论想要什么，都请你不要等，要去找、去追，去咬定青山不放松！MM

不漂亮女孩的帅气成长记

文◎张晓晗　图◎繁　繁

1

小时候，我常想，是不是漂亮女生和不漂亮女生一出生，就被套在了两种截然不同的命运里？

第一次感知到人类的长相有差别是在小学时。有一次，我妈给我买了一个新头花，塑料质地，颜色很鲜艳、很俗气，但是在当时很受追捧的那种——我扎了一束高高的马尾，感觉倍儿好地去上学了。结果，半天课还没上完，头花就被坐在我身后的小霸王扯下来，扔在了文艺委员的桌上。

课间，我去讨，小霸王却毫无歉意地说这是自己送给文艺委员的，边说还边指着我大笑，说：“这个根本不适合你啊，你扎起来就像是卷毛狗扎辫子。”周围围观的同学们被他这么一提醒，也跟着哈哈大笑着叫“卷毛狗”。

虽然文艺委员很大度地说：“还给你啦。”但我再也不想接过那个头花了，因为我真的觉得自己配不上那个头花。

为什么小霸王要扯我的头花送给文艺委员？我想了好久，渐渐摸索到答案：文艺委员是全班最漂亮的女生，还会跳民族舞，是许多男生心中的“女神”，而我，只是一个有着顺不直的自然卷的邋遢girl（女孩）。

我觉得最可悲的不是不漂亮，是不漂亮而且早熟，而我，就是这个最可悲的很早就开始关注起自己外貌的不漂亮女孩。

从那以后，我不知道因为自己的自然卷自卑了多长时间，甚至每天早起一个小时就为了跟倔强的头发做斗争，一遍遍用水打湿它，试图将它压顺。但是，每天，水很快地蒸发后，头发便又弯了起来。

2

前两年，我看《我的少女时代》时特别有感触，朋友们都不知道为什么。她们不会懂，拯救我们卷毛少女的三个字不是徐太宇，而是……离子烫。自从离子烫被发明之后，再也没有朋友知道我其实是自然卷了。

不过，纵然解决了“卷毛狗”这个绰号，我也从未跻身漂亮女生的行列，因为我头发虽然直了，但是眼睛依然小啊！而且，我还是单眼皮、大脸盘……意识到这个问题之后，我开始另辟蹊径，学着搞笑，说话幽默，让别人和自己待在一起时感觉轻松。

有几年，《超级女声》掀起了中性风，我就装爷们儿，穿各种宽大T恤、破洞牛仔裤，骑自行车摔在地上，即使摔得说不出话来也要立刻爬起来，吐口血，内心高歌：“风！雨！中！这点儿痛！算什么！”

除此之外，我还在想，既然已经不够好看了，而且这一点是极难改变的，那我就要尽可能地在专业领域优秀一点儿。

于是，读书时我就争取做到每次作文都被老师拿到全年级去朗读。而且，我在那种四五个人的女生小团体里有一席之地，依靠的就是编她们跟帅气男生的玛丽苏小说给她们听。

直到现在，我还是经常会被人评论，也遭受过“啊，原来你长这个样子啊，看了你写的东西还以为是漂亮女生，原来……果断取消关注”之类的留言。

说真心话，谁收到这样的评价会不难过呢？明明那么努力，想用实力获取别人的喜欢，结果发现，最终拼的还是长相。

我也曾抱怨过不公平，为什么这世界会有这样偏激和可笑的设定呢？所有励志故事里都强调着心灵美，可现实是，大多数人评判你的标准就是你的外表。

每当有尚处青春期的读者问我，难道这真是一个看脸的社会吗？我都不知道如何回答，也可能，很多人现在的选择就是答案。

于是，我认识的年轻女孩越来越多地把个性、才华抛去一边，宁愿多关注一些整形产品。在高中当老师的朋友甚至曾告诉我，现在很多家长给女孩的十五岁生日礼物就是名牌化妆品。

3

嗯，怎么说呢？直到今天我坐在电脑前写下这些，才想好这个问题的真正答案。

如果让我再选一次，我还是会用这张脸过这一生。就去当那个被抢掉头花的女孩，那个为了迎合别人审美努力笨拙过的女孩，那个知道自己不够漂亮就拼命学了一堆东西的女孩……不是为了励志，而是因为如果没有傻乎乎地走了那些弯路，可能我永远得不到这一种“孤芳自赏，不在乎流言蜚语”的生活方式。

在渴望取悦别人的路上，我学到了那么多自给自足的方法，拥有了擅长做的事，拥有了消遣无聊时光的爱好，最重要的是拥有了一个人生存于世的勇气。

我们是种子，埋在地里，那么努力地生长着。或许，偶尔会沉迷于开花时路人驻足投来的目光，但花期毕竟短暂，更令人满足和快乐的，应该是结成果实，与真正配得上的人分享！MM

人的价值由品质决定

文◎佚 名

武汉大学的一位学生到“罗辑思维”实习，被安排在了最基本、好像任何学历的人都能胜任的客服岗位，工作内容就是接电话。

名牌大学高才生到企业实习，只干一些看似无关紧要的工作？很多人都会觉得这太委屈了。更残忍的是，来电咨询的人多半是语气生硬地追问“我买的书为什么还没送到”“你们选的什么物流，怎么这么不靠谱”等问题，甚至带着怒火说“如果再不到货，我就要投诉你们了”，偶尔遇到态度极其糟糕的，还会不问青红皂白地口吐脏话……

每天接这样的电话，真是满满的负能量。

实习期满，准备回校那天，这位学生在工作群里分享了一份30页的文档，那是在没有任何人要求和监督的情况下，他自己主动完成的一项总结成果。

他整理出了可能遇到的所有的客服问题，包括这些问题该怎么去解答，很多话应该怎么说沟通效果会更好等方面的思考，希望能对公司日后的客服工作有所帮助。

“罗辑思维”的CEO（首席执行官）罗振宇说：“看到这份文件时，我彻底傻了，我相信，如果你是老板，你也会是和我同样的反应。这就是人才啊！不管怎么样，一定得把他留住啊！他有多高的学历重要吗？他是哪个专业的重要吗？甚至，他那份文件中写的东西是否尽善尽美重要吗？一个人的价值，并不是由他的知识和能力的存量决定的，而是要看他能不能定义问题，并想尽办法将问题妥善解决。只要具备这样的素质，他就是牛人！”

所以，比所有表面因素更重要的关键与核心是：你到底是个怎样的人，是否具备成功的品质。MM

12岁，我从队伍中悄悄离开

文◎阿兰那

1

我常常会想起十几年前的一个雾蒙蒙的早晨。那天的雾气，带着早晨的青草味和汗水的咸味，从我的鼻子下飘过。

初中时，校长相信坚持晨练有助于锻炼意志。因此，每天早上全校学生都以班级为单位晨练，先来个八圈长跑，然后做早操、练习俯卧撑和蛙跳。晨练一般从早上7点开始，大部分学生都还没吃早餐的时候，而早餐则统一安排在晨练后。

我常常在长跑环节眼冒金星，往往坚持到做完早操就已经累得没食欲去吃饭了。这进而导致我整个上午都极其困倦，几乎没精力听课。不只是我，身边的同学大多如此。但是，没有一个人质疑过校长的决定，每个人都在用自己身体的极限，顺应学校最高掌权者。终于有一天，站在漫长队伍中的我鼓起勇气，悄悄地从队伍中脱离，从一扇小门溜走，离开了操场。当时正值初春，操场之外，杨柳细嫩翠绿，周遭格外安静，只听得到风的声音。而十米之外，脚步整齐的队伍还在一圈又一圈地绕着操场跑，像一条不知疲倦的蟒蛇。仅仅10米，仿佛隔开了两个世界，而我的内心正在被另一个世界——一个拥有曼妙杨柳和温柔春风的世界彻底打动。

那一年，我大概12岁，第一次体会到了脱离秩序的奇妙感觉。

2

之后，我的这类体验越来越多。大学时，我主动更换专业，从自己不擅长也无兴趣的原专业中脱离；毕业后，我三次调整工作方向，虽然每一次调整前，身边总有人劝告：“更换工作很难，你这样做会损失很多，不如留在原有的轨道上，你看那么多人不都这么过来了吗？”而我总会想起12岁的那个早晨，从操场小门走出来时内心感受到的冲击。于是，每次我都坚持脱离原来的队伍，寻找新世界，结果每次都闯出了一片新天地。

后来，我看了一部老电影——卓别林的《摩登时代》。在那部电影中，主人公在工业时代的流水线上拼命地挣扎，而在资本家眼里，他们不过是“工具”而已。故事的最后，主人公精神错乱，成了齿轮和传送带的一部分——这情节让我难以忘怀，也难以释怀。

脱离队伍并不意味着一定会被社会规则淘汰，相反，“脱离”意味着你的主体意识开始生长，开始思考自己究竟在做什么、未来究竟想做什么。我们有太多时候的选择是盲从的，家庭把孩子交给学校，学校却没有正确地培养孩子主动搜集信息、独立判断的能力。所以，大多数人为龙门一跃用了十几年拼命做题，却只用几天甚至更短的时间做专业上的选择。

仅从我个人来说，留在队伍中，如果是经过思考后的主动选择，也未尝不可；但如果是未经思考的盲从，或是在制度、惯性意识下的被迫选择，那就变得相当不值得。我认为，我们不一定要追求什么标新立异，但至少得知道自己在做什么。人的生命，不应该沦为集体照中的一个像素块、链条中的一个衔接环。

3

我认识的一些朋友，在很多人眼里是不务正业的人：有的放弃知名企业的高薪，去做一名手工艺人；有的全职在家，以读书、写作为生；还有一些人投身创业公司，甚至出家修行。但在我眼里，他们都是自己生命的成功经营者，因为他们完整地拥有了自己的生活，而不是在队伍里无意识地前行。

弗罗斯特在《未选择的路》中写道：“林子中出现了两条路，我选择了人迹稀少的那条，而它决定了我的一生。”

大概队伍中的人很难体会这种“脱离”的感受吧？人世如洪流，很多时候，我们不过是其中的一粒粒石子，被裹挟着一路向前。如果有机会离开潮水，回到岸上，你或许会被铺成路，被盖成房子，或被雕琢成手珠……未知的可能太多太多，但值得欣喜的是，从那时起，你才终于开始了属于自己的旅程！MM

第四章 我是女生，所以要更努力

是不是总有人对你说：

『女生，不用给自己那么大压力。』

『女生，做到差不多就可以。』

『女生，取得这样的成绩已经很不错。』

听到这些话时，你的心情如何？

是拍拍胸口，庆幸自己不用承担太多？是默默叹息，懊恼自己心有余而力不足？

还是咬紧牙关，坚定地去冲击他人眼中『女生』的极限？

我是女生，可以温柔如水、心细如发，但也能韧如蒲草、坚若磐石；

我是女生，或许不够高大、不够有力，但依旧希望能用自己的特质，打破『极限』；

我是女生，因为有梦，所以要更努力的女生！

图◎猫　草

我不聪明，但是我很努力

文◎戴帽子的鱼

1

童年的记忆不多，我只记得自己曾经非常笨。

笨到什么程度？小学学大于和小于符号，我怎么也弄不清楚两个符号的差别。我知道一个开口朝左，一个开口朝右，但就是分不清谁代表大谁代表小，常常搞混。

我的数学老师是个非常厉害的人，惩罚人的招数非常多，我们全班同学都怕他。我每次上课就跟坐电椅似的，只要他的眼神扫向我，我的椅子就像通了电一样，电得我大汗淋漓。

每次上数学课，我满脑子都在祈祷，老师千万不要点我回答问题，千万千万。那时，感觉在众目睽睽之下答不出题来是一种耻辱，就如一盆脏水当头淋下。

而且，我也不敢问别人怎么区分大于和小于符号，因为对别人来说这似乎是很简单的事。我曾经旁敲侧击地试探过，但似乎除了我以外，别人都没有类似的苦恼。我怕别人鄙视我太笨，笑话我，只能将这个不解埋在心里。

好多次放学回家的路上，我的心中都溢满悲哀和绝望，不断地质问自己怎么连这么简单的东西都学不会。是不是我的智力有问题？是不是我已经糟糕到以后的人生都没有什么希望了？是不是我就不配拥有美好的梦想？就因为分不清大于号和小于号，我陷入了无边的自卑中。

按教学进度来说，关于大于小于符号的这一章节很简单，所以很快就学完了，接下来的内容我学得很顺利。也许因为这一章实在太简单了，所以期中考试和期末考试都没怎么出相关的题目。那一学年的综合排名出来，我是全年级第三名。

没有人知道全年级第三名连大于和小于符号都分不清楚，只有我自己知道。我是一年以后才后知后觉地学会这两个符号的，而且一辈子都忘不了学不会的痛苦和学会后的释然。

2

高中时，我旁边的旁边坐着一个非常用功的女生，长得很可爱，简直就像从日本动漫里走出来的人物。但她总戴着一副镜片厚厚的眼镜，不怎么爱打扮，每次下课也不出去玩，除了上厕所就是在座位上不停地做卷子。

听说，她每天都睡得很晚，可她的成绩永远都在中游晃荡。每次公布月考成绩的时候，我最关注的不是自己的，反而是她的，真心希望她能一下子冲上去，希望她能开怀一笑。可惊喜从来就没有发生过。

有一次考试后，我看见她哭了，摘下眼镜趴在桌子上无声地哭，肩膀耸动。没有人敢去安慰她，因为不知道该说些什么。说下次再努力吗？她努力得都快走火入魔了。说运气不好吗？那命运之神是不是从来就没有眷顾过她？因为她每次拼尽全力却都是得到同样的结果……

大家正在犹豫时，倒是她很快就自己恢复过来了，吸了吸鼻子，用手背擦了擦眼泪，再戴上眼镜，抿着唇继续做试卷。我佩服她永不言弃的努力，但是我也真的心疼她的“劳而不得”……

3

大学的时候，我去给小学生做家教，辅导语数外。他一直不太认真，一会儿给我看他养的小乌龟，一会儿偷偷摸摸遥控飞机的控制器。他妈妈走进来吼他：“你这么笨还不努力，以后可怎么办？”

他抬起小小的头，神情幼稚、理直气壮地说：“我不是每件事都笨啊，我画画就很好啊。”他拿出他画的水墨荷花，比我画的还要好。

那一刻，我好想穿越时光回到我的小时候，告诉那个因为分不清大于和小于符号而备感耻辱的自己：“没关系，你还可以做其他事。”我也好想回到高中，告诉那个每次都全力以赴、学习却仍毫无起色的女孩：“也许你不是很聪明，可你比第一名更让人佩服。”

聪明只是少数人的属性，但即使你没有这种属性，也可以成为一个真诚的人、正直的人、单纯的人、勤奋的人、美好的人……

你要知道，这个世界，可不是单靠聪明就能撑起来的啊。MM

青春不惧岁月长

文◎李阿宅
图◎白月棂

1

2005年，《超级女声》红遍大街小巷的时候，我刚刚初中毕业。

作为20世纪90年代出生的第一拨小孩儿，我们的青春开始于那场声势浩大的选秀节目。它冲击了当时互联网尚未崛起时的社会审美观念，也影响了我们这一代人的行为和表达方式。

中考结束的那天，我生活的小城刚刚下过一场雨，风一吹，路旁的梧桐树上还有雨水滴落。我妈站在嘈杂的人群里，拉着班主任咨询实验中学和附中哪所学校高考更有优势的时候，李璇跨着自行车在马路对面冲我招手。

几乎每个人的青春时期都有一个声名显赫的风云人物出现，李璇之于当时的我就是这样的存在。她听摇滚乐，看晦涩难懂的文艺片，身上还有一种超出我们同龄人的疏离感，这在当时的我看来都是成熟的表现。像我这种平庸到没有任何一种标签加持的小孩儿，内心都有个极度渴望成为的B面，而李璇就是我想成为的B面。她活得放肆又热烈，是我所渴望成为的模样，于是我像一艘迷失方向的船一样，想要朝着她的岸边靠近。

初中三年，我们并没有太多交集，直到初三快要接近尾声的时候，我才找到我们之间唯一的共同点——我们都喜欢那一届《超级女声》里的周笔畅。我以此为契机，才找到了和李璇成为朋友的一个通道。

我跳上李璇的自行车，和她一起往人民广场赶。地面上有很多水坑，李璇一边喊着“抬脚”，一边加快速度冲过去。我问她考得怎么样，她摘下一只耳机摆摆手，仍是一副风轻云淡的样子，说：“正常发挥呗。”那时候，《超级女声》的决赛刚刚拉开帷幕，每一座城市的街头巷尾都涌现出了许多服装统一、口号一致、看起来热血沸腾的拉票后援团，他们举着海报、拉着横幅，逢人便拦住，请求他们用手机给自己的偶像投上一票。我和李璇第一次参加这种活动，被眼前的阵势惊得面面相觑、不知所措，但心底还有一点儿感动在蔓延。我握着李璇的手跑到广场中央，一把拉住路人的胳膊，举着周笔畅的海报说：“您好，这是《超级女声》07号选手，拜托您用手机帮她投一票吧。”我说得情真意切，自己的声音都有点儿哽咽了，但是路人还是一脸鄙夷地甩开我的手走开了。

2

每一个年代的人似乎都对之后年代的人充满鄙夷，但是那些在批判中成长的新生代都会长大，他们会以自己的方式去改变社会。《超级女声》为我们这些少年平凡无趣却又渴望多姿多彩的生活投下了一粒火种，燃起熊熊大火。于是我们奋不顾身，用十几岁时特有的勇气与执着，为了一个陌生人的梦想，在街头巷尾振臂高呼。

后来，李璇觉得这种拉票形式竞争太激烈，效率太低，我们便想了一个新办法，开始骑着自行车满城找兼职。那时候，李璇学了10年的大提琴还在坚持，我们上午出去发传单，下午分头行动，她去学音乐，我回家在爸妈的关注下“认真学习”。傍晚，李璇上完专业课，我就拿着用工钱买来的充值卡跑到她家会合，躲在她的房间里，用她的那部黑色诺基亚一条一条地编辑短信进行投票。

北方夏天的夜晚总是来得很迟，傍晚的时候，夕阳总会在阳台上温暾地洒下一层橘色的光，那时候，我们就躺在吊床上聊天。2005年的夏天，“梦想”还是一个颇具分量的词，李璇问我以后的梦想是什么，我竟然一下子怔住了，因为好像除了高考我没有想过其他的事情。我这种无趣的梦想在李璇的答案之下显得暗淡无光，她说：“我要去参加明年的《超级女声》，将来我要和周笔畅一起开演唱会。”

我啃着李璇姥姥端过来的苹果含混不清地说：“我陪你去，我要见证你闪闪发光的时刻！”

十几岁时的小城少女，拥抱着的都是最天真的美梦，就如同我们深信周笔畅一定会夺冠。

但我们整整一个暑假的奔走，并没能如愿帮她加冕。

决赛结束的那天晚上，我和李璇看着站在冠军李宇春身边的周笔畅抱头痛哭。我们腹诽着有黑幕，内心充满愧疚与自责地对彼此说：“要是我们再努力一点儿，或许结局就改变了。”

那一年的《超级女声》轰轰烈烈地开始，又浩浩荡荡地落幕，我们的暑假也就此结束。

3

9月，我去了附中，而李璇以特长生的身份去了七中，我们终于站到了传说中的人生的紧要关头，但我依然迷茫，依然对这个世界充满不解。我不知道长大后会不会找到答案，但在一轮又一轮的考试中，我还是毫无怨言地低头奋力背着物理课本上那些总是混淆的名词。

李璇有时候会来找我，每次她背着大提琴站在车棚里等我的时候，都能得到很多的注视。她说她又要考级了，但是她有点儿纠结要不要继续坚持下去；我说附中简直是地狱，数学老师就是来自地狱的魔鬼。

我们一起在学校对面的冷饮店吃完一盘芒果冰，然后在听到铃声响起时迅速说“再见”。

好几次，奔回教室的我扭过头，都能看到李璇仍然站在原地，她看起来特别惆怅。

2006年，《超级女声》海选报名的时候，我感冒了，课桌旁的垃圾袋里堆满了纸团。周六，教室里的人不多，李璇跑来找我，问我要不要陪她一起去报名。

我擦了擦鼻涕，踟蹰着说周一就要月考，我可能去不了。

李璇极力掩饰着失望，勉强挤出一个微笑，说她自己去也没关系的。于是，她一个人坐了十几个小时的火车去参加海选，但是，那一年的《超级女声》改变了赛制，未满18周岁的未成年人不得参加。李璇站在异乡的街头给我打电话，她的声音听起来特别疲惫，她说：“没关系，两年后我可以再来的。”

4

我们以为两年不过是白驹过隙，但是那些发生过的大大小小的事情，就如同小时候泡在水里的海绵一样渐渐变大，把两年扩充得仿佛没有边际。比如，李璇的姥姥在我们高一结束的那个夏天去世了，她拒绝了和父母的再婚家庭一起生活，独自住在姥姥的房子里。姥姥的去世对李璇的打击格外严重，她剪掉了留了很多年的长发，大提琴的专业课也总是逃课，她开始和学校里一些“有名”的少年混在一起。

那时候，李璇总在环山路的那家Live House（音乐展演空间）里看演出，有时候，我也会跟着她一起去。

我最后一次和李璇一起看演出是在高二结束后的暑假，那次演出结束后，他们在烧烤店和其他客人打了起来。我捂着耳朵大喊“不要打了”，可是没有人理我，甚至还有人推搡了我一把。我盯着校服上的污渍，看着距离我仅有半米的李璇，突然有些恍惚，她真的是我渴望成为的B面吗？我不知道。但我意识到，让生活继续的，不是与众不同的优越感，不是对叛逆的追求，也不是对新鲜的好奇，而是清晰而笃定的道路与全力奔跑的姿态。

那天，连同我在内的所有人都被带进了派出所。坐在警车上的时候，我害怕极了，可是李璇的朋友却说这样才算是一个rocker（摇滚歌手）。我嘴角轻轻抖动了一下，没有再说话，可我青春期里所有的躁动与迷茫都被这场闹剧画上了句号。因为没有动手，我和李璇做完正常的笔录就出来了。走出派出所的时候，白天太阳炙烤的热气已经散去，路灯发出的昏黄光线把街头衬托出一种静谧的气氛，我朝左走，李璇推着自行车往右走，我们谁都没有说话。大约走出10米后，她扭头喊住我，问：“明天你还来找我们看演出吗？”

我摆摆手：“不了，还有一年就高考了，我要好好学习了。”

她点点头说：“你本来就跟我们不一样。”

从那以后，李璇再也没有来找过我。我平庸的青春因为李璇的出现迅速地泛起波澜，又在李璇离开之后归于平静，仿佛什么都没有发生。

当时的我们，都不知道2006年的《超级女声》是留在我们少女时代的最后一届，之后它停办了很多年。可是人生原本就拥有那么多意想不到，比如，文科成绩更优秀一点儿的我，高二的时候却进入了理科班，又在学了四年的金融后兜兜转转地进入了媒体行业。

5

10年过去了，我们这些曾经在电视机前抱头痛哭的小孩儿，终于也变成了面无表情、生活沉闷的成年人。周笔畅和李宇春的名字在我们的眼中都变成了一样的字眼，而那个背着大提琴说要参加《超级女声》的女孩，也与她的自行车一起，永远停留在了16岁那一晚的风中。我记得她对我说的最后一句话是：“我一直都很羡慕你。”

原来，我们每个人都曾是别人渴望变成的B面。

2016年，我飞去长沙参加《超级女声》启动仪式的媒体发布会。站在湖南广电楼下时，我的眼睛突然有点儿酸，脑海里依稀记得有个清脆的声音曾经说：“我是03821号选手李璇，今年16岁。”

好习惯是最大的运气

文◎佚　名

有个年轻人，在经过层层考察筛选后，与另外两个人同时进入一家公司。试用期间，他表现得聪慧、勤奋、友好，另外两名竞争对手也一样出色。

一个月后的一天，老板告诉他要进行交接，因为三天后他将结束试用期，被淘汰出局。听到这个消息时，他怔了一下，但很快缓过神来，依然认真做着手头的工作。与他同时，另外两名竞争对手也得到了同样的信息，但与他依然尽心尽责地把未干完的工作做完的态度不同，他们显得格外颓丧和慵懒，第二天便各自打点行装离开了。最后一天结束时，老板问他：“要走的人，为什么还这么认真？”年轻人说：“这是我的习惯，我至少得对得起工资吧？否则我不安心。”

因为这句话，老板留下了他。老板对别人说：“一个有良好习惯的人，我没有不留下的理由。”

的确，习惯就是一个人的方向盘，不好的习惯，可能会颠覆一个人的人生，而良好的习惯，常常会让一个原本普通的人收获美好的命运。

拴在琴凳上的十年

文◎沈泽清
文◎猫　草

1

我生长在大西北沙漠边缘的一个油田小镇。在那里，小镇自成一个“王国”，我和我所有的同学一样，在小镇的医院出生，在小镇的幼儿园玩耍，然后从一样的小学读到高中毕业。

所有人似乎都彼此认识。

于是，“顾老师给她家姑娘买了钢琴”“人家慧子比贝贝小，都开始学琴了”……这样的理由，足以支持妈妈做出“一定要让女儿学琴”这个决定。更何况，弹钢琴是多么“高贵”的一件事：“你看电视里，公主们在晚餐后，总是坐在摆放在客厅的钢琴前弹奏，穿着精致的裙子，多美。”那年，电影《茜茜公主》刚刚热播，存留在妈妈内心深处的公主梦被描绘得更加诱人。

那年，我4岁半，坐在小课桌前，脚还踩不到地面；

那年，妈妈29岁，每月的工资和爸爸的加在一起也就两三百元。

那年，家里的存款满打满算也只有两三千，而一架钢琴怎么说也要近万元，想要拥有，不仅要掏空所有存款，还要借外债。

但是，他们太爱我了，希望我能够成为一个有气质、有美好未来的女孩。

于是，妈妈说服了爸爸，两个人开始频繁地坐公交车去银川看琴。小城和银川的直线距离近100公里，那时候，柏油路都还没修好，更别提私家车或专车这种高大上的存在。那段单程近四个小时的道路，脚下地面坑坑洼洼，两边是连天的戈壁、露天煤矿和零零星星的土坯房，情况恶劣极了。但是，这坎坷的路途并没有阻止他们带我追梦的步伐，钢琴还是被克服千难万险地搬回了家。而且，这条路在往后的日子里，我们又走过无数遍。

“我当年真喜欢那个一万二的从苏联进口的钢琴啊，可是你爸就在旁边劝，说借的钱太多，家里还要存钱买冰箱、电视，买它就太困难了。”妈妈遗憾地说。

“我觉得我的琴已经很不错了，德国原厂生产线制造的，质量很好的。很多年之后还有不少人买的琴都是国产的，远不如我的呢！”长大后，我常这样撒着娇安慰妈妈。

“嗯……也行吧。”

钢琴被搬回家时的场景我还记得。当时是春夏之交，窗外的阳光还蒙着春天连绵的沙尘暴过后的黄白色，爸爸和他的七八个年轻朋友哄哄闹闹地把一个巨大的、沉重的、被严严实实包裹着的大家具抬上了三楼。小小的家里围了很多人，包裹被层层打开，黑色的钢琴漆在阳光下明晃晃的，刺人的眼睛。

妈妈像是在对全世界宣布什么重大消息一样大声地说：“贝贝，这是你5岁的生日礼物。你以后要好好学，听见没？”

“嗯！”

后来我才明白，永远不要轻易答应自己完全不了解的事情。可是，即便当时明白又如何？我没有选择的权利。

随着钢琴被搬进家门的是一些铁律：

1.不许因为练琴过分影响学习，必须保证跟上正常的学习进度。

2.所有作业必须在下午放学前完成。

3.每晚七点到九点固定练琴两个小时。

4.练琴时不许心猿意马，不许犯低级错误。

5.学习、练琴、娱乐三者发生冲突时，娱乐必须无条件为前两者让路。

而且，每天练琴时，妈妈都会坐在我的旁边，从开始的音阶，到每一首曲子的每一个音符和节拍，全程监督。我练琴中途只能上一次厕所、喝一次水，而且时间严格固定，此外，弹错音还会被打手。

从钢琴进门到我初中毕业，每天最少两个小时，几乎全年无休，而且，在重大钢琴考试和比赛前，练琴时间会尽可能延长。

十年的周而复始，一直坚持到我考完业余十级的考试。许多孩子一路学到五六级就放弃了，而她们曾是我妈妈为我买琴的动力。“这不过是一个兴趣爱好嘛！”她们会这样自我安慰，只有妈妈带着我，一路考到了我能考的最高级。

“妈妈，为什么慧子她们都不学了，我还要学？”

“这是你答应我的，答应的事情就要做到。”

2

从20世纪90年代的“学琴潮”开始，周末城市的大街小巷，太多太多的琴童在家长的带领下背着提琴（还好，没看到过背着钢琴的）和琴谱，像是去完成一项特殊的使命。

“找个好老师，这太重要了！”身为高中老师的妈妈从来就对此坚信不疑。

可小镇上会弹钢琴的成年人也就是学校里的两三个音乐老师，他们自己都远谈不上专业，怎么教小孩儿呢？只有去银川。百公里的土路，单程近四个小时。

银川的钢琴课每周一次，于是，每周日早晨7点整，妈妈便拖着我坐上去市里的公交车。为了省钱，我们每次只买一个座位，客满的时候，她就一路抱着我。将近中午12点，我们会到达位于银川南门的老汽车站，下车后坐上三块钱的人力三轮车，再花半个多小时到位于文化街的歌舞团大院。下午4点，我们便原路返回，晚上到家时早已天黑。在路上用近八个小时，只为学一个小时的“专业课”。

冬天好冷，常常开始上课了，我的手指仍像冻坏的胡萝卜。但没有那么多时间用来浪费，我僵硬的手指常常在弹奏过程中才慢慢恢复知觉。有时，连钢琴老师都有些不忍，会倒杯热水，让我们这对从寒风里来的母女先暖一暖。

夏天好闷，我和妈妈昏昏沉沉地挤在公交车上，我浑身都起了痱子。

我很羡慕那些住得离老师家不远的市里孩子。“他们条件真好啊！”母女俩总是如此感叹。而每当学完琴，拉着妈妈的手走在银川宽阔的马路上时，我总是什么都想要——一切都那么好看、那么新鲜，但到头来什么都不会买。妈妈的理由不容置疑：“学费一次五十块，还要吃饭，还有来回的车费，我们要把成本控制在一次一百块以内。”

不过，偶尔路过大型新华书店时，我们会去看看书、琴谱和磁带，而只要是和钢琴相关的，妈妈往往都会毫不吝啬地慷慨解囊。

很多年过去，在某个饭局上，还有人说：“你知道吗？以

前马家滩有个疯女人，每周带着娃娃去银川学钢琴。简直是疯了。”

我和妈妈听了大笑不止，可是转过身去，我莫名就想流眼泪。

因为学琴的成本太高，练琴就需要加倍努力，同时，挨打也变得很频繁。后来，我还问过爸爸：“你为什么从来不进卧室看我弹琴？你不喜欢吗？”爸爸故作神秘地悄悄对我说：“太惨了，我实在是看不下去啊！”

在我学琴的那段时间，伴随着琴声的欢笑声寥寥无几，似乎这件“高贵”的兴趣爱好无法让我们家任何一个人从中获得“轻松”与“喜悦”，常常伴随的，是抽泣声和严厉的训斥声。每过关一首曲子都需要巨大的付出，为了练好琴，我被撕过琴谱、被打红过手，似乎还有几次被拉下琴凳……爸爸偶尔会来劝两声，但多半都是沉默的，他当然也“救”不了我，我知道。

在往后的很多年中，每当有人问我：“你喜欢弹琴吗？”我都默不作声。“喜欢”这个答案，就只是说给妈妈听的。

想来，这个过程我们都很辛苦，可哪有什么东西是可以轻松获得的呢？

3

“疯女人带着娃娃去银川学琴”的故事延续了5年，我家终于搬到了银川。我考过六级后，妈妈再也认不清那些越发复杂的五线谱了，我也不再需要她盯着我从头弹到尾。八级的曲子很好听，九级好难，十级我不太有把握……这些问题随着青春期的叛逆变得非常模糊。

忽然有一天，钢琴老师在妈妈数次询问之后，明确地说：“这孩子不适合搞钢琴专业！”

“太让我失望了！我觉得自己过去近十年的重心完全放错了位置。”妈妈无比惋惜，“女孩子学个艺术，多好！又轻松又温柔！”

因为我的手太小，所以即便我付出比有天赋的孩子多达数倍的努力，同样的曲子我依旧弹得非常吃力。“肖邦的九度都够不到，怎么学专业的？”这是我的“硬伤”，妈妈一直忽略了这一点。最终，我偏离了她的规划——上音乐学院附中、考上中央音乐学院或者上海音乐学院的钢琴表演系。

我在妈妈的失望中“仓皇”地读了高中，不记得从哪一天开始，钢琴课也就这么停了。

再后来，我开始常在微信上给妈妈发——

妈妈，我发现学校的钢琴放在什么地方了！晚上偷偷去弹琴时，合唱团的师姐问我要不要去合唱团当钢琴伴奏，我想去呢！

妈妈，学校的钢琴比赛，我进复赛啦！

妈妈，我在教会当了司琴。有人在教堂结婚，我弹了《婚礼进行曲》！

……

妈妈，公司附近的琴房都好远，我好久没去了。

妈妈，我想弹琴。

在我意识不到的某一年的某一刻，我忽然和以前的生活和解了。

我无比感激童年时对每一首钢琴曲的学习——从维也纳古典乐派到浪漫主义，让我在往后学习文学、艺术、历史时，不断彼此影响和融通；感激童年时无数枯燥乏味的练习，让所有的技巧成为我的肢体和记忆不可磨灭的一部分……

这种和解，或许也像我当初学琴一样，是无法选择的。可不和解又能怎样呢？我完全没法想象，抛弃了这段童年——或者说几乎是整个童年的全部——我会是什么样子。

当我如此向妈妈“告白”的时候，她只是说：“小时候管你弹琴管得太严了，我现在都觉得自己好傻。你会不会怪我？”

大学毕业到北京工作，我租的房子里一直没有钢琴。

在过去的两年中，我只学会了一两首新曲子，是趁每年过年回家的那几天，断断续续学的。旧钢琴一直摆在新家的书房里，上面罩着雪白的蕾丝琴套，琴身依旧闪着黑色的耀眼的光芒。

我快29岁了。如果我有一个女儿，我想自己未必能有勇气和毅力像妈妈这样，付出自己人生中最重要的十年，日复一日地为女儿的一个“兴趣”辛苦奔波。

我数次想对她说：“这么多年过去，我早已明白，自己最终收获的，远比曾经付出的多。感谢妈妈让我成为一个更好的人！”

可是话刚到嘴边，我就哽咽了。MM

不知所措时，就朝你喜欢的方向跨一步

文◎张佳玮　文◎满　月

1

幼儿园时，我被妈妈带到纺织厂，放在仓库里山一般高的布匹中，请仓库阿姨看着我，只给我留下了一堆从厂图书馆里借来的售价三毛八分钱一本的连环画。连环画每一页一幅可以意会的图，或喜或怒，下面有浅显的解说文字。在我还只能约略将一些关于省份、河流和花朵的名字与语言对位的年纪，图画拯救了我：它们是连贯的断片，连缀成一个个故事，可以与电视屏幕或现实生活相辉映。

我识字之后，最初与我做伴的是《杨家将》《说唐》等，于是，白马银枪、沙场尘烟成了我最初的幻想世界。那时的我当然不明白，《鹿鼎记》中的韦爵爷是如何在满汉问题上难倒黄梨洲等四名大家的，以及成吉思汗自问是不是英雄时的酸楚。只是读这些故事，让我长久地流连于塞北江南、青山绿水、衣袂长袖、刀枪剑戟之间。

小学毕业时，我读了李青崖先生译的《三个火枪手》。本指望看到豪侠击剑，却被老版小说中的插图迷住：骑士帽、击剑短裤、剑与酒杯、巴黎的旅馆与衬衣。于是，顺理成章，那一夏如蚕食桑叶，沿经顺络地跟着线索读了下去。随后，我又在巴尔扎克的《高老头》中，被年轻气盛就想在巴黎当野心家的拉斯蒂涅吸引了视线……从此，我关于兵戈剑侠的爱好，便被欧洲的街道剪影所取代了。象牙、水晶、绒毯、砂糖、葡萄酒、洋枪、玻璃、玳瑁、杏仁、丁香、烟草、咖啡、乳香、小麦，以及奥德修斯的远洋航行，终将成为基度山伯爵的马赛水手，葛朗台的箍桶生意与荒凉住宅，罗切斯特先生与简·爱絮絮说话的庄园，安德烈公爵与拿破仑彼此遥望的战场……通通让我欲罢不能。

是的，我大概是从小喜欢读书和写字的。

2

小学时，在我的记忆里，常有那棕色的球旋转着在木地板上敲出“咚咚”之声的画面，加上球鞋摩擦地板时的“吱吱”声，空荡荡的球馆寂静中又带着些神秘。我坐在场地边上，看着他们跑来跑去，看着球飞向篮筐，一次又一次……

再后来，我更多次地看到一群人在烈日下奔跑着，将一个个球抢夺又抛出，让它们在一个个破旧的铁筐上飞舞跳动。

平时，在小区运动场，我也常看到在篮球场上做着机械而简单的篮球练习的身影。球也许会滚到我的脚边，然后，疲惫的练习者转过布满汗珠的脸，请我将球抛回他们身边。

“哎，帮忙抛一下！”

是的，我大概是从小喜欢篮球的。

3

2002年，我去上海读大学，走之前，跟父母订了个协议：大学里的一切，我自己来。我会好好学，拿到学位，前提是，我做什么，父母不能管。

大一到大二，除了完成学业，我都在自己默默写东西。那时的我没多想什么，只觉得自己喜欢写东西，那就继续吧。到2004年3月，大二下半学期，我出了第一本书，拿到了第一笔稿费。我拿稿费买了一台笔记本电脑，剩下的交了三个月的房租。于是，我离开学校宿舍，独自居住了。

到2006年，我大四，出了第四本书。大学毕业了，我没想着去找工作。知道单靠写东西养活自己很艰难，已经是很后来的事情了。

2007年3月，北京某学院找了我以及一些同龄作者开会，大意是先到此学院来学习一段时间，然后进入各地某协会，最后进入全国某协会。我感受了一下氛围，盘算了几天，回到上海，开始写体育专栏——因为我大概明白，如果不加入协会，自己得写点儿什么才能活下去。那么，写什么呢？

我小时候是看着打篮球长大的，那自然就是写NBA（美国男子职业篮球联赛）啦。

同年夏天，我决定去巴黎，为了攒钱，我开始加工作量。此外，2008年至2010年，我还兼职在上海某频道做了解说嘉宾。当然，最初去做解说嘉宾，也多少是为了圆自己中学时给父亲吹的一句牛："将来，我要自己去解说篮球！"

现在想起来，都是小时候扎的根。

4

2008年至2012年，我进入了一段漫长的折腾和准备时期。我来者不拒地写约稿挣钱，在上海找法语课上，之后，申请学校、准备材料、做公证、考试、面签、递签、被拒签，重新上课、考试、面签，然后再到银行开账户流水、找房子、递签……

2012年8月底，我第二次去面签时，面签官问我："聊聊你对巴黎的想法。"

我说："我读的第一本西方书是《三剑客》，里面的达达尼昂年轻气盛，啥都不知道，就跑去巴黎。第二本西方书是《高老头》，里面的拉斯蒂涅就在巴黎当野心家……有些念想是小时候就有的，可能到最后会觉得天真，但总得到过那里再说。"

然后，面签就通过了。

2012年秋天，有一位编辑替我担心，说我出了国，是不是国内的关系会全部断裂？我说："不知道，但只要能写东西，就不算糟，慢慢来吧。"

5

然后，我就慢慢来到了眼下这时候。2012年至2015年，我成功地在巴黎生活了一段时间，圆了小时候的那些梦，此外，我也在国内出了四本书，并没有与国内的关系完全断裂……不去担心那么多，慢慢走，慢慢来，我也走出了不错的人生。

回头看看，如果有什么教训，那就是：

当暂时迷惘不知道该怎么做，或者闲下来却又有罪恶感时，那就去干活吧，朝自己喜欢的方向做点儿什么！

2014年，我开始跑步，慢慢学会了更多的东西。

以前不跑时，我会相信心情决定一切：心情抑郁了，一下午都不动弹，容易累。跑惯了之后，我会第一时间思考：是不是身体缺水？是不是坐姿不对导致的疲劳，疲劳反过来影响了心情？

跑步会让人成为一个唯物主义者。跑惯了，你很容易就明白，意志和情绪其实是受身体状况摆布的。

跑久了，真的不用检查身体，因为一是坚持跑步的人的身体会比不跑的人好一些；二是身体哪儿不好了，跑步者比不跑步者大概要明白得早一些。

于是到最后，跑步会让你对自己的身体有相对的控制能力。你会相信，身体是一架机器，而你自己知道该如何保养、如何摄入营养、如何训练。

应用到其他事上，大概也是如此。

6

坚持跑步和写作，这两件事让我明白了人的潜力是巨大的。比如说，如果我告诉2007年的自己："你以后每天都得写一两篇稿子。"那时的我一定瞠目结舌。但当我习惯了，就像做无氧力量训练，不断给自己加量后，会发现，还好，还能承担。

也许，跑过步的人都会有同感，比方说，你用五分半的配速跑，跑了两公里，累了、喘了，于是开始走走跑跑、磨磨叽叽，那么，最后你可能用一个小时才能跑完五公里；但是，如果你适合的配速是七分钟，你可以不停地用三十五分钟跑完五公里——一时的快当然很爽，但以适合自己的节奏不停地跑，最后可能会跑得更远。

以前写到过，我在旅途中也可以写东西，很多读者都表示惊叹。但其实，这种技能并非与生俱来，曾经我也会在旅途中"懒得写"——就像每个跑步者都会瞬间涌起"今天不想跑，歇一天吧"的心情一样。但如果习惯了这种负担，就无所谓了。

一切都是因为我会在觉得厌倦或低潮的时刻，朝着自己喜欢的方向——无论是工作、读书还是锻炼——迈出一步。

人生就像一场马拉松，踏出第一步之后，更要一直勇敢地跑下去。一路上会有艰难、痛苦，只有不断尝试突破旧我、打败过去，才能获得成功。如果一直等待、停滞不前，就永远无法触及终点。MM

做不了居里夫人，就做自己

文◎张 莹
图◎白月棂

1

黑暗的破旧棚屋里，一盏极小的玻璃容器中闪烁着一丝略带蓝色的荧光，那是一分克纯镭所放射出的射线。一位妇人热切地注视着黑暗中的那点儿蓝色，仿佛那是世界上最美的景象。

我想，那或许是居里夫人作为科学家的一生当中最浪漫的一幕。也正是这一幕，让我看到了科学的美丽。

十多年前，当我第一次翻开《居里夫人传》的时候，我并没有想到这个跟我有着巨大时间和空间距离的女性，会差一点儿改变我的人生轨迹。

书中，居里夫人的故事是从她的童年开始娓娓道来的。那时，她的名字还叫玛妮雅，带着一个长长的波兰姓氏，有着宽阔的额头和柔软的金色头发。在她4岁的时候，她就能够比大她几岁的姐姐还要流利地读出书本上的文字了，而且，从小学到中学，她一直保持着每门课都是第一名的成绩。

最吸引我的是："物理"，这个对大多数人而言抽象而艰深的名词，对她而言却是一个充满乐趣的神奇世界。在巴黎求学的时候，她很轻松地就弄懂了那些枯燥的物理名词和原理，并应用自如。

不仅如此，虽然理化天赋惊人，但她并不是一头扎进物理、化学当中就不谙世事的学究，相反，她有着极其广泛的爱好。她喜欢文学和写作，且极具语言天赋，用她的老师的话来说："她的俄语发音让人觉得她出生在圣彼得堡。"

她真的是一个传奇，让我膜拜。

2

那一年，我刚上初二，在许多同学为要开始学习物理、化学这两门崭新的学科而长吁短叹、忐忑不安的时候，我却踌躇满志，甚至是迫不及待。因为，我马上就要走进居里夫人的世界了。

或许是这种积极的心态使然，我很轻松地就学好了物理和化学，尤其是前者。对我而言，那传说中的"门槛"是不存在的，我大踏步地迈进了物理的世界。

居里夫人曾将那些精密的物理仪器视作世界上最有趣的"玩具"，在她眼里，这是一门能够研究出"支配宇宙"的定理的学科。而对于刚刚入门的我来说，那些初级的物理仪器和现象，已经足够令我沉迷了。

那些复杂的电路图仿佛是隐藏着玄机的藏宝图，我可以根据它们顺利地把电流表、电压表、电阻、灯泡连接起来；动、定滑轮和杠杆像极了哆啦A梦的神奇工具，能够让人节省那么多的力；还有地面的标准大气压强，它只能让汞柱升高到76厘米，多一丁点儿都不行，这是何等精确与奇妙……

有一段时间，我甚至觉得自己可以成为另一个居里夫人。当然，当你看到我写的这篇文章的时候就已经知道了，我的梦想并没有实现。

喜欢物理且没有碰到过任何瓶颈的状态一直持续到高中，但升入高中后，物理对我来说一下子变得吃力了起来，每一堂物理课，老师在上面讲得头头是道，我坐在下面听得津津有味，可拿出习题册来时，我却总是无从下手。

这种失落感让我一下子从"成为居里夫人"美梦的云端，以$9.8m/s^2$的重力加速度跌落到现实的地面上。

最终，残酷的现实让我不得不重新对自己进行定位，最终的高考志愿，我填写的是一个自己比较擅长却一直被忽视的专业。

3

我的母校是一所文科院校，刚入学的时候，我以为自己会怅然若失，会在心底深切地缅怀那个今生无法实现的梦想。可事实上，我快乐而又从容地度过了大学的四年时光，原因似乎很简单，我再也不用费尽心力地讨好物理了。

我终于相信了韩愈的“术业有专攻”这句话，也庆幸自己没有偏执地跟物理死磕下去。

不过，我还是想感谢居里夫人，她虽然没有成功地将我带入科学家的世界，但确实教会了我很多东西。

比如如何看待光荣与奖励，如何面对挫折与磨难。在她最辉煌的时候，她将诺贝尔奖牌随手交给女儿当玩具；在她最痛苦的时候——丈夫皮埃尔·居里因车祸身亡之后，她依然按时去学校给学生们上课，履行自己教师的职责。

因此，当我取得了一点儿成绩就沾沾自喜，或是遇到挫折感到沮丧的时候，我都会不自觉地想起她，想起她面对生活时的那种坚韧。

大学毕业后，我去了香港继续读书，第二学期有一门叫“电台节目制作”的课程，因为老师是香港电台的前台长，所以吸引了许多学生，选课的人数一度爆棚。当老师把这个学期的课程大纲和功课计划通过投影仪展示出来的时候，严格的要求和繁重的功课量让很多人打了退堂鼓，但第二堂课，我是依然坐在教室里的少数人之一。

我知道自己的声音条件不够好，但即使做不了主播，过过主播的瘾也是不错的，更何况，我是一个曾经不知天高地厚跟物理死磕过的人啊。经过一个学期的努力，我们每一个人都顺利完成了之前想都不敢想的两次三十分钟时长的on air（现场直播）和个人独立制作的二十分钟时长的广播节目。

时至今日，我做了与最初设想完全不同的工作。没能成为居里夫人的挫败经历让我懂得，有些风景，即使无法置身其中，远远地欣赏也不失为一种乐趣。

世界如此美好，做不成居里夫人，我至少可以做我自己。MM

不妨倒掉一些水

文◎尹 莹

20世纪初，奥地利维也纳有个少年，读书非常用功，上课专心听讲，下课后也依旧坐在位置上，即使放学后，做完作业也还要一直复习到半夜。

他每天只睡三四个小时，其余时间全在学习，可纵然如此，他的成绩顶多算中上水平。这么努力，却无法取得最好的成绩，少年非常焦虑和沮丧。

一个周末，少年跟着母亲去教堂做礼拜。结束后，他一个人留了下来，向老牧师诉说心中的苦恼。老牧师安静地听了良久，取出一个装满水的矿泉水瓶，放进两颗玉米粒大的冰糖后，把瓶盖拧紧，递给少年，说道：“摇晃瓶子，让这两颗冰糖化掉，可以做到吗？”

“这太容易了，用不了两分钟！”少年接过瓶子就开始晃。可无论他如何用力，水和冰糖都不动。五分钟后，满头大汗的少年终于停了下来，不解地问老牧师：“为什么里面的冰糖不会动？”

老牧师笑笑：“试着把瓶子里的水倒掉一小半，再摇摇看。”

少年照做，瓶里的水“哗哗哗”地剧烈晃动起来。这次，不到两分钟，两颗冰糖全化了。看着纳闷的少年，老牧师笑道：“你现在努力得连思考和领悟的时间都没有了，又能掌握什么知识呢？不妨试着给自己‘倒掉一小半水’，看看会怎么样。”

少年恍然大悟。从此以后，他不仅努力读书，也开始合理规划自己的生活，参与各种有意义的活动，成绩很快提高了。

这个少年，就是奥地利著名的哲学家卡尔·波普尔。

“很多时候，我们都默认越努力越好，其实欲速则不达。努力也需要一个‘度’，一旦超出了负荷，它不仅无法为你带来丰厚的回报，甚至可能会给你带来无尽的损害。”他多次在自己的文章和演讲中这样说，“倒掉一小半水，不是为不努力找借口，而是让自己的努力更适当、更有效。”MM

有梦

不怕天黑

文◎张芸欣

图◎鱼　姬

1

第一次听孙燕姿的《天黑黑》的时候，我还在上中学。那时候，我学习差，脸上冒了无数颗痘痘，还有些胖，浑身上下简直找不出任何优点。

高一的一次考试，我考得很差。老师把没考好的同学留下来罚抄单词，我错得最多，罚抄完已经是晚上七点多了。我害怕回去面对母亲的责骂，于是离校后漫无目的地在马路上游荡着。

就在那时，在一家音像店的门口，我听到了孙燕姿的《天黑黑》。

我上中学时，听歌只能去音像店买CD（激光唱片）或者磁带。那天，我听到一个有些低迷的声音一遍遍地唱：“我的小时候，吵闹任性的时候，我的外婆总会唱歌哄我……”

夏天的夜晚，我站在那家音像店门口，那个声音犹如天籁，洗涤了我的心灵。我好像第一次意识到，在这个黑暗的世界里，我并不是一个人。

那时候，孙燕姿刚刚出道，还没有走红，也没有太多的人关注这个满脸痘痘、瘦到干瘪的新加坡女生。音像店里播放着她的MV（音乐短片），在那里面，她像一个寂寞的精灵。

我走进音像店，柜台上趴着一个和我差不多大的男孩子，正在写作业。他抬头看向我的时候，我习惯性地低下头，不愿让他看到我脸上的痘痘。

他放下笔，走到我面前问：“你想买什么？”

我摸了摸衣服口袋，空空如也。我有些窘迫地摇了摇头：“对不起，我没有钱。但是我很喜欢这首歌。”我指了指电视上正在播放的MV。

“这是孙燕姿的《天黑黑》。”他耐心地向我介绍，“她是新出道的歌手，新加坡人，她的声音很有特点，很有磁性。”他说起这首歌时，眼中是明亮的神色，和我的灰败沮丧形成了鲜明的对比。

“如果你喜欢，这盘磁带就借给你听吧，说不定你还喜欢里面其他的歌。”他并没有嫌弃我买不起，而是从柜台里拿出一盘磁带递给我。

“谢谢，过两天我就还给你。”我接过那个长方形盒子，小心翼翼，感受着来自陌生人的温暖。

晚上回到家，我迫不及待地把这盘磁带放进我的复读机，戴着耳机在房间里听完了其中所有的歌。

那些歌给我那时灰暗的世界，带来了一抹亮色。

2

过了几天，我去音像店还他磁带，意外地看到他坐在店里弹吉他。刚弹了几个音，他的父亲就走出来对他喊：“弹什么弹？还不快进去看书！”

他放下手里的吉他，看到站在门口的我，便朝我走了过来：“磁带听完了吗？最喜欢哪首？”

“还是最喜欢《天黑黑》。”我说。

“有眼光，她一定会红！”男孩笃定地说。

那天，他和我聊了很久。他告诉我他叫谭飞，在我们小城的职高上学，专业是焊工。可是他从小喜欢音乐，虽然父母都不同意他学习音乐，说他是在做白日梦，可是他才不在乎别人说什么。于是，他用自己打工赚来的钱买了吉他，在家自学；他去琴行打工，就是为了在那里偷偷学艺。他不像其他艺术生那样有家里资助，能跟全市最好的老师学习，但他对音乐的爱和付出纯粹又热烈。他让我知道：只要热爱，即使贫穷，也可以拥有艺术梦想。

从那之后，我放学常去音像店逗留，听听最近新出的歌曲，听他给我讲讲这些音乐背后的故事。几乎每一首歌的创作历程他都能娓娓道来，他说，这些消息都是他从电视、报纸、杂志上看来的，他在聊音乐的时候，眼睛发着光。

谭飞也很喜欢《天黑黑》，他说这首歌散发着一种孤独和坚强的倔强。他还对我讲，孙燕姿从新加坡来到中国台湾发展，刚开始时也是满脸痘痘，她的MV光是修脸上的痘痘每次都要花掉几万块钱。是音乐让她寂寞，但音乐也让她发光。

谭飞的梦想是成为歌手——站在万众瞩目的舞台上唱自己喜欢的歌。

那时候，我觉得他说的话太深奥，我并不能完全理解。对我来说，我只希望自己高考不要考得太差，学习之余还能写点儿喜欢的文字，就足够了。

那时候，我在杂志上发表了人生的第一篇文章，所有人知道后都投来了不可置信的目光。妈妈的表扬、同学的赞叹，让我第一次感受到因为爱好而收获的成就感，好像那个没有什么用的自己突然就变得有价值起来。

也是在那时候，我才渐渐明白梦想是一件多么伟大的事情——它会让你不再自卑，变得美好而积极。

3

一年后的一天，谭飞突然告诉我，他要辍学去北京做音乐。为了这件事，他和家里闹得不可开交，他爸甚至要把他扫地出门，而他则直接背上行李离开了家，走之前到我家来和我告别。

我记得那是一个盛夏的夜晚，热空气扑面而来，我们两个缓缓地在街道上走着。谭飞是我送别的第一个朋友，也是我身边第一个勇敢追求自己梦想的朋友，他的勇气给了我巨大的震撼。

我坚持送谭飞到火车站的站台。小城的火车站破旧不堪，我们看着空荡荡的铁轨，谭飞说：“淼淼，我给你唱一遍《天黑黑》吧。”

他的声音非常动听，轻轻地飘荡在那个仲夏的夜晚，差点儿把我听哭。谭飞走之前对我说：“人最怕的不是失败，而是没有梦想，庸庸碌碌地过一生。”

谭飞带走了他的梦想，也让我明白了梦想的重要。

后来，我到上海读书、出国深造、回国工作，都没有放弃写作这件事，哪怕在人生大大小小的路口遇到无数艰难又熬不过的时刻，我都坚持着把这件事做了下去。与此同时，我常常反复听《天黑黑》，这首歌仿佛有一种魔力，可以让我熬过所有的困难。

4

很多年后，我在新加坡的一次活动上见到了孙燕姿，此时她早已经红成了亚洲巨星，然后结婚生子，淡出公众视线。清瘦的她站在台上，已经没有了少女时代的青涩，笑容里却多了一份岁月沉淀后的坦然。她谈了一些自己刚开始做歌手时遇到的事情，艰难过，辛苦过，但是对音乐的热爱让她走到今天。

每一个人的成功背后，都有无数的艰苦和坚持。

我在活动散场时看到了谭飞。很多年不见，我还是一眼就认出了他，他是那儿的工作人员。

我们在活动现场的喷泉旁聊了几句。他说，这么多年，他并没有成为一个明星，在北京的生活很艰难，没有想象中那么容易。他做过酒吧驻唱，还曾经去天桥卖艺，只要和音乐有关的工作，他都做，但也曾穷得只能住地下室，一个馒头撑上一整天。

他现在还在做音乐，在北京和几个朋友办了一个幼儿艺术培训班，生活总算稳定了下来。

他说他知道我这几年一直在从事专业写作的工作，他在书店里看到过我的书，非常替我开心。

我张了张嘴，想说一说这些年的艰辛，但最后只是说了一句“谢谢”。

在新加坡的那个晚上，我告别了这个教会我追寻梦想的少年。

分别后，我们会继续带着梦想继续前行，或许无缘成为大红大紫的明星，或许倾尽一生也离我们最初宏大的梦想很遥远。可是正因为有了梦想，我们才在这个充满荆棘的世界里，觉得满足又快乐。

对梦想的热爱，让我们不再害怕天黑。MM

我今年的愿望是你可以成为骄傲的人

文◎张晓晗
图◎来　去

1

我爸妈都是超级“学霸”，“学习好痛苦、好累，需要花费大把大把的时间”这样的观点，他们是完全不能够理解的。在这种情况下，高三那年我只能自寻出路，连数学家教都是我自己找的。

怎么找的？过程非常“狗血”。我去复旦大学后面的一家小店闲逛时，看中了一个小熊钥匙扣，拿起来琢磨了半天。一个高大的小哥哥飘到我身后，冷冷地说了句：“买吧。”我疑惑地问：“为什么要买？”他拿过小熊翻了一个面儿，说：“你看，它做工很精细，连尾巴都做得如此精致。”当时我就被他的“脑洞”震惊了，多看了他一眼：“那我买，能打折吗？”在商量打几折的过程中，我们聊了一会儿，得知他是个学法律的高才生，一直给别人做家教。我主动说：“我的数学成绩太差了，可能考不上大学了，你能来给我当家教吗？”他说：“能，给钱就能。”我说：“好，下个礼拜开始来给我上课吧。”

就这样，我有了人生中的第一个家教。

2

家教小哥第一次来时，看完我做的题之后，放下考卷，问我：“你的目标是什么？”我说：“一本。”他又看了眼考卷，说：“不可能，遇到我之前不可能。”接着，他说了一段奠定我们之后同舟共济的关系的话，“在这一年里，我们就是划同一条船的人，无论遇到多大的风浪，记住，我始终和你共进退。如果你没达成目标，也是我的失败，所有的补习费我都退给你。你再说一遍你的目标，我们就正式开始补课了。”

我颤颤巍巍地又说了一遍。他说：“好。”然后抽出了第二张考卷。

他每周都给我制订一个关于数学的学习计划，比如要做哪些卷子、讲哪些知识点，此外，还时常会帮我整理一些答题的小技巧。他当时大三了，距离他高中毕业其实也已过去了三年，但是每次给我带来的考卷他都会提前在家做好，了解我的思维方式之后，更是每道题都会按我习惯的理解方式来讲。他还会为我准备一些很特别的奖品，几乎都是那家他兼职小商店里的东西——小本子、暖脚器、神奇的橡皮……每次送给我时都打好包装，等他走了我才能拆开看是什么。这种教学模式，甚至让我进入了一种小学生很想要老师发小红花的白痴状态。

我问他：“你觉得我行吗？能考上一本吗？”

他说：“你行的。”

我说：“大家都觉得我不行。”

他说：“那是大家都不了解你为什么要努力，可是我明白，因为我们都是有追求、有骄傲的人。而且，你需要明白，想赢的理由不用说给所有人听，自己知道就好！”

说完，他就骑着车跑了，让我自己走回家。回去的路上，我一直在跟自己说：“张晓晗，你可以的！”说了两百多遍，就到家了。

3

家教小哥也有把我惹哭的时候。有几次，我考得不好，精神紧张，他说了两句我就哭了，还把卷子撕了。哭的时候，我心里想：太累了，努力真的太累了，就这么认输算了。放弃吧，别这么努力了。

我哭的过程中，他什么也没说，看我不哭了才问我：“哭完了吗？”我说：“哭完了。”他抽出一套新考卷：“还好我多复印了几份。”我说：“我不想做了。”他点点头，问：“你想好了吗？想好要放弃的话，我现在就走了。”我不敢抬起头来回话。

他接着说：“放弃的话也没什么，只是你的毅力要从零开始了。如果一件事能这么轻易地放弃，之后的每一件事，你都可以轻易放弃。但如果你坚持下来了，你就有了一次克服困难的经验。坦白地说，高考不能决定任何人的人生，但是这个选择，将决定你会成为什么样的大人。你也快18岁了吧？是该学学怎么当大人了，现在，做个决定吧！”

接着，他从包里拿出了一个文件夹，里面全是我之前答的考卷，上面密密麻麻都是他做的批改，还有之后给我准备的更多的考卷，每张都复印了好几份。他说：“只是撕了一份而已，我每次都准备五份，因为我知道这种情况迟早会发生。但是，即使我比你更明白高考有多难，我也从来没有想过放弃。我每次都做好了你会哭五次的准备，并且为这五次做了万全的弥补措施，因为我不想当不负责任的大人。”

现在想想，当时他也不过21岁，比我现在还小。

他说完，我低着头沉默了十几分钟，然后默默地抽过一张新的考卷，重新拿起笔来。那是补课的一年中我印象最深的一节课，那天，他就这么陪我耗到了晚上11点。下一次见面时，我还有点儿尴尬，他却再也没提起过我哭着撕掉考卷的事。

4

高考前最后两个月，小哥哥给我带来了八套高考模拟题，模拟高考场景让我做，然后现场改卷。最后一次做完考卷，他把卷子递给我，就说了一句话：“我们今年的愿望要实现了。”我有点儿蒙，问：“你今年的愿望是什么？”他说：“我今年的愿望就是你能考上一本，去你想去的学校。”

那一刻，我真的觉得：我不是一个人在战斗。

高考成绩出来后，我的第一个电话就是打给家教小哥哥的。高中三年，数学考试我及格的次数不超过十次，但高考数学满分150分，我竟拿到了126分！这算是我人生中一个相当大的奇迹了！

当时的电话里，没有我预想中的大哭，反而是各自大笑了几分钟。他说：“恭喜恭喜，你得请我吃饭啊。”我说：“好。”之后就挂断了电话。

后来吃饭时，他喝了点儿酒，倒是真哭了。他说：“有件事我一直没有告诉你，其实我是个高考的loser（失败者）。”看得出，他为了说出这件事，挣扎了挺长时间的。他告诉我，他其实谎报了学校，他上的大学并不是他所说的那所重点大学，而是另一所名不见经传的普通院校。

上高中时，他成绩很优秀，但是高考失败了。他没有考入他预期的任何一所大学，跌到不知第几志愿。他太想赚钱养家了，便没有复读，去报到了。

他哭得我手足无措，18岁的我也不知道该怎么安慰人，于是手里握着烤串儿，不住地说：“没关系，没关系，我根本不记得你上的是哪个学校啊，而且不管你上哪个学校，你都是最棒的家教，我这辈子唯一请过的家教就是你啊！”

5

我没有说出来的话是，我其实早就在人人网发现了真相。我的选择是，始终没有点下添加好友的按钮，而是让它成为了我的秘密。因为那时候我觉得，我们是同一条船上的伙伴，帮我划船的是他，他做得很棒，我为什么还要在乎他上船之前是干什么的？我也希望，自己能成为他人生中的一个小小奇迹。

最后，他抽抽鼻子，第一次表现得像他这个年纪的男孩，说：“所以我才要这么努力啊，所以我才不能让你放弃啊，我今年的愿望其实是你可以成为骄傲的人，并且不用说谎。”时间过去太久了，久到我都忘记自己当时是一笑而过还是也跟着哭起来了。彼时彼刻，我们应该就是两条共同翻身的咸鱼吧。

他说得很对，想赢的理由放在心里就可以了，不需要跟所有人解释。

之后，我换了几次手机号，就再也没有了他的联系方式。果然，我才是那个薄情寡义的浑蛋，七年过去了，都没有说过一次“谢谢”。一次都没有！那么，不如在今天，说出我当时那么想赢的理由吧：

因为18岁的我，不想让你失望，而是想成为你的骄傲。现在的我，终于可以信誓旦旦地说：“你就是改变了我人生的人，因为你让我相信，人生是可以通过努力改变的。”

所以，此刻，在任何境遇中的你，都请拼尽全力去赢吧！把理由放在心里，打完胜仗后再云淡风轻地说一句：“我不过就是想赢。”MM

努力才是人生的常态

文◎杨熹文　图◎洛　书

1

在远走他乡前，我是一个从不怕寒冷的东北孩子。从小到大，我的冬天，是降临在妈妈织的毛线手套和爸爸做的白菜炖豆腐里的，我早已习惯了他们替我把这厚重的严寒挡在窗外，让我在天然冰箱般的城市里也时刻置身于23摄氏度的温暖中。

可是那远行的一年让我发现，奥克兰不一样。那是离开家的地球另一端，它的冬天是突然的、肃杀的，随着一阵冷风扑面而来的。那里不是家乡，没人给这恐怖的季节添点儿温情的味道。

我至今仍可以清晰地还原那个傍晚：我刚刚结束在奥克兰的亚洲超市里一天的工作，神色疲惫地走到公交车站。这是我来到国外的第一份工作，可那每小时十纽币的薪水让我开心不起来，我就像是挨了成人世界里的第一记闷棍一样，那一刻，我的心里只有两种绝望的情绪相互交替着：一种是为一份站了整整十个小时的“底层”工作而委屈，另一种是为了刚刚错过了六点十分的公交车而懊恼。我坐在公交车站的长椅上，几乎要哭出来，下一辆不知何时才来的车让我像等待戈多那般无望。天就这样暗下去了，不一会儿就整个儿黑了，一阵风吹进了我单薄的衣服里，你看，称不上故乡的地方永远冷漠，强盗般的冬天也来了。

这时，我的身旁坐下一个金发女孩，她动作大大的，毫不客气。她带着有点儿天真的男孩子气，一双蓝眼珠毫不惧生地看向我：“你好啊！”

我低声地回应：“你好。”我尽量避开她的眼睛，坏情绪让我不想和其他任何人讲话。

她却满是聊天的兴致，指向不远处的灯光说：“我刚刚下班，你看，那是我工作的餐厅！”我顺着她手指的方向看过去，那是一家典型的洋餐馆，以繁忙著名，常常到次日凌晨还灯火通明。我不禁多看了她一眼，她大概和我同岁，显老的白人基因让她的眼角有了两道浅浅的皱纹，她的鼻子冻得通红，黑眼圈有点儿严重，但那眼神里没有半点儿疲惫。

我依旧心思沉沉地说：“哦，那里一定很忙吧？我也刚刚下班，只希望这公交车快一点儿来，你我就可以早一点儿到家了！”

她说：“哦，不不，我不回家，我还有第二份工作！”

我惊讶得张大嘴巴，脱口而出：“天哪！你不累吗？你每天工作多少个小时啊？”

她哈哈大笑：“我每天就睡四五个小时吧，不过没关系，我就要买车了！”

她看我大张着嘴巴，还以为我没有听懂她的话，神采飞扬地向我解释：“嘿，我为这车攒了几个月的钱了！”

我们彼此间的逻辑在此刻错了位，我没有及时在“买车”和“打两份工的辛苦”之间建立必然的联系，她也并没有理解我还没来得及扎根的生活让我的思维受了限。我在那辆载我回家的公交车上才好不容易读懂她那番话背后隐藏的含义：“我打两份工是为了要买车，这份努力是理所当然的呀，有什么好委屈好抱怨的呢？应该高兴才是呀！”

走下公交车的时候，这夜还是一样寒冷，我却忽然觉得这生活多了一个思考的维度——如果这份每天要站十个钟头的工作是为了搬去一个交通更方便一些的出租屋，是为了买辆车而不必再等公交车，是为了作为一份更好工作的跳板，那么现在这份起早贪黑的努力，哪里还会有什么值得委屈的呢？

现在回想，这绝对是我在国外上的第一堂课——我走进人生的教室，看见黑板上用这样一句话欢迎我：努力才是人生的常态。

2

后来，我的生活一度比“每天十小时站立收银”还辛苦：打工，在几份工作之间穿梭；读书，靠一杯接一杯的苦咖啡熬夜写作业；坚持写作，把所有见缝插针的时间都捡起来供文字使用。我像一个从不停歇的马达，用冲锋的姿态，为自己在异乡的土地上拼着一点儿江湖。

每当被人问起：“这么努力干吗呢？”我都能想到几年前生活中的那段插曲，内心就会激起这样的感触：“这么好的日子，不努力又能去干什么呢？”我真想把自己一步步稳定前进的生活展开给旁人看——因为打工赚了钱才能够去交学费，因为认真读书得了一份好工作，因为坚持写作终于可以在网上发表文章……旁人总以为这努力是辛苦的，我却偏偏觉得这是我的幸运，因为这份努力从来没有辜负我。努力多好，近一寸有一寸的收获，多一分收获生活就多一分欢喜。

3

一转眼，来到国外已经四年，这里依旧没能成为我的家乡。可是我依旧感谢这次远行，因为一场场文化的碰撞，在我的思维里注入了不同的思考方式，这比我在学校中待的十几年学到的东西更有用、对我人生产生的作用也更深远。西方人的思维直接、简单，没有拐弯抹角的路线，而我感触最深的，是他们把努力当作生活中理所应当的部分。

我看到，这里十几岁的孩子在周末去帮邻居剪草坪，或者在清早挨家挨户地送报纸，以此换取看电影的零花钱；我看到，二十岁的大学生为四年的学生贷款在麦当劳打零工，或者为自己的房租在餐厅里端盘子；就连我房东那五岁和七岁的孩子，因为央求父母买了iPad（苹果平板电脑），都要为此用洗碗、晾衣服、清洁自己房间等劳动作为偿还……

我无时无刻不在这样的文化中看到，人生在任何时候都要为自己负责，因为生命中没有绝对的依靠。有这样一条道理简单而实用：努力，就有收获；没有努力，就没有所得。

我常常听到中国留学生抱怨“为什么爸妈不能给我买这个”，也常常看到有年轻人和当初的我一样因为做着一份“底层”的工作而满脸委屈，这时，我就会想：到底是什么让我们和当地人如此不一样？

细细想来，我们的世界里好像缺少一种“18岁后已成人”的情感仪式，即便已到了应该独立的年龄，也是“未断奶”的状态，很自然地把父母的拥有理所应当地据为己有。这样的我们，一旦在这成人世界里经历一点儿真实的辛苦，就轻易把它当作委屈，并未察觉到，其实每一份努力，都是在为“一无所有”的自己做积累。而与此同时，复杂的人际网络又让我们活在旁人的世界里，“别人的拥有”“别人的质疑”，这些很容易让内心不坚定的人愤愤不平地想：“我为什么要努力呢？”

这样无法发自内心的努力让很多人钻了牛角尖，闷闷不乐地在生活里被动前进着，远不如西方人拼搏时那样潇洒。我时常想，到底是西方人把人生中所有复杂的问题简单化了，还是我们把人生中原本应该简单的问题复杂化了？

4

我相信不是所有人的生活都会一帆风顺，因为没有人能天生拥有一切，即使真的有那么幸运的人，他也不能保证在漫漫人生路中没有跌倒的时刻。但是，努力就是上天的补偿，因为努力代表着改变，而改变就是一种希望。

如果想成为一个博学的人，那么就去努力读书，别去在意那些“读那么多书有什么用呢”的疑问，因为只有你最清楚自己的坚持能给自己带来些什么；如果想成为一个经济独立的女孩子，就努力赚钱，别人说起“还不如嫁人”的时候，就告诉他“那不是每一个女孩的归宿”；如果想成为一个身材完美的人，那就去努力运动，不要因为别人说“不觉得运动有什么效果”而半途而废。

看看身边靠努力成功的朋友，他们从来不抱怨自己的辛苦，也不去理会别人的声音，因为努力就是人生的必经之路，这是心甘情愿的公平交易。当努力成为人生的常态，那你的生活就一直充满希望。

如果现在的你正在为自己的梦想一刻不停地努力着，却忽然有人打断你：“哎，那么努力干吗呢？”你可以用坚定的眼神看着他，就像在阐述一个天大的秘密，郑重地说：“因为努力才是人生的常态呀！”

如果他没有听懂你的话，那请你一定问问他：“太爱惜自己羽毛的鸟儿，怎么能够飞得远？”MM

梦想助她登上『福布斯』

文◎王玉琴

图◎花月婷然

1. 跑到美国学插画

“90后”插画师倪传婧出生于广东，5岁时曾在深圳学画画。

倪传婧至今记得，她的画画启蒙老师的教学模式非常先进，她很提倡小孩子们发挥想象力，并鼓励学生“寻找自己的声音”。这样的学习方式跟当时很多强调技巧、紧抓临摹素描的画院很不一样，但正是这种“另类”，让倪传婧非常喜欢和享受。

倪传婧喜欢用视觉来说故事，所以插画成了自然的选择。

“插画对我来说是一个梦的世界，它的魅力在于能够创作出天马行空的奇幻天地。”在中学时期，同学们觉得只有从事医生、律师、银行家这些职业才算出人头地，画画是“没出息”的。“因为她们认为那只是梦想，不切实际”——回忆起来，倪传婧笑着表示。

高中会考时，成绩优异的她鼓足勇气跟妈妈谈心：“我想学插画！”

向来开明的母亲只是吃惊了一下，然后问：“这样的职业很可能没饭吃的，你有心理准备吗？”倪传婧回答：“哪有那么苦？”

高中毕业后，没受过正统艺术教育的倪传婧以优异的成绩考取了世界一流艺术院校——号称“艺术哈佛”的美国罗德岛设计学院。刚进大学的时候，18岁的倪传婧并不知道自己擅长和想做的是什么，于是选择了平面设计专业。

但经过一段时间的探索，她终于发现，自己最喜欢的还是画插画。

就像千里马终究会被伯乐赏识一样，导师克里斯·巴自利发现了这位中国女孩的才华。他告诉倪传婧：“风格只是一个人绘画的习惯，每个人天生就有自己的特色风格，每个人天生都是独一无二的。”这使倪传婧意识到，想要有所不同，就必须要发掘自身独特的“声音”。

倪传婧家境一般，偏偏生活的地区物价又高，她很快就感受到了生活的压力，于是，她便在大学里想办法赚“外快”生存。

她的努力被身边的人看在了眼里，很快，恩师克里斯·巴自利主动帮她找到了第一份工作：他的妻子秀珍当时是《主办者》杂志的创意总监，也是业内非常有名的媒体人，他经常把自己学生的作品推荐给妻子，而她正好看中了倪传婧的插画。

就这样，倪传婧得到了一个宝贵的实践机会：为杂志创作插画。这个偶然的第一次，让这位中国女孩顺利地迈进了美国社会，大学毕业的时候，她已经出版了十多幅作品。

2. 登上福布斯艺术时尚榜

由于是国际生，毕业一年内如果不能将学生签证变成工卡，她就必须离开美国。所以，刚毕业，倪传婧就马上搬到纽约并开始求职。

那时的她，只能租着远郊的房子，吃着最便宜的饭菜，用省下来的钱把自己的作品印成相对精美的明信片发出去。

“那年我印了600张圣诞卡，每张卡背后都亲笔写上了自我介绍和作品的网址，再逐一寄给不同的人。当时的邮票可贵了，在美国国内就已经是38美分的高价，如果要寄到加拿大，甚至会涨到98美分！”

但正是因为有这份执着，她遇上了《纽约时报》的美编，也打开了发表作品的道路。

从此，她的插画作品开始进入主流视野。

倪传婧在罗德岛设计学院学习的时候，曾发现一些中国学生的技巧性特别强，但插画作品往往欠缺个性，个人想象力不够。对于这一现象，她有自己的看法：“想象力应该更重要，因为技巧性的工作可以由电脑代替，但艺术不是工厂出蓝图，必须通过想象产生。”

倪传婧说，她创作插画时最怕的事情就是没灵感——灵感对于画出优秀作品来说太重要了，受阻的时候，太刻意反而出不了好东西。

碰上那种情况，她一般会尽量放松，洗个澡，逛逛公园和博物馆，或者闭幕养养神，等待灵感从潜意识里“冒”出来。靠着那些奇妙的灵感，她不断揽下广告、封面设计、杂志配图等业务，有时每月竟能赚几万美元。

2014年1月中旬，倪传婧的名字赫然登上了美国《福布斯》杂志每年评选的艺术与时尚类“30 Under 30”名人榜。

福布斯“30 Under 30”人物榜单于2011年首次推出，上榜人物是从科技、影视到企业家等15个专业领域中遴选出的30位30岁以下的闪耀新星，当选者不仅代表这一代人的创业精神、创意和智慧水平，更要具备令人惊艳、富有魅力且执着勤奋等特质。这次入选的30位艺术潮人中，13位是视觉艺术家，其余的则为时尚设计师、图形设计师、时尚博主等，而倪传婧是所有获奖者中最年轻的一位。

倪传婧事后才知道，自己是由母校罗德岛设计学院提名的。

“也就是从这时起我妈才放下心了，过去她真的怕我在纽约没饭吃，担心得时常睡不好觉呢。”想起妈妈得知这个消息后明显松了一口气的表情，倪传婧忍俊不禁地说。

这位黑头发、黄皮肤的中国女孩，一下就引起了美国众多媒体的关注，而色彩斑斓的作品，也为她赢得了《纽约客》《纽约时报》等一系列客户。

2016年春天，倪传婧为美国奥美广告公司设计了插画海报《巨力量，聚众力量》，这一海报以“猴子捞月”为主题，生动地传达了该公司的宣传理念，并形象地表达了聚众的力量，再一次在业内引起极大的反响。

3. 中国风“霸屏”苹果官网

为什么你的画面会有故事感？面对这一问题，倪传婧说出了小秘密：“画画时，我会听情节性很强的有声书，故事越长越好，40～50个小时刚好符合我画一幅画的节奏。我喜欢故事，等于一次做了两件喜欢的事，很享受。有时候，我看到作品时还会回想起当时听到的故事情节呢！”

2016年，苹果公司为扩大在中国市场的影响力，决定请深谙西方绘画技法的华人青年艺术家来绘制春节年画。10月，应苹果公司之邀，倪传婧接下了为鸡年的到来创作新作品的项目。

整个过程都是全电子化的。项目进行的两个多月中，倪传婧分别去了洛杉矶、纽约、中国香港以及奥地利，大量的时间在奔波中度过，但只要带着她的电子创作工具，任何地方都可以摇身一变为工作室，包括飞机和火车。

2017年新春，苹果官网在首页推出了倪传婧的作品《吉星高照》，这是一组中国风浓郁的传统年画，作品中中国雄鸡的形象令人印象深刻，大胆而喜庆的色彩也充满了对新年的美好祝愿。凭借这一作品，倪传婧的插画被喻为“用东方的色彩展现了西方的哲学”。

对倪传婧个人来说，这次的年画也非常有意义。这是她第一个在祖国广泛传播的广告，爸妈在逛街时就很容易通过户外广告牌看到女儿的作品。同时，这也是第一次父母能以她的动画贺年卡拜年。除此之外，她更欣喜地表示：“我妈妈刚好是属鸡的，今年妈妈60岁，所以在创作的过程中也带有为她祝福的想法。”

几年来，倪传婧靠着天马行空的想象力和鲜明的中国元素杀出了属于自己的一片天，她几乎拿到了插画领域在美国可以拿到的所有大奖。而除了画画之外，倪传婧还爱好美食和旅游，她梦想着存够了盘缠，可以吃遍全世界、环游全宇宙。

这个女孩的故事应了中国那句古话：“三百六十行，行行出状元。”只要有梦想，并且愿意为了梦想而执着努力，你就能成就自己的灿烂未来！MM

没有人能够看轻你的梦想

文◎刘继荣
图◎猫　草

1

我曾在暑期吉他班替朋友客串了半个月的老师。

第一次上课点名的时候，竟有个拘谨的中年女人答“到”。我吃了一惊，按她的年龄和衣着，应该出现在小区的秧歌队，或者公园的健身操行列。可是，她怀抱着吉他，坐在一群青春飞扬的少年中间。

少年们纤柔的手指如得宠的精灵，弹拨扫按，轻松洒脱，很快就会弹简单的曲子了。而她的手枯瘦粗糙，显得极为僵硬，一个星期过去了，还在练习爬格子。起先，我还担心会不会有同学笑话她，可渐渐地我发现，大家看上去都特别尊重她，包括那些学生的家长，都对她很客气，我不禁有些诧异。

在课程将要结束的时候，我从学生们口中知道了她的故事。

2

五岁那年，她爱上了小朋友家的钢琴，一向乖巧的她大哭大闹起来，想要让父母也为她买一架钢琴。家境虽贫寒，可她也是父母的豌豆公主，父亲答应，十五岁时一定送她一架钢琴。

她总怕父母会忘记，于是，每个生日都撒着娇，要他们承诺了再承诺。可快到十五岁时，她渐渐明白，父母肩上的担子太沉了，老老小小一大家人，都靠他们的肩膀撑着呢，买钢琴是个不可能实现的愿望。

十五岁那天，点燃蜡烛后，父亲与母亲对视着，有些欲言又止的尴尬。懂事的她掏出一把口琴，笑着吹起了《生日快乐》。弟弟妹妹们抢着吃蛋糕，简陋的屋子里满是笑声，她握着口琴，感觉这就是自己的钢琴，只不过变小了，很乖地贴在掌心。

初中毕业后，她在一家火锅城做了服务员，天天忙到深夜，腿和脚都肿了，头发里全是火锅的味道。可想到自己不仅能减轻父母的负担，还能慢慢攒起买钢琴的钱，她的心便成了琴键，叮叮咚咚地响着些小小的快乐。

婚后，丈夫深爱善解人意的她，也为她的梦想动容。丈夫为她买来了许多钢琴曲磁带，只要走进小小的家，就会有她爱的音乐。她在音乐里做家务，在音乐里给丈夫发短信，嘱咐他开车要小心，连她小小的儿子，听见钢琴曲也会手舞足蹈。

看着陶醉的儿子，她的心里有一种幸福的疼惜。

3

儿子上小学了，就在他们喜气洋洋地去选钢琴时，老家的舅舅打来了电话，说他的小女儿得了腿病，没钱做手术。全家一致同意，将两代人的梦想，移植到那个十六岁女孩的腿上。那个花季少女，也应该有许多水晶般的梦想吧?

后来，两家的老人，也渐渐成了医院的常客。他们夫妻都是家中的老大，照顾老人、帮助弟妹，所有担子一股脑儿地压过来，日子一直过得忙忙碌碌。不知不觉间，儿子已上了高中。那是个争气的孩子，每学期都拿一等奖学金。可是，她的手开始莫名其妙地痛，拖了很久她才去做检查，诊断是类风湿性关节炎，指关节已经僵硬变形。吃药、理疗，效果不太明显，她每天早晨都痛到痉挛。

儿子用奖学金替她买了一把吉他。儿子说："妈，你先试试这个，活动活动手指。等以后，我给你买钢琴。"儿子长得比他父亲还高了，黑黑的眉毛，宽宽的肩膀，像一个男子汉。

后来，丈夫为她报了这个暑期班，于是，她抱着吉他来了。她笑呵呵地说："从口琴到吉他，我离钢琴又近了一步。"

再后来，她的儿子以"妈妈的梦想"为题，参加了地区举办的中学生演讲大赛。讲完妈妈的故事，他深情地说："妈妈的梦想，就像我幼时叠的纸飞机，被风揉过，被雨泡过，也落满了岁月的尘埃。可是只要举起来，呵一口气，用力掷出去，它仍然是一架满载人生喜悦的飞机，而不是一团面容愁惨的废纸。"

4

结业的那天早晨，她也上台表演了。尽管她平时练得很熟，可正式登台时，那些调皮的音符显然不想听命于那双痉挛的手。一首简单的曲子，她弹得艰难无比，额上的汗也微微地沁了出来。我心里默默地想：她的手，一定很痛吧!

可这艰难弹出的曲子竟无比动听，因为所有同学都在台下轻轻地为她伴唱："你已归来，我忧愁消散，让我忘记，你已漂泊多年，让我深信，你爱我像从前。多年以前，多年以前……"我怔住了，我从未听过这样动人的合唱。

生硬艰涩的弹奏渐渐变得柔和动人，我端详着这个四十二岁的学生：她的唇微抿，面容安静如水，眼睛里有淡淡的光辉。这是我见过的最执着地爱着音乐的人——一个值得尊敬的人!

一曲终了，所有少年自动起立，长时间地、热烈地鼓掌，随后，大家轮流上前拥抱她，像拥抱自己的母亲。我也静静地站起来，向这位大我十九岁的学生，深深地鞠了一躬。

她是个普通人，既懂得抗争，又懂得妥协；她享受音乐带来的快乐，却从不回避生活的责任；她乐观地活着，什么都不抱怨；她活出了独立的生命个体特有的精彩……所以，没有人能够看轻她的梦想。MM

保持年轻才能永远成长

文◎王月冰

今日头条的创始人张一鸣在"2016今日头条Boot Camp（公共测试版软件）"上对应届毕业生发表了一篇题为"Stay hungry，Stay young"的演讲，其中，他分享了对于"为什么毕业多年后，原本水平差不多的同学拉开了越来越大的差距"这一问题的思考。

张一鸣作为面试官，过去十年里，面试过近2000个年轻人。他们的起点很接近，但是后来的发展差别特别大。为什么？什么是"Stay hungry，Stay young"？

"Stay hungry"是好奇心、求知欲与上进心，"Stay young"则是保持年轻的朝气与活力。张一鸣强调了"Stay hungry，Stay young"的重要性，并表示，其实年轻人有非常多的优点，比如做事不设条条框框，没有太多自我要维护，能经常打破常规，非常努力，不妥协，不圆滑世故等。

十年过去后，很多人通过这段时间提高了技能，但触碰到天花板后，就不再成长了，很难突破自己。这时候，只有"Stay young"的人能继续进步下去，因为他们保持着年轻的心态和特质，保持着自我的成长，能够一直主动学习新事物、新知识和新技能，从而超越大多数人。

未来的世界，是这些能够"Stay hungry，Stay young"的人的，因为这才是不甘于平庸的起点！MM

你有想象不到的能量

文◎佚名
图◎洛书

1

我第一次写文章是16岁，原因既不是梦想也不是情怀，更非源于对生活的不满想要泄于指尖。

那时，我的初衷很简单，不过是因为看中了一双“匡威”的红色帆布鞋，399元，又在无意间看到最爱的杂志征稿，千字50元。

于是，我在纸上信手涂鸦地计算了起来——发表一篇8000字的稿子，我就可以将那双帆布鞋带回家了。

我满心欢喜，特意买了一个黑色的环线本，虔诚地用荧光笔在封面上写上“为了帆布鞋，加油”的字样。我凭借着内心仅有的、为数不多的文艺因子，在那个空白本上一字一句地写下我脑海中翻涌的故事。很多个课间，好友们在教室外奔跑，我却在里面书写秘密。

我以为我写得很好，便扬扬得意地跟小猪说：“等我过了稿，就请你去最高级的大排档吃麻辣烫，允许你想点多少牛肉丸就点多少牛肉丸。”她作为一个尽职尽责的损友，鼻子一哼，对我的大作表示质疑。

我买了一个最好看的信封，用最漂亮的字体将小说抄在信纸上，小心翼翼地折起，投进了邮筒。是的，那时候，我还不知道编辑们收到的稿子大多来自电子邮箱，而我这样的书信，是很容易被归类为读者来信的。

稿子就像石沉大海。我同期寄出去的读者意见信都得到了编辑的回复，那篇稿子却杳无音信。

我最终还是跟小猪去吃了麻辣烫，只是只敢要两个牛肉丸，毕竟我需要攒钱买帆布鞋。可我因此养成了写点儿什么的习惯，比如小小的随笔，突然出现于脑中的故事。

可我再也没有投过稿，那封石沉大海的信，仿佛在前路对我挥着手：“嗨，你不适合这个，放弃吧。”

2

我第一次减肥是在15岁，彼时，因为中考前的过度“放纵”、无节制的零食，我从一个60公斤、微胖的女孩子，一鼓作气变成了一个将近68公斤的大胖妞。好闺蜜叫我“桶姐”，全称“腰似水桶的姐们儿”，我却傻得乐呵呵，觉得这是个很霸气的名字。

那一年的新年，我跟着妈妈满心欢喜地去买新装，却在试过无数家女装店之后，被营业员告知没有适合我的裤子。我至今都记得那时橱窗里那些在我看来无比漂亮的衣服，它们对于我来说是那么可望而不可即，还有，我忘不了落地镜前试衣服的那个长腿姑娘，她穿了一条我最喜欢的牛仔裤，身材匀称得让我嫉妒。

结果，我第一次买了男装。全身的新衣服都是黑色的男装，因为大，也因为不那么显胖。

我终于开始意识到，我的肥胖已经超出了一个女孩子应有的样子——我需要减肥。

最大的阻力来自妈妈，她依旧会每顿饭给我做很多的肉、很多的菜，依旧反反复复地告诉我，你是要中考的孩子，保证充足的营养才是最重要的。她不允许我少吃，更别提节食这个被很多人当作减肥黄金技巧的事情。

另外，我的好朋友依旧会在每天放学时带我去吃麻辣串，她们毫不避讳内心拼命挣扎的我，豆蔻、甜不辣、牛肉丸、火腿肠……满满当当地点了一桌，闪着油光。

我不知道该怎么避开这些诱惑，更何况其他所有人都在我身边告诉我，你瘦不了的，你这个年龄最需要的就是长身体。

因为胖，就连最简单的跑步对我来说都是非常难的事情。仅仅是围着操场跑200米，我都会大喘着挪不动脚步，往往刚刚开始运动，身边就会出现体育生们嘲笑的声音。

"嗨，胖妞，不要想了，你瘦不下去的。"

我真的以为我瘦不下去了。

3

再说高三时的第一次段考，我从年级150名以内跌落到了250名开外。那大概是我最努力的一个月，得来的却是最让人痛心的成绩。

我趴在桌子上问小猪："你说我是不是特别笨？每天都这么努力地学习，但是依然没有半点儿进步。"彼时，她的成绩也是一落千丈。

我们两个曾经在刚刚迎来高三的第一天立下誓言，要做宇宙超级无敌美少女，要震惊所有人，要成为让人跌破眼镜的两匹巨大的黑马。事实上，我们也确实让人跌破了眼镜——都考出了高中三年最差的成绩。

班主任把我叫出去谈话，从我的学习态度入手，翻出了过往的旧年历，回顾着我高一高二的劣迹，最后得出结论："你肯定考不上重点大学，就是过一本线都是很难的一件事情。"

我故作云淡风轻状，改不了的死鸭子嘴硬，我说："没关系，考不上就考不上，谁在乎啊？"

我在乎，我是真的在乎！

我在段考之后的很多个夜里都会被噩梦惊醒，梦里，小猪哭着跟我说："咱俩都落榜了，我们没学上了。"被吓得猛然起身后，就再也睡不着觉。

我们俩开始更加努力地学习，书桌前被贴了看起来遥不可及的梦想——我要上211，她要过一本线。

可上帝总是爱开玩笑，第二次段考，第三次，甚至是高三上学期最后一次期末考试，我们两个都逃不掉厄运的转轮。成绩虽然没有一次比一次差，但也在我们开始的地方停滞不前。那么多的努力好像顷刻间就化为乌有，留下的，是班主任那"我说得没错吧"的眼神。

好像我所有的梦想，都随着那个寒冷的冬天戛然而止，冷冻结冰。

4

所以你认为我放弃了吗？

我在17岁那年还是耐不住笔尖的寂寞，随手为常看的诗集写了篇读后感，投给了一本中学生杂志。那大概是我等待最久的一次回复——我在大一那年的秋天才收到了一笔13元的稿费，千字15元，少得可怜。可它成了一个开始，让我走上了这条曾经梦想的道路。

我在临近中考的那个冬天开始学着运动减肥，蹬自行车、仰卧起坐、高抬腿、蹲起……我从网上学习了许多有用的、没用的姿势，希望可以瘦一点儿，再瘦一点儿。而我也真的因为这夜夜大汗淋漓而瘦了下来，不多，8公斤，却足以让我从一个大胖妞变成一个小胖妞。

再后来，我因为上了高中，晚饭不在家吃而缩小了食量，运动却一直坚持了下来，瘦到了50公斤。朋友说："哇，你身材真好！"我也只是含蓄而腼腆地笑一笑。

高三的最后冲刺阶段，我跟小猪给了彼此最后的底线。那年的那个寒假，我们两个定好了六点半起床，短信签到，背单词、刷习题、写作文、练地理，两个人相互监督。

从早上六点半到晚上十一点半，我第一次如此虔诚地对待学习，每一分每一秒都不敢虚度。哪怕大年三十热闹的春节联欢晚会在电视上喧嚷着，我也是塞着耳塞，一个人在屋里度过。我带着最后的砝码，拼进了一模考试——年级前50名，我想都没有想过的好成绩，而小猪亦然。我们两个当真成了黑马，冲出了人群。

5

你还想放弃吗？

我第一次写文章的时候，朋友说"你这叫幻想，因为梦想可以实现，幻想只是虚像"；我第一次减肥的时候，朋友说"你永远不可能瘦到偏瘦的身材"；我第一次告诉班主任我梦想中的大学时，他只是笑了笑，那表情里带着一抹不可能的嘲讽。

那些年，每一个我们，都拥有想象不到的能量。在这些能量爆发时，生活的无限可能被放大拉伸，变成我们可以触及的未来。

那些年，我们所有的天真幻想都值得被坚持，我们所有人都有想象不到的能量。MM

我是女生，精致的女生

文◎杨　澜

1▶

1995年冬天，如果我再找不到工作，灰溜溜地回国几乎是唯一的选择。可是，在这种情况下，我依然又一次被拒绝了，想起那个面试官的表情，我非常抓狂。她竟表示，因为我的形象和简历不般配，所以拒绝继续向我提问。我低头看看自己，我竟然因为穿着问题被鄙视了?

我发誓，只要她给我那份工作，我可以用能力让她收回对我的鄙视，但是，我没有得到表现我能力的机会。

2▶

我的房东莎琳娜太太是一个很苛刻的中年女人。她规定我必须12点之前熄灯睡觉，必须在10分钟之内使用完浴室，必须穿戴整齐才能进入客厅……

我非常讨厌莎琳娜这种所谓的英伦女人的尊严，但所有人都说，莎琳娜是最好的寄宿房东。虽然，我看不出来她好在什么地方。

就好比，当我很多次面试失败回来后，厨房里一点儿吃的都不会有。如果我上楼时脚步声稍重一点儿，她就会站在卧室门口很大声地指责我。

这天，我坐在床上，一边翻看招聘信息一边吃面包卷。没想到，这也违反了莎琳娜的原则，她竟然冲上前来，一把夺过我的面包和报纸，用英文大吼："你这个毫无素质的中国女孩！你滚出我的家！"

于是，我披散着头发，裹上大衣，冲出了门。

3▶

25年来，我一直以非常漂亮的成绩和能力所向披靡，从来没有人说过我"没有素质"。

我们家并不贫穷，但我妈妈一直教育我，能力才最重要。所以我完全无法理解，为什么在这里，"以貌取人"居然是一个正义的词语！我愤怒地冲进一家咖啡馆，天气实在太冷，我也很饿。

咖啡馆的人很多，侍者以一种奇怪的眼神把我引到一个空座位边，那是咖啡馆里唯一的空位。我的对面是一个英国老太太，她看起来比莎琳娜更加讲究，就像伊丽莎白女王一样尊贵与精致。

我下意识地收起自己宽松睡裤下的运动鞋，因为我看到了她裙子下的丝袜和漂亮的高跟鞋，以她这样的年纪，却仍然能把鞋子穿得这样迷人。

在欧洲的很多高级餐厅里，衣衫不整是被拒绝进入的，我想，我能进来大概是因为我穿了价值不菲的大衣。我不由得暂时收起自己的愤怒，说："给我一杯热咖啡，谢谢。"

侍者走开后，对面的老太太并不看我，但从旁边拿了一张便笺纸，写了一行字递给我——那是一行非常漂亮的手写英文：洗手间在你的左后方拐弯处。

我抬头看她，她正以非常优雅的姿势喝着咖啡，没有看我半眼。我的尴尬难以言明，第一次觉得，也许这样的我，不被尊重真的是应该的。

在洗手间，我看到了镜子中的自己：我的头

发被风吹得非常凌乱，鼻子旁边甚至还沾了一点儿面包屑！虽然我的大衣质地非常好，但我的睡裤被它衬得很老旧……我第一次有点儿看不起自己。

这样的打扮，显得我多不尊重自己！我想起下午面试时自己的日常便装，也许在公司看来，那也是对一个高级经理职位的不尊重吧？

当我再回到座位时，那个老太太已经离开了，而那张被留下的便笺上多了另一句漂亮的手写英文：作为女人，你必须精致，因为这是女人的尊严。

4▶

我逃也似的走出了那家咖啡馆。

回到住处，莎琳娜竟然坐在客厅里等我，一见到我就对我说："你12点10分才回来，作为惩罚，明天请去清洗草坪！"我答应了她，并向她道歉。

后来，我发现莎琳娜教了我许多有用的东西：12点之前睡觉能让我第二天精力充沛，穿戴整洁美观能让别人给予我足够的尊重，穿高跟鞋和使用口红使我得到了更多绅士的帮助，而我也明显开始感觉自己的自信更加充足了。现在，我不再希望别人通过我的简历来评判我了，因为我本人更加有说服力。

我最后一次面试的是一家大牌化妆品公司的市场推广，这一次，我得体的着装打扮为我的表现加了分。面试结束后，那个精致干练的女上司对我说："你非常优秀，欢迎你的加入。"

我没有想到，我的上司居然就是我那天晚上在咖啡馆里遇到的那位英国老太太，她非常有名，是这个化妆品品牌的销售女皇！

我对她说："我非常感谢你！"我是真的非常感谢她，非常感谢她那句"作为女人，你必须精致"，是的，没有人有义务透过连你自己都毫不在意的邋遢外表去发现你优秀的内在。

你必须精致，这是女人的尊严！我在后来的后来，都一直记得！

虽然我们一再强调，不要过分关注外表，但我们也要认识到，一个人的名字，是一个品牌；一个人的形象，是一张名片。衣着得体、外表端庄，这不仅是对他人的尊重，也是自我成熟的表现！MM

不后悔干"蠢事"

文◎六　里

18岁上大一那年，雷军看了《硅谷之火》那本书后，激动不已，常常默默地问自己：我可以做点儿什么？远在中国的大学生们，有没有机会像硅谷的英雄们一样，书写下属于自己的篇章？在这种思考的支撑下，18岁那年，他就有了坚持至今的梦想。

雷军去了金山公司，那时候，WPS（办公软件套装）刚起步。不久后，公司陷入困境，拳头产品WPS遭遇与微软极其惨烈的竞争。但是，即使是在那种寸步难行的情况下，雷军也毫不退缩，而是坚定地将WPS进行到底，将办公软件做到底。

那是个极其艰难的决定，做了那个决定后，他就开始了长达十多年的"暗无天日"的创业史。

他把优秀的人大部分派往WPS制作部门，做的其他所有产品都是为了"以战养战"，赚钱来养WPS。为此，他错过了互联网创业的大好时机。后来，他也曾反复盘算过，假如当初不那么坚持做WPS呢？假如在最好的时机顺势转入互联网创业呢？但是，思考后的结果是：坚持做WPS，他一点儿都不后悔！

在雷军40岁时，WPS已经可以稳步发展了，他又新办了"小米科技"。很多人认为，40岁已经很老了，可雷军并不这样看，因为他觉得人生目标还没有实现，还愿意再去试一把。支撑他跨过这些的，最重要的还是18岁那年曾经有过的梦想。

志存高远与顺势而为冲突时，雷军选择了前者。这不是傻，因为不管成功还是失败，你总要去尝试，才有更多可能，才不至于为一事无成而后悔。MM

因为不够好，所以不敢说『努力』

文◎花大钱 图◎叶 子

1

上星期出门看演出，因为结束的时间比较晚，不太敢一个人回家，我就去了附近的朋友家借宿。当时已经是半夜两点多，我收拾完，准备立刻上床睡觉，结果朋友却跟我说："我的group work（小组作业）还没有做完，你先睡吧。"

我调侃道："怎么这么辛苦啊，简直比读高三都累。"

她没有抬头，只是一边在屏幕上用我看不懂的软件画她的建筑图，一边淡淡地说："没办法啊，我想把它做得好一点儿，就只能比别人多花点儿时间了。你先睡吧，我一会儿做完随便眯一会儿，早上五点还要去学校的工作间做模型。"

"你真的好努力啊。"我忍不住感叹道。

"不不不，我怎么好意思说自己努力，我们班很多同学拿出来的作业都比我好太多，而且他们比我还努力，有人经常连续两个晚上不睡觉。"

"因为我还不够好，所以我连说自己努力的资格都没有。"这大概是我听过的最难过的话了。

2

不知道从什么时候开始，"努力"成了成功者的情怀标签。当一个优秀的人说自己努力，大家会称之为"励志"，但如果一个平凡的人说自己努力，大家则会不屑地鄙夷："你努的力都去哪儿了？"

说实话，有段时间，我也曾备受"努力"的煎熬。那时候，我每天都很痛苦，经常因为做不出自己满意的作品、拿不到自己想要的成绩而自责。在自责情绪的驱使下，我每天都拼了命地学习，但可惜，越努力越失望，越努力越认清自己的平庸，越努力越发现自己和那些厉害的人之间有无法跨越的鸿沟……

但后来，当时的同桌说了一句我记到现在的话，他说："确实，努力让我们认识到了自己的局限，但这不正是它的意义所在吗？"

仔细想想，好像真的是这样，生而为人，皆有局限。我们的软弱、局限性、无能为力，都是客观存在的事实，并不会因为我们"不自知"就不存在了。反倒是，在认清自己的局限，认清自己与优秀的人的差距之后，我们才能去"追赶"并"填补"。或许，终其一生，我们还是和他们有差距，还是无法成为满足自身期待的人，但起码，在这个"追逐"的过程中，我们已经有了进步。

3

更高级的状态是：努力，只是为了符合自己的内在标准，而不是跟别人比。

"努力"并不是"用力"，能认清自己、超越自己，这就已经很了不起了。能明白只用自身的标准来要求自己，更是难得的大智慧。更何况，人生本就是无法假设的，很多时候，我都想放弃了，但是只要一听到"不试试你怎么知道"这句话，便又会鼓起勇气再试一次。

我想，这也是"努力"的意义所在吧？它让我们对未来怀揣着一种"期待"、一种"念想"。暂且不问我们最终究竟能不能成功，有这样的一份"念想"，就足以支撑我们走过很多黑暗而绝望的道路。

说实话，在这个追捧天分的世界里，我更欣赏那些能踏踏实实做好自己的事，踏踏实实努力，同时又能郑重而客观地对待自己的努力与付出的人。

正因为世道残忍，做一个既不否定努力的价值、为自己的懒散开脱，更不夸大努力的意义、贩卖空洞情怀的人，才会显得那么可贵。MM

第五章

其实，晚点儿长大也没关系

戳戳自己带些婴儿肥的脸，你惊叹地望着邻家的大姐姐——她亭亭玉立的样子好美！

拽拽身上肥肥大大的校服，你向往地盯着讲台上的老师——她优雅的一步裙超漂亮！

擦擦恳求父母许久才得到的水晶球，你艳羡地打量刷卡购物的大人——什么时候，我也能自己挣钱？

揉揉因通宵读书而酸涩异常的双眼，你噘着嘴看着树下乘凉的老人——什么时候，我也能如此悠闲？

其实，你不知道的是，在你嫌弃自己不够好、急着长大时，那些人也在羡慕着你：

羡慕你的可爱、年轻、无忧无虑和无穷的活力。

亲爱的女孩，别急，晚点儿长大也没关系，那段懵懂的青春，才是未来最珍贵的回忆！

图◎繁 繁

走着走着，就长大了

文◎罗　宇

1

初二的一天，学校组织体检，我欢天喜地地参加了。

排在我前面的是一个个子高高的男生。阳光下，他很安静地垂着眼，睫毛在脸上投出一块阴影。我站在他身后，享受着他颀长的影子带来的片刻阴凉，心像雨后的青草地，有小小的花要绽放出来。

他是邻班的学生，叫陈亮。我在心里默念他的信息时，忽然听到了回过头的他和一群男生尖厉的笑声：“哈哈，小矮人。”

那天，我强烈要求医生重新量身高，然后偷偷地踮起脚尖。那是我第一次“撒谎”，在各种笑容面前，我头上流出汗来，心里流出泪来。原来，他的身高于我而言，不只是阴凉，还会是一片阴影。

那年，我还喜欢着安徒生和格林兄弟的童话，还以为每个女孩都是娇嫩的豌豆公主，或者是会有王子来保护的灰姑娘。然后，我知道了，女孩不一定都是白雪公主，还有可能是那些小矮人。这些，是我在自己身高一米四五的时候，在几个男孩毫无掩饰的嘲笑面前忽然明白的。从没想过，青春的开始，居然是以这样疼痛的方式。

2

高一时，和朋友聊天，她好意却又残忍地提醒：“你的牙齿不好看，老是露在嘴唇外面。”从此，我不敢再笑，只好去安装牙套。妈妈问：“怕吗？”我手脚冰凉，心微微颤抖，但还是勉强笑着说：“还好。”

牙齿被硬生生地套上钢箍后，吃饭时疼得像有一根针在不停地扎着牙床。对着镜子微笑时，嘴里也会闪耀着异样的金属光芒，像个青面獠牙的女鬼。我很难过，但一想到从此嘴唇就可以闭合成好看的形状了，心里又有点儿小小的欣喜。

回到学校后，班上的男生已经为全班女生排了号，有校花，有班花，还有“四朵金花”。我会写文章，会用几种方法解一道数学题，他们看不到；我选择沉默，选择坐在教室最隐蔽的角落，他们却找得到，然后大声地叫我“钢牙妹”。很久很久以后我才知道，要让十五六岁的男生透过女生的外表看到她们细腻美好而敏感的内心，是一件多么难的事。也知道了，有时候内心的伤害比身体的伤害来得更残忍，就像小美人鱼，脚踩在刀子上，却是心在滴血。

3

高二那年，学校要准备百年校庆的文艺晚会。我会写文章，会弹着钢琴歌唱，也会说流利的英语和标准的普通话，于是我就积极地报了名，因为在飞扬的青春里，我也很希望有一个属于自己的璀璨夜晚。

可是我却落选了。那几个学生会的女孩冷冷地笑：“你上台，走一步就地动山摇，不怕把舞台踩塌？人要有自知之明嘛。”然后，她们对后面排队的女孩说，“加个条件，体重超过120斤（60公斤）的直接取消资格，以免耽误大家的时间。”

同学们看着我，都笑了。我体重120斤，是个小胖妹，像只企鹅。

那以后，我不敢再乱吃东西，就是面对妈妈做的菜时，也不再欣喜若狂，而是像只小猫，小心翼翼地点到为止。晚上饿得胃疼时，我便会想起那几个女孩的笑，那么美，却又那么冷漠、那么冰凉。

然而，即使我有意地在控制了，体重却并没有因此而减轻，在同学们有意无意的一声声“胖妹”中，我终于逃也似的回了家。

看着衣橱里挂着的淑女屋的连衣裙，我忍不住潸然泪下，妈妈知道了，给我看她年少时的照片，居然也是胖乎乎的傻样子。妈妈说：“女孩在青春期都会长胖的，那是在摄取营养，然后再长成一棵修长挺拔的小白杨。”

至此，我知道了，青春是一盒巧克力糖，下一颗永远值得期待。也知道了，其实内心的美比外在的美更重要，比如在面对别人的缺陷时给予一个善意的微笑。

17岁生日的时候，我默默地回想起青春路上有过的疼痛与伤害，发现，尽管它们每次都让人那么绝望，那么不知所措，那么看不到尽头，但是所有的这些，应该都叫作“青春”吧？MM

与漂亮绝缘的我并不可悲

文◎伍月小姐
图◎满 月

记忆中，从小到大，我和“漂亮”二字就没沾过一点儿关系。

1

说来也怪，我的长相完美地继承了爸妈的所有缺点。比如说，爸爸是高鼻梁，而妈妈是低鼻梁，而我就随妈妈的低鼻梁；妈妈是好看的单眼皮，爸爸却是眼泡都很肿的厚眼皮，于是我又继承了我爸的厚眼皮。此外，我还遗传了爸妈都有的小眼睛、妈妈的高颧骨、爸爸的大门牙，又“基因突变”地长了一鼻子的雀斑。

所以完整概括下来，小时候我的长相就是：眼睛又肿又小，鼻梁低到几乎没有，本就消瘦的脸上颧骨高高凸起，此外，眼皮上和鼻梁周围又星星点点地布满了棕色的雀斑。而且也不知道是不是营养不良的缘故，小时候的我头发稀少、发色黄、发丝极细，即使每天梳头，头发看起来依旧乱蓬蓬的，所以奶奶经常在我的头发刚过耳时，就拿剪刀给我剪成板寸，使我看起来像个活生生的假小子。

怎么看都不是一个惹人喜爱的小姑娘。

但我知道我并不孤单，因为这个世界上还有一个和我一样丑的同卵双胞胎妹妹。

其实小的时候，对美的定义是很抽象的，只知道谁好看谁不好看，但又具体说不出哪里好看。所以那时候，尽管知道自己不漂亮，但真的不知道究竟是哪里不符合美的标准。

真正意识到自己的丑是在婶婶进门后。那时候，二叔刚娶完婶婶，小孩子总是对年轻漂亮的阿姨有莫名的好感，于是当时只有七岁的我，就经常到婶婶家玩。

有一天，心直口快的婶婶看着我说：“你的脸是怎么长得啊，你看你堂姐浓眉大眼高鼻梁的，你咋就没有鼻梁啊？你妹妹也是。你说你俩长大后该咋办啊？感觉同龄人都比你们长得好。”

那以后我才知道，原来鼻子低真的很不好看，有雀斑也是一种缺点，不是双眼皮就不美。我认真地瞅着镜子中的自己，第一次知道了什么叫失望。

从那之后，我开始关注周围人对我的评价。

我发现，真的从来没有一个人夸我长得好看。大人们见了我和妹妹会说我长得像爸爸，妹妹像妈妈，但从来没有人夸我们长得好看。

那时候，我有两个发小，都是独生子女，从小受家人呵护那种类型的。她们的妈妈会给她们在头上

绑很多好看的麻花辫，穿上美丽的公主裙，而我依旧是板寸头，穿颜色很土的裤子。和她们一起出去玩，总有人问她们是谁家的女儿，当着我的面夸她们好看，而我则只能默默站在一旁，仿佛只是个陪衬。

整个童年都没有人夸过我长得好看。

2

后来上了小学，班里的班花是数学老师的女儿，而她最好的朋友也是一个浓眉大眼的女生，很像短头发的芭比娃娃。也许是因为我和妹妹当时性格比较好（那时经常被欺负了也不吭声），她们俩总是爱带着我和我妹妹玩。一起跳橡皮筋时，总是我和妹妹撑着，她俩跳，而且是我和妹妹一直撑，她俩一直跳；而玩老鹰捉小鸡的时候，我和妹妹永远扮演最难的老鹰角色。

总之，在童年的游戏中，我和妹妹总是扮演最难最不好的角色，但即使这样，当时的我们竟也没有一点儿怨言。可能是觉得当时班花能和我们一起玩，已经是一种莫大的开心了吧。

其实小学时，我的个子并不是很高，但每次班级排座位，我总是会被分到最后一排或倒数第二排，周围都是不怎么学习的男生。而班花和同班的发小，却总能稳坐前三排。有一次，我回家把这件事告诉了妈妈，妈妈开玩笑地说：“是不是老师把你们长得不好看的都分到后边啦？”虽然当时我也那样觉得，但听到妈妈直白地说出来，我还是很难过。

小学时，每年都要分一次班，大部分时候会进来新同学。记得三年级，分班时进来一个个子很高的漂亮女生，但她成绩很差。有次和班花聊起她，班花说：“人家虽然学习不好，但长得就是比你好啊……”

于是，我开始很注意班上同学的长相，经常回家拿着镜子比较，看谁长得比我好，哪里比我好，在心里排出个一二三四来。

但好像整个小学时代，我和双胞胎妹妹都一直霸占着班里美女排行榜的倒数第一二名，你追我赶，不相上下。

3

上初中后，我到了更大一点儿的地方读书，远离了熟悉的环境，好像对外表没那么看重了。而且，当时要面临中考压力，在评价一个人时，学习成绩也占了很大一部分。

那时候，很多人都到了情窦初开的年纪，虽然教导主任每天都在学校抓谈恋爱的，但这种情况还是屡禁不止。当时，身边的人经常会收到夹在书中的情书，或各种小礼物，当然，这一切都与我绝缘。

我那时已经下定决心，要用好好学习来弥补外表的不足。因为当时爸爸告诉我，我以后是可以读大学的，而前提是必须考进市里最好的高中。

当班里的女同学讨论今年流行什么款式的衣服、怎么搭配好看时，我在学对我来说最难的数学；当其他女生下晚自习后偷偷和男同学约会时，我在啃总也背不过的英语单词；当言情小说在班级里流传，大家争着翻阅时，当时的语文老师给了我一大本厚厚的励志羊皮卷和《鲁迅全集》，让我一个暑假读完……

人生的改变好像就是从初中三年开始的，但不得不承认的是，那时候我依然很自卑，因为觉得自己长得丑。但幸运的是，我没有在自卑中沉沦，而是奋起，选择用学习来弥补这一缺点。

于是，那三年，我当了班长，考过年级第一名，交到了几个不错的朋友，老师们也都对我很好。那时候，正值青春发育期，我的身高像拔节似的往上蹿，但依然很瘦，外表也没有太大的变化。我知道肯定还会有人觉得我不好看，却没有人再当着我的面说了。

但我自己明白自己依旧有些“丑”，比如，每次亲戚见了我，只会夸我个子长高了，学习成绩好，但从来没有一个人当着我的面夸我长得好看。其实，在心里，我是多希望听到这样的夸赞啊！

而那三年，也是我与发小拉开差距的三年。我的成绩越来越好，后来考上了市文科最好的高中。而发小三年内忙着打扮，成绩一退再退，最后只考了个二流中学。

4

在高中，我进的是一个所谓“子弟班”的文科班。简单来说，就是这个班里都是些领导干部的孩子，比如市教育局局长的女儿、工商银行行长的女儿、学校副校长的女儿、区长的儿子、校名师的女儿、大学老师的女儿等。虽然是一个六十多人的班级，但压缩后就是个小型社会。

刚进高中时，并不知道谁是什么来历，只是觉得同学们的气质都很好，和其他班的同学不太一样。后来同桌和我一一讲了他们的身份后，我简直觉得自己和他们不是一个世界的人，毕竟，当时的我只是一个普普通通的家庭考上来的学生，长相不出众，本来引以为傲的成绩在一堆优秀的人中间也毫不起眼了。除了我和妹妹是双胞胎这点能引起老师的注意外，我们真的没有半点儿出众的地方。

在那种环境下，我唯一能做的只有好好学习。所幸这么多年来的经历早已培养了我随和和不计较的性格，所以后来也慢慢地打入了他们这些“子弟”内部，交到了几个好朋友。高中时期，我特别喜欢看书，什么《意林》啊，《青年文摘》啊，《读者》啊，《哲思》啊，都看。当时，班上很高调的银行行长的女儿家里订了很多杂志，每月新杂志发行的时候她都会拿到班里借给我。于是，我的阅读量在那段时间也有了很大的提高。

高中三年的学习下来，在班级同学的影响下，我也从一个舌前音舌后音不分的土包子（方言里都不分舌前音舌后音），变成了一个普通话清晰、口齿清楚的女学生。此外，在妹妹的同桌，那个教育局局长的女儿的刺激下，我也从一个什么都不懂的时尚小白，知道了Only（时装品牌）、爱马仕、LV（路易威登）、香奈儿等时尚品牌，知道了郭敬明、安妮宝贝、七堇年，知道了哪个牌子的手霜好用、什么时间段护肤比较好，知道了粥里面放什么东西最养生，也知道了为什么妹妹同桌家的保姆炒菜只放橄榄油……而那时候，经常出国旅行的同学，也会在回来后给我看他们的游记、讲在国外的见闻。

高中三年，正值女孩子青春发育最快的时间段，但我依然只长个子，依然很瘦，依然不是那么可爱。我愈加明确地知道自己不美，但已经不那么自卑了。偶尔走在大街上，也会有人叫我“美女”，但我知道，那只是一个相当于“先生”“小姐”一样的尊称。

爸爸妈妈似乎也对我的长相非常不满意，经常在饭桌上趁着人多时开玩笑地对我说：“高考后咱去整个容吧，割个双眼皮，垫个高鼻梁，这样就能变美了。你现在要不听话，以后你大了，我就不给你出整容的钱了。”

我真的不知道爸妈的思想为何如此开放。

而当时在二流高中的发小，依然每天和朋友们一起聚会，讨论时尚和装扮，但彼时的她已经开始发胖，开始需要更多的精力去维持所谓的外表。后来，她只考上了一所专科学校，而我，我觉得自己的人生才刚刚开始。

5

虽然后来因为高考失利，我只去了一所二本学校，但我仍然很感谢高中三年的经历。

因为正是这三年的沉淀，使我从我们那座叫作驻马店的、在地图上毫不起眼的小城来到哈尔滨这座省会城市时，没感觉到丝毫不适应。

大学后的我，大一军训结束时在QQ空间里发了第一张自拍，那是我这么多年来第一次在公众场合晒自己的照片，因为之前一直觉得自己丑，不好意思。

那次发完自拍，看到底下的评论，有一瞬间，我还真的以为自己没那么丑。

接着，大二，我开始认真护肤，发现之前那么讨厌的雀斑竟然也可以淡化，即使留下星星点点，看起来也没那么碍眼了，反而觉得很可爱。

大三开始，我渐渐找到了自己的穿衣风格，不再买淘宝爆款，知道自己适合什么颜色和材质的衣服，也知道怎么穿能够扬长避短。

大三下学期，我培养了跑步这个好习惯，开始每天跑五公里。当夏天过去，小腿被晒成小麦色之后，我也在大四开学前完成了人生中第一个半程马拉松。

除此之外，整个大学期间，我都坚持着阅读的好习惯。

感觉一切都在变得好起来。

6

仔细想想，大家都说女大十八变，但好像我的五官和外表一直都没有太大的变化，依旧是小时候那个不美的面孔。但好像一切又变了很多，现在的我，已经内心强大到不需要外表来给我带来自信了。

有时候，出门也会被人叫“美女”，对于小时候的我来说，这是一个渴望却遥不可及的词，但现在，我听后只会莞尔一笑，因为别人定义的美丑已经和我没有太大关系。

也许，真的是上帝在给你关上一扇门时便会给你打开一扇窗。现在的我，是多么感谢造物主把我生得不是那么美啊！若不是有这种“我不是很美所以自卑，因此而更加努力”的自知之明，我不知道我的人生会不会还像现在这样。也许，我也会像发小那样，小时候聪明可爱，现在却“泯然众人”？

也许和天生受到上天眷顾的人相比，外貌不美的我们注定走的路要波折一些，但请你一定要相信，那是上帝给你的礼物！MM

真正的自卑是说不出口的

文◎文长长

1

有个女生对我倾诉了这样一个苦恼："寝室里的几个姑娘家里都好有钱，用的都是大牌的东西，而我用的东西都是杂牌或者根本就没有牌子。每次，当她们问我最中意什么牌子，或者某某东西是什么牌子的时候，我要么随口一个'潮牌'糊弄过去，要么用一句'我忘了是什么牌子'来打马虎眼。虽然我总是拿奖学金，但跟她们相处时我真的很自卑……"

这个姑娘用最后一句话总结了前面的倾诉，问了一句："我觉得自己好low（低级），好自卑，怎么办？"

自卑是什么？

自卑是自己觉得自己卑微，是对自己没有信心，是感觉自己和他人相比很差吗？其实，真正的自卑是说不出口的。

当身边有人比你厉害，比你有才华，你觉得自己的生活跟别人的生活相差很远的时候，你心里有落差很正常，可那不是自卑，而是羡慕。

2

我不是一个没有自卑史的女生，准确来说，我比一般人更懂"自卑"这个词的意思。

读初中的时候，我是一个很自卑的胖姑娘，最讨厌的是体育课和体检，因为上体育课要跑步，要把胖胖的身体展现给别人。那时候，同学们年纪小，不懂得考虑别人的感受，会公开说谁好胖，还取奇怪的绰号。而那时候的我，偏偏最怕听到别人说这些，所以恨不得不做户外运动，把自己的胖身体永远塞在课桌下。

那段时间应该是我人生最自卑的阶段吧？我特别讨厌运动会，因为体育委员总会自作主张地把我的名字写在铅球那栏，似乎我长得胖，力气就会很大。我不喜欢体检，因为体检会称体重，我害怕让后面的同学看到我站上体重秤时仪表盘上所显示的数字。

每次要体检、要开运动会时，我都会在心里偷偷想几天，想会不会被嘲笑，想可不可以等大家都测完体重我一个人再测，甚至想过在开运动会的时候让爸爸来学校请假把我带回去。而那些真正的想法，我从来没有告诉过任何人，我一个人默默品读着自己的自卑、策划着逃离的方案。

我那时候的自卑严重到什么程度呢？偶尔不想吃晚饭，我都特别怕别人看到，说我是在减肥。所以万一被撞见，我总会忙着掩饰说我不饿、我不想吃，或者是我要写作业，等会儿吃。在别人吃饭的时候，我还会躲在一个没人的地方，忍受着那无法忽视的饥饿。因为我不想让别人知道我在减肥，我不想让别人知道我在意我的胖，因为我真的很自卑。

读初中的时候，我五十一公斤，比一般的女生多五公斤，而就是那多出的五公斤把我压得透不过气。当时，我笑的时候总爱把嘴巴捂起来，因为我怕自己笑得很难看，被别人看到。在一次被一个调皮的男孩说我笑得很丑之后，我再也不敢笑了，也总是时刻提醒自己嘴角轻轻上扬就好，想大笑也忍着。

初中时候的我们刚刚开始爱美，女孩子总是喜欢穿各种漂亮的裙子、T恤、牛仔裤把自己的青春靓丽展示出来，而我因为怕被别人说胖，怕被说长得丑，怕被嘲笑，每天提心吊胆，恨不得像鸵鸟一样把自己藏起来，自卑到了极点。

3

读初三的时候，我认识了一个女生，她总是在我耳边说："文子，我觉得你的眼睛真的好好看。"第一次说的时候，我觉得是客套话，可是第二次、第三次、第四次之后，我自己对着镜子认真审视自己，发现我的眼睛真的很好看。

也许是因为终于找到了自己的闪光点吧？我一点点自信起来，开始去跑步，开始勇于承认自己就是胖，开始光明正大地减肥，也开始好好学习。心情郁闷的时候，我就写日记，等我把自己的想法都写出来后，似乎内心的压力也小了。也是从那时开始，

我明白了写东西对我的意义。

后来，慢慢地，我不再那么自卑了。因为高中的时候，语文老师鼓励我们写东西，而我的文章写得还不错，读书成绩也不错，大家对我更多的是夸奖，渐渐地帮我建立了些自信。

以至于现在的我，一切都还算顺意。每当我对周围的朋友说“别羡慕我，其实我之前可自卑了”时，她们一个个都摇摇头表示不相信。

虽然没有那么严重，但现在的我，也还是会偶尔自卑。建立在自信基础上的自卑没有那么难以忍受，更何况现在还有一个新词，叫作“自嘲”。

4

“你那不是自卑，是羡慕，但是我能理解你的羡慕。”这是我对那个女生的倾诉的回复。

真正的自卑都是说不出口的，自卑时，你自己都不忍心剖开自己的自卑给别人看。所以，不要轻易地把你的一切情绪归结为自卑，有时候，你真的不是自卑。

对于“我很自卑，我很羡慕别人，我该怎么办”这种问题，还是有解决办法的：

第一，勇于承认自己的自卑。

谁还没有个自卑的时候呢？最关键的是要自己面对自己的自卑，去接受自己那些不完美。我长得胖，是，我就是长得胖，你们说的是客观事实，没有什么好遮挡的。我现在胖，不代表我一辈子胖，我胖不代表我读书不聪明、不代表我能力不强。

第二，看到自己的闪光点，对自己有信心。

我一直相信，上帝对每个人都是公平的，也许我没有她那么漂亮，但我聪明；也许我胖，但我人缘好。人都是优缺互补的，不要因为自己的不足而去一味地自卑，你要相信你的身上肯定有独特的优点，给自己一点儿信心。

第三，哪里不足补哪里，勤能补拙，运动还能减肥呢！

当你感觉到自卑的时候，请找出原因，去明确究竟是哪里让自己自卑，然后去战胜这种情绪，也战胜自己。不要沉浸于负面的情绪，而要去一点点地填补自己的不完美，去接纳它，让它变得美丽些，也尽量发挥出自己的主观能动性，去变得更优秀。

真正的自卑是说不出口的，但真正的自卑情感，是可通过调整认识、增强信心和给予支持来消除的！MM

不为自己打分

文◎王新芳

2016年，大型古装剧《锦绣未央》热播，全网播放超过200亿次，获得了巨大的成功。因为在《锦绣未央》中的出色表现，唐嫣备受观众瞩目。

一直以来，唐嫣的演技颇受质疑，有人说她表情生硬，有人说她角色雷同，对她的批评和攻击从来没有停止过。一开始，唐嫣很不理解，也感到委屈，但经过反思，她告诉自己：正是因为有不够好的地方，大家才会提意见，这是好事，因为知道了自己的不足，才能够方向明确地去努力！接到《锦绣未央》剧组的邀请时，她感到了一份沉甸甸的责任和重担，决定用心表达每一个情绪，说好每一句台词。在长达115天的拍摄中，唐嫣作为女主角，戏量大、台词多、任务重，却始终没有放松过对自己的要求，她反复看监视器里的拍摄效果，想要精益求精，任何细节都不愿意将就。

对于一个演员来说，证明自己的最好方法就是捧出足够优秀的作品。唐嫣在《锦绣未央》中饰演的李未央一角，颠覆了她以往的形象，给大家带来了惊喜。有记者采访唐嫣：“你对自己在《锦绣未央》里的演技打多少分？”唐嫣的回答是：“我不想给自己的作品打分，因为我对自己永远不满意，愿意永远带着挑剔的眼光去看，只想着下一次能够做得更好！”

对自己不满意，是一种追求更好的态度，只有时刻保持谦虚和努力，才能实现更高的理想，发挥更大的价值，每个人都应当如此！MM

我想轻轻拥抱这样的你

文◎黄 菲 图◎冷色系

我的身体里一直住着一个11岁的女孩。

那是一个羞怯的、紧张的、敏感的、局促不安的女孩；一个曾经令我感到自卑和恼怒，一次次想要驱逐却驱逐不了的女孩；一个我终于心平气和地接受，愿意以温柔、坦荡之心轻轻拥抱的女孩。

11岁那年，我去了一所新学校，陌生的环境令我手足无措。更让我无助的是，新班主任因为不愿意增加班级的人数，明确地排斥我。虽然我在彷徨中一次次用好成绩换来了安全，但从那以后，我的身体里便住进了一个羞怯的女孩。

我多么羡慕那些活泼大方的女孩。她们是优雅的白天鹅，而我的某一部分，却永远是那个11岁的羞怯女孩，谁也不知道我因此有多么自卑和沮丧。

然而，是从什么时候开始的呢？我渐渐接受了身体里那个女孩的存在，不再为她羞愧和苦恼。

也许是在不经意的阅读中。我看到梭罗这样写：如果一个人跟不上他的同伴们，那也许是因为他听到的是另一种鼓声，让他踏着他所听到的音乐节拍走路，不管那拍子如何，或者在多远的地方。读到这些文字时，我心底幽深的角落仿佛亮起了一簇火苗。

也许是在一些秘密的快乐中。那年秋天，我和微博上惺惺相惜的朋友见了面。害羞的人第一次在现实中见到还没有那么熟悉的朋友时，虽然内心欢喜，但显然不够亲热。我们常常在四目相视时不好意思地笑着移开目光，直到告别时，才鼓起勇气互相拥抱。然而，这样的情谊不是更有曲折幽微的意味吗？每次想起我们的相见，我的心就像被轻软的羽毛拂过，最温柔的歌曲也唱不出那份醉人的柔和。这样朦胧含蓄、欲说还休的情境多么美，我想，也许只有生性羞怯的人，才更能领略这种情感中的留白之美。

也许是在一些突然降临的感悟中。和朋友聊天时，我感叹自己没能成为一个更聪明、更能干的人，朋友却认真地说："为什么要更聪明、更能干？你现在就很好。"轻描淡写的一句话，却几乎叫我落下泪来。对呀，我为什么一定要更聪明、更能干、更优秀？我为什么要轻视那个独一无二的自己？一个人的优点是炫目的，然而，他的弱点才是他的精神胎记，我为什么不能坦然接纳？

更何况，很多时候，弱点也是命运赠送的礼物。因为羞怯，我隔绝了那么多喧闹和浮华，得到了一个更加静谧和安详的世界；因为羞怯，我屏蔽了那么多无聊的敷衍，得到了更加诚恳和默契的情谊；因为羞怯，我得以和生活保持着安全的距离，静静地观赏这人间种种耐人寻味之处；因为羞怯，我活得更纯粹、更自我、更自得其乐。

全世界都在说"做最好的自己"，可我不知道什么才是"最好的自己"。但是我知道，那个想将内心深处曾经弱小的自己远远撇开的，那个不能接受自己缺陷和弱点的，那个只允许自己"好"、不能承受自己"不好"的，绝不是"最好的自己"。我无意成为"最好的自己"，只希望永远有底气能对那个羞怯的、笨拙的、紧张的自己说："亲爱的，慢慢来，我为你准备了一个永远张开的怀抱。"

我想轻轻拥抱这样一个你，一个有弱点的你。我将终生保持着骄傲——永远有所担当。MM

优等生的自卑

文◎吴惠翔 图◎猫 草

我曾经是学校里人人羡慕的一名优等生。

当时，非常流行全班甚至全校根据成绩排座次，两三年的时间里，我几乎毫无争议地牢牢占据着榜首。

那时候，我真是风光无限——平时，常常有同学主动拿着自己订阅的杂志邀请我一起看，或者在下课后耐心地等着我一块儿去食堂；只要我招呼一声，也总是有人乐意放下手头的事跟我一起去打乒乓球或者到河边散步。

但是，除了我自己，没有人知道，或者，说出来也没有人相信：我的心里埋着深深的自卑。

我一直觉得，自己除了会读书、考试成绩好之外一无所长。

我羡慕志辉能下一手出色的围棋和象棋，连拥有业余段位的数学老师也常常会在周末时提着棋子上宿舍来找他厮杀一番；

我羡慕国宏在全校运动会上百米跑时的那种风采，最后冲刺时现场掀起的欢呼对我来说太陌生了，但也太有诱惑力了；

还有能轻松做二三十个腹部绕杠的许为、能写一手漂亮粉笔字的东益、能用吉他弹出极其令人享受的音乐的峰子……对比着他们的多才多艺和优秀，我时时厌恶自己，觉得自己是一个太过平庸而且乏味的人。

除了他们之外，我还有一位同学叫乐平，此人颇有领袖才能，身上有一股不羁的潇洒劲儿，每次班级活动都是最活跃的。

在当时的校园里，爱打篮球的他虽然还无法完美完成扣篮动作，但会做不少很帅的运球动作，在篮球场上很受青睐。更难得的是，这么一个略带痞气的人，学习成绩也很不错，虽然跟我相比逊了那么一筹。

大概正因为在学习上总是输给我吧？我一直觉得他看我的眼光有点儿敌意……

但多年后，当我跟乐平成了很好的朋友后，说起往事，他诧异极了，怎么也不敢相信我当时会羡慕他。

他说，他才自卑呢，表面上嘻嘻哈哈的，但也曾暗中发力试图冲击我学习上的霸主地位，只不过每一次都失败罢了。

他说，我说的这些曾被我“羡慕”过的人当时都不怎么跟我交流，主要是因为觉得跟我的差距大、很有距离感，如果他们知道我曾那么羡慕他们，恐怕也不至于自动把自己归入“差生”的阵营，也许，他们还能从优等生的自卑感里收获一点儿自信，在“分数至尊”的畸形校园环境里多少也体验一丝成就感……

好吧，原来所谓的优等生和所谓的差等生是这样互相揣测并且羡慕着的啊？

听了乐平的话，我忽然就明白了一些道理：

即使你不是大家眼中的“优等生”，也请你相信自己也有值得他人羡慕的东西，这个世界上的尺度永远不会是单一的，野百合也有春天，你根本无须自卑。

如果你是优等生，那么，你也没有必要太苛求自己的完美，世界上没有完美的人，每个人都有自己的软肋。

所以，谁都没有必要自卑，因为每个人都有着自己的特点和长处。当然，倘若心里时常冒出一点点自卑感，也未尝不可，因为这点儿骄傲感背后的自卑感可以提醒你：你没什么好膨胀的，真正的挑战永远在未来！MM

从喜欢现在的自己开始

文◎亦青舒
图◎新 野

1

那年我十七岁半，凌晨一点多在高考志愿查询页面看见被W大学录取的时候，赤着脚从床上蹦起来。

但当我实实在在地坐在外国语言文学院的课堂上那一刻，看着英国外教刻板严肃的脸、困惑地听着他的指令开始操作语音教室的计算机、茫然地听着语速为每秒160个词的BBC News（英国广播电视新闻节目）的时候，我才开始怀疑：我面对的到底是一场成真的美梦，还是刚刚开始的梦魇？

对，初高中时代我是长达六年的英语课代表，英语成绩一直都是最令我骄傲的存在。但是，在W大外国语言文学院全英文授课的课堂上，我是一个仅能听懂老师三分之一授课内容的慢半拍少女。曾经的“最骄傲”，竟摇身一变成了最让我自卑的部分，这落差大得让我有些无法接受。

恐慌从学业上蔓延到生活里，我迅速发觉自己正在被一群怎样的人包围着——

班里的William，据说高二时词汇量就达到了两万，能无障碍通读《简·爱》的英文原著版。

班里的Lula，小学在美国读了六年，口语地道流畅，爸妈都是W大经济学院的教授。

班里的Ella，能说一口流利的美式英语，和外教交流毫无障碍。

我变得很不开心，铺天盖地的自卑感席卷而来，以至于每天早上起床望着镜子里的自己时，都觉得她又变讨厌了一点儿。

为了重建自信，我看各种励志的文章，换着法子给自己打气，很希望某一天早晨睁开眼就能在镜子里看见一个崭新的自己：她语音标准、优秀从容，她得天独厚、应有尽有。

但无论我怎么用尽全力召唤，那个自己，始终没有出现。

2

我至今仍然清楚地记得，那段濒临崩溃的日子里，我每天都在尝试着与自己和解。我试着把那个闹着别扭的小姑娘的肩膀扳过来，让她明白，她确实已经尽力了。

人生不要活在攀比里，因为这个世界太大了，总有人会把我们对比成一条咸鱼。

虽然生活不会因为你变成了咸鱼而停止，那些考验依然会像鞭子一样落下来。但行走世间，再也没有什么比体贴自己更重要了。

十七岁半以前，我对自己非常严苛，忍受不了任何瑕疵和平庸。但十八岁以后，我学会的新技能，居然是自己哄自己开心。在那无数个黯淡又孤独的日子里，我坚持在每天刷牙的时候都对着镜子里的自己眨眨眼，说一句漂亮话。

比如，“你穿蓝白色的裙子很好看”和“你这个月又有新突破啦”，然后高高兴兴地去上课。我不再逼着自己用力奔跑了，我知道自己的语音不够标准流畅，但也愿意试着去组织句子表达观点；我知道自己词汇量匮乏得可怕，但用那五千词汇量读着英美幼儿读物《小王子》的时候，我也是实打实地开心过。我愿意诚实地照镜子，捕捉那些真实的动人，而不沉溺于和自己做无尽的对峙，来回拉扯、互相憎恨。生活的考验还是像鞭子一样继续落下来，可在那些进退躲闪之间，我终于笑着和自己握手言和，闭上眼睛，吹灭了二十岁的生日蜡烛。

那些年，鸡汤文其实压根儿没停息过；公众号、新媒体，个个都忙着教我们做人，鼓励我们“活出一个更好的自己”。

可是，我总想起那句话——倘若你连原本的自己都不喜欢，更好的自己也未必能获得你的拥戴。

那是真的。MM

妹妹，若我们能发现自己的美好

文◎今衣 图◎一猫

1

妹妹，我是我们家三姐妹中最不漂亮、最不聪明的那个，而你恰好相反。

然而，我去你所在的高中时，却从你室友的疑问中得知，你高中三年，竟从未跟她们提起过自己有一个在省城上大学的姐姐。直到那时，我才知道，原来，你比我自卑多了。

那一刻，我感慨万千。

妹妹，在我们还不知道漂亮、聪明为何物的时候，爸妈就已经用他们的言行暗示了我们。你有长而卷翘的睫毛，洁白的皮肤，甚至左脸上还有一个大大的酒窝，而我，只遗传了爸爸圆圆的脸型和黑黑的肤色。每当家里来了客人，爸妈就会像展示一件珍宝一样，把你抱起来给他们看。“这小姑娘多么漂亮啊！”客人们赞叹，爸妈听了十分自豪，而我站在旁边，就像不存在一样。一开始，我以为下一次就会轮到我，没想到，他们每次抱起的都是你。我终于明白，“漂亮”这样的词语，似乎并不会被用到我的身上。

你并没有恃宠而骄，反而变得更加机灵：懂得看爸妈的脸色，知道怎么讨大人喜欢。小妹还小，我这个大姐，被你反衬得一无是处。

更何况，你从小体弱多病，显得楚楚可怜。然而，我虽然瘦，却吃得下、睡得香，连感冒都很少。爸妈把美味的零食给你吃，把漂亮的衣服给你穿，连每次做饭，都要为你额外蒸一个鸡蛋。“姐姐乖哦，这个鸡蛋是给妹妹补身体的，妹妹身体不好。”爸妈说。多少次，我含泪点头。

我虽然听说过童话故事里的公主，但没有亲眼见过。妹妹，在我们漫长的童年时光里，我觉得，你就是家里的公主，即使穿得比我朴素，也比我好看很多。

记得有一次，妈妈给我们一人买了一件外套，我的是黄色，你的是红色。我喜欢你的那件，却不敢说。后来，趁你不注意，我拿剪刀把你那件衣服的袖子剪了一个口子。妈妈不知道新买的衣服怎么就坏了，只能无奈地拿针线帮你把袖子缝好。妈妈的针线活很好，可你的那件再也不是新衣服了，我暗自得意。妹妹，你看，因为你，在还不知道“嫉妒”为何物的年纪，我就已经践行了它。

2

我没想到的是，在我们上学之后，事情慢慢地发生了变化。

上学之后，我的成绩一直比较优秀，每个学期的期中和期末考试，我都能从学校领回奖状，不是第一名就是第二名。然而，当你在我上四年级时进入学校之后，你似乎喜欢玩要胜过读书，成绩并不是特别突出。开家长会的时候，老师总会当着许多同学和家长的面夸奖我，让你以我为榜样。每一次，你都会不服气地嘟起嘴，说：“姐姐就知道傻傻地背书、做作业，一点儿都不好玩，我才不要跟她学。”

你出落得越发好看，而且还是那么讨人喜欢。你的好朋友比我多很多，你常常在放学后和她们出去玩。我是家里的大姐，得回家帮助妈妈照顾小妹以及做一些家务活，说实话，那时我十分羡慕你。

我们很少交谈，同在一个屋檐下，一旦开口就是吵架。我十分看不惯你的大小姐作风：不叠被子，总嫌饭菜不合胃口，明明有时间却总把自己的衣服和袜子给妈妈洗。你厌恶我的唠叨，常常说："妈妈都不批评我，你凭什么批评我？"我大声回答："因为我是你的姐姐！""我不喜欢你这个姐姐！"你不甘示弱。我们很少心平气和地说话，我常常埋怨爸妈过分宠爱你，看你犯错也不批评，他们只是摇摇头，说怎么生了我们这两个"冤家"。

不知不觉，我上了高中。我的性格越发安静，而你越发好动，几乎不能静下心来好好学习。在书桌前做作业的时候，我常常抬头数快贴满一整面墙的奖状，发现属于我的越来越多，而写有你名字的奖状，停留在你上初二那年的期中考试，上面的名次是"全年级第十一名"。

我跟你在同一所学校上的初中，我知道，学校只给每次考试的前十二名发奖状。

我没有去想你为什么从初二的期末考试开始就再也没领过奖状回家了，反而为此感到庆幸。我认为你一直以来都过得太顺利了，所以变得张牙舞爪。你要受些挫折，才会有所收敛。

爸妈和舅舅知道我比较喜欢读书，给我买了许多课外书。你常常把我的书抢过去，随便翻两下又还给我。"这些书一点儿都不好玩，像你一样。"你说。我笑笑，将你弄卷的书页理好，再把书轻轻地放回书架上。

你大概是十分看不起我的，我知道。

但我所不知道的是，在我高三毕业考上了位于省城的重点大学后，刚刚考进我曾经所在的那所高中的你，却对同学闭口不提，你有一个已经在上大学的姐姐。

3

我以为，无论我们小时候再怎么不喜欢对方，长大后情况都会好转。可是，在你高中毕业的时候，我提出和爸妈一起去学校帮你拿东西回家，你却拒绝了。虽然后来，我还是跟爸妈一块儿去了。在你的寝室里，你的室友问我是谁，我说："我是小琴的姐姐。"你装作没听见，还是自顾自地收拾东西。那个女孩子转过头去问你："小琴，你怎么从来都没跟我们说过你有个姐姐？"我呆住了，你却还是没听见似的，没有回答。

那一刻，我看着你亭亭玉立的身影，心里很不是滋味。我以为你一直很骄傲，却不知道，你自卑到连向同学承认我是你的姐姐都不行。

我回想起来，当我的高考成绩出来，爸妈与我击掌庆祝的时候，你默默地走出了房间，从书包里拿出了练习册做起题目来。

大学期间，我每次回家，爸妈总是把饭桌上最好吃的菜往我碗里夹，而你则默默地扒拉着饭，神情低落。

甚至，家里的零食和电视遥控器都不再是你和小妹的专属，爸妈劝你们把它们给我，对你们说："姐姐在外面念书，太久没回来了，你们要懂事一点儿。"小妹对我撒娇，要我让给她。你满脸不服气，却默默地照做了。

我当时只顾着开心，却没去想，从云端跌落至地面的你，内心受到的打击有多大。

我们一起把你寝室里的东西都拿到了车上，正准备要回家的时候，你从副驾驶上下来，对坐在妈妈身边的我说："姐，你可以坐到副驾驶去吗？我想和妈妈坐在一起。"

你很少这么可怜兮兮地和我说话，我照做了。没想到，你刚坐到妈妈身边，就扑进她的怀里号啕大哭，吓得正准备发动车的爸爸赶忙回头看，问你发生什么事了。

"呜呜呜，我真没用，"你带着哭腔闷闷地说，"我什么都做不好，小时候家务没有姐姐做得好，长大后念书没她念得好。大家都喜欢姐姐，说她比我乖，比我优秀。"

我大惊，继而心里一阵酸涩。妹妹，原来，你张牙舞爪的外表下，也藏着一颗自卑的心。

妹妹，这么多年来，我嫉妒你的漂亮和聪明，你嫉妒我的乖巧与努力。我们都在心里放大了自己的缺点和对方的优点，本该携手共同进步的我们，竟然陌生到了连单独相处都会感到尴尬的地步。

所以，我们渐行渐远，连一句贴心话都说不出口。

妹妹，若我们能发现自己的美好，我必然会比现在更自信，而你，也不会如此难过。我虽然不漂亮、不聪明，但是勤奋、踏实，可以通过努力去获得认可。你虽然在读书这件事上没有我做得好，但在很多方面让我望尘莫及，比如你自学画画和书法，都学得有模有样；比如你出落得越发好看，简直就是我们家的"门面担当"……

你说，现在去发现，晚了吗？

我认为不晚，你呢？MM

困住你的只是你自己

文◎落　落　图◎莹　月

1

第一次真切地意识到自己的嗓音特别难听，是上小学三年级时在那个脏兮兮的、狭窄的小操场上。

那是一节体育课，在自由活动时间，我被拉着参与了一个名为“老鼠偷油”的游戏。游戏中，大家发出各种各样的尖叫声与笑闹声，我也不例外。

但正当我累得气喘吁吁地回到“老鼠窝”时，同班女生小淼，忽然像发现了新大陆一样说：“哎，你笑起来的声音怎么那么像乌鸦叫啊？”

她的话刚说出口，我就飞快地闭上了嘴，再也没有发出一点儿声音。在一群同学的注视下，我抿着嘴强装微笑。可当一旁的同学还在发笑时，她又编出了一首滑稽的小诗，引发了新一轮震耳欲聋的笑声。

那首诗的内容我早已记不清了，只知道身边的同学都开始起哄，叫着那个新鲜出炉的、对我而言如同噩梦般的绰号——乌鸦。

我不记得自己是怎么在一阵哄笑声中离开那个小操场的，只记得我掉眼泪时，没有一个人过来安慰我。因为他们都觉得这只是一个无关紧要的玩笑。

2

可是对我来说，一切却没那么容易过去。

在这场闹剧之前，我曾作为班级的代表去参加市里举办的征文大赛，拿回了大赛唯一的第一名。按照惯例，校长会在星期一的升旗仪式上颁发奖状，并请获奖的同学将自己的作文朗读给全校同学听。

但是星期一，班主任跟我说：“小淼是广播站的播音员，由她来帮你朗读获奖作文，好不好？”

我没有想太多，答应了。

小淼上了台，给大家鞠躬，说获奖的同学感冒了，喉咙不舒服，所以由她来代劳。

那篇作文小淼朗读得很好，她的声音圆润清亮、婉转动听。全校师生都鼓起掌来，我也拼命鼓掌。我倔强地认为，他们都是为作文内容鼓的掌。

我必须承认自己是个敏感而早熟的小孩儿，在小淼还没有在大庭广众之下为我“写诗”的时候，站在升旗台下的我就已经开始为自己的嗓音隐隐感到不安了。

而那个阴天的午后，她竟那样将我隐秘的不安一寸一寸揭开，平平整整地摊开在所有人的面前。

那天，我掉了许久的眼泪后，同桌女生终于发现了我的异常，她问我怎么了。我当时反问她：“你知道自尊心是什么吗？”她一脸迷茫地耸了耸肩。

或许对于一个普通孩子来说，自尊心确实是一种让人难以理解的东西吧？我再也抑制不住自己的失望，趴在课桌上大哭起来。

3

“乌鸦”这个绰号如影随形地跟了我好几年，但六年的中学时光让我学会了保护自己。我会在开怀大笑的时候突然回过神来，变成抿嘴笑；能不说话的时候，绝对不抢着出风头；更不用说再在外人面前哭泣了。我开始习惯这样的生活，甚至把我因拒绝发声而不凑热闹的行为归结为我本身就是这样的性格。

真正出现转机是在大学，我考到一座遥远的北方城市，身边都是陌生人。小时候梦寐以求的全新世界来临了，在我早已对这个世界的恶意感到麻木的时候。

在那里，我遇见了一个人。

他叫R，学校社团纳新的时候，我陪同学去广播站参加面试。面试结束之后，我与同学说着话要离开，他忽然叫住我，问起我的一些情况来，之后又问我：“你的声音很特别，你要加入我们社团吗？”

我忙摆手：“这怎么行呢？我的声音如果出现在广播里，恐怕全校的人都要聋了。”

那一刻，我的脸红透了，还挂着尴尬的笑容。

他挠了挠耳朵，笑道：“我不是广播站的，我是配音社的社长，被他们叫来帮忙面试新生的。”

说实话，我并没有太在意他的邀请，因为在我的认知里，配音同样看重嗓音的甜美。

可R并未放弃，又问了我同学我们是哪个班的，然后把配音社纳新的宣传单塞到我手里，后面还写着他的电话号码。

我们拒绝雷同，我们需要个性。宣传语写得十分俗气，却也十分诱人。

4

后来，我成了配音社的一员，甚至还在一年后的“迎新”晚会上播放的创意宣传片中担任了一个不大不小的现场配音角色，得以和R站在同一舞台上谢幕。

不过这些都是后话了。

记得我刚进配音社的时候，什么专业词汇也不懂。社里有很多不同专业的校友，还有许多热爱“二次元”和电影的女孩。她们性格各异，有人天天穿着萝莉裙在学校里逛，从来不在意别人的目光；他们混迹于各大论坛，经常自发地为自己喜欢的小说或是电影配制音效，表现出色的成员偶尔还能接到有酬劳的为广播剧配音的活儿。

我开口的时候，他们纷纷表示很惊讶。我个子不高，不爱说话，常给人一种文静的感觉，一开口却是截然不同的声音。用他们的话来说，我就像个“老烟枪”，有一副天然的烟熏嗓。

或许是因为真的适合，从开始尝试到喜欢，我只花了一个月的时间。

几个月以后，我试着像其他社员一样，去探究自己的声音，尝试了很多角色——性格暴烈的少女、身体虚弱的老妪，甚至男性角色。后来，我越来越自如，可以随时控制自己的声音，模仿各种各样的桥段，有时还辅以各种浮夸的表情。

大二那年，我成了社里的骨干，而R总会很得意地对大家说：“是我慧眼识珠把她挖出来的！”

每次我都会偷看他的神情，总觉得能从他的神情和语气中察觉出一种骄傲。

我总记得，刚进社的时候，我不怎么熟悉配音的操作，压力比较大，于是傍晚常和R在田径场上聊天。也许是我的情绪里透露出特别多的不自信，他忽然问我：“你知道《哆啦A梦》里很多男生的角色其实都是女性配音的吗？特别是小夫的配音演员，她的声音从小就被大家称为‘丑陋的声音’，不过后来她特别棒，真的。”

我当时就蒙了，惊觉他安慰人特别会找点，简直太聪明了，所以，我默默地喝下了他“精心烹制”的那碗朴实的“鸡汤”。

5

后来，我曾问过我的小学同学：“你们还记得我有个绰号吗？”

一经提醒，他们哈哈大笑：“记得啊，你叫‘小乌鸦’嘛，现在听起来怪幼稚的，不过也不乏可爱的感觉。”再问那首小诗，却没人记得了，我也不记得了。

是啊，绰号也好，小诗也好，年少时因为自尊心受创趴在桌上号啕大哭的过往也罢，当你的目光广阔到不在乎这些从来都无关紧要的事情时，那个被困在小天地里的自己也就被解放了。

前两年，记得是在草莓音乐节上，从来没有在人前唱过歌的五十几岁的张曼玉瘦骨伶仃，在大风中飘摇着、吼着摇滚歌词，一副烟熏嗓震惊了所有人，但是就连媒体也不忍心刻薄她。

室友边看新闻边对我说：“你也上去唱首歌，肯定能跟她完美和声。”

我说：“那可不？”MM

自卑的窗外也可以开出繁花

文◎佚 名 文◎白月棂

1

14岁那年，我比同龄人胖很多。

我很自卑，亦很苦恼，不知道自己怎么长着长着就长成这副样子了。我害怕被人关注的目光，害怕同学们口无遮拦的玩笑话，宁愿自己被当成“隐形人”。可是，我连实现这个想法都很奢侈。

面对嘲笑，我没有勇气反抗，想哭却不敢哭。14岁了，我不想再当众哭鼻子，唯有伪装坚强，可即使这样，他们也会说：“胖子修炼得好，真是皮厚到极致。”

有很多次，我都不想再去学校上学了，面对没完没了的嘲笑太累了，可是，不去学校，我又能去哪儿呢？

我以为我会在这种黯淡无光的日子中过完我的中学时光，然后和当年的同学再也不相见。可是有一天，因为座位的调动，语文课代表韩江成了我的同桌。

韩江是个安静的男生，不爱说话，有什么想法只喜欢用文字表达。他把东西搬过来时，礼貌地对我点头微笑，我愣住了，因为在这之前，从来没有人这么礼貌地对待过我，一时间，我心里充满了感动和欣喜。

我和韩江以前没有讲过话，两个人的位置离得也很远，彼此虽是同学，但很陌生。我不了解他，只知道他的成绩是年级里最好的，还可以确定的一点是：整个班上，唯有他没有嘲笑过我。

韩江人缘好，大家都很喜欢他，那些比他高半头的男生还一脸臣服地叫他“韩哥”。

我自卑，但我又不甘自卑。

可能每个胖子都有一段辛酸史吧，特别是胖女生，那种难过无处倾诉，每天都在绞尽脑汁地思考如何避开那令人崩溃的嘲笑。韩江成为我的同桌后，我的日子终于安静下来了，再不会一下课耳边就响起“胖子”的叫声。

韩江很少主动与我交流，但我已经很满足了，至少他不会嘲笑我，对我总是温文尔雅的，让我可以安静地看自己喜欢的书，不被打扰地做“白日梦”。

2

每天晚上的自习课，韩江总是很快就写完作业，然后埋头写文章。刚开始我不知道他在写什么，很好奇，于是有一次课间休息时，趁他不在教室，我偷偷地看了看他的本子。直到那时，我才后知后觉地知道韩江在写小说。

那是一篇精彩的悬疑小说，才看了一个开头我就被吸引住了，直到韩江进了教室，站在我面前，我都没有发觉。

“好看吗？”韩江问。

他的声音突然响起，我吓了一跳，赶紧把本子塞回他的桌洞，脸涨得通红，嗫嚅道：“对不起！写得太精彩了，我好奇地翻看了一下，没想到被吸引住了。”说完，我深深地埋下头，准备迎接他的“怒吼”，毕竟我没有经过他的同意翻看他的稿件，被骂是应该的。

等了好一阵，韩江都没有发出“怒吼”，他还高兴地问我：“故事真的精彩吗？”见他没动怒，我兴奋地抬起头说：“精彩！”

我虽然成绩一般，但喜欢看书，大把的时间都在看各类小说中度过。

“你喜欢看小说？”韩江在老师进教室前，继续问我。

很难得有人这么主动地与我说话，我很兴奋地回答：“我喜欢！我看过很多小说的！你的文风诙谐，故事又很抓人，我看得很有感触！比如说……”话未说完，老师已经来了，我只好闭嘴，抱歉地朝韩江笑笑。

下课后我们继续聊，你很棒！没想到，韩江匆忙地递了张字条给我。

那一堂课，他很认真，我却没法静下心来听老师讲课，一颗心仿佛飞到了云端。

我对小说的认识和见解拉近了我和韩江的距离，直到这时，我才知道他已经发表过了很多文章，甚至还出过书。

不过，虽然韩江很厉害，但他很谦虚，非常喜欢听我的意见，说我的眼光很独到。

得到了韩江的认可后，我多了些自信，而且从此之后，我很荣幸地成了他的小说的第一个读者。那种喜悦的心情我无法用言语表达，一个从来都被大家嘲笑的胖女孩，突然得到一个男生的尊重和肯定，该是多荣耀的一件事。

韩江还鼓励我跟他一起写小说，他说：“你看过那么多小说，而且眼光精准，我相信你动笔写也一定很棒。”

其实，我一直有写小说的想法，只是懒，大把的时间还是打发在看小说上。但后来完全不同了，在韩江的鼓励下，如果我能成为他“志同道合”的同桌，该有多幸运。

更幸运的是，韩江并不是那种“不务正业”的人，他还对我说：“作为学生，学习永远是第一位的，把学习之外的时间用来写小说和看小说，父母才不会干涉……”

我很认真地听取了韩江的建议，像他一样，合理安排时间，学习写作两不误。从那时一直到现在，我都在坚持写作，因为韩江说，爱写作的人都有一颗晶莹剔透的心。

我相信这句话，而且，在写作中，我找回了久违的自信，对学习也充满热忱。

除了韩江，没有人知道我也在写作，我很享受这个只有我和他才知道的秘密。

3

有一天下午，我比平时早了一些到学校。刚要进教室时，突然听到有几个同学在议论我，他们嬉笑着你一言我一语，一起奚落我，然后哄堂大笑。

我不安的心紧张地缩了缩，习惯性地低下头，恨不得挖个地洞钻进去。虽然一直被嘲笑，但每一次面对，我还是会伤心难过。

“你们怎么能这样说呢？谁希望自己胖呀？她已经为此很难过了……虽然她很自卑，但她很有才气，你们没发现吗？自卑的窗外也可以开出繁花。”

听声音，我就知道是韩江在说话。

他说得多好呀，“自卑的窗外也可以开出繁花”，这美妙的句子仿佛一服灵丹妙药，瞬间就让我苍白的心充盈起来。

我在教室外站了一会儿，将韩江的话细细回味了几遍，然后昂首挺胸地走进了教室。就算自卑，我也可以通过努力让平凡的自己变得不那么平庸。

看见我进教室了，嘲笑我的同学们立即噤声，我却第一次勇敢地面对他们展露出笑容。看见我笑，那几个同学反倒尴尬起来。

“我有好消息告诉你。”才坐下，韩江就悄悄地对我说，“编辑在QQ上留言给我，我和你的小说都通过了终审。”

人生往往就是这样，有一个好的开始后，沿着正确的方向走，总会有收获。我知道，这一切都是因为韩江，他的鼓励让我开始有了自信，他的监督让我不再放弃自己。

很多年以后，我回忆起当年的情形时，心里依旧充溢着满满的感激。我的第一篇小说，是韩江帮我找杂志投稿的，他说我一定行。

后来，在韩江的带动下，我一直坚持写作，我们约定好——要用一生的时间经营文字。

初中毕业后，我再也没有见过韩江，听同学说，他家在那年夏天就搬去了厦门，后来又移民去了加拿大。

我很遗憾没有亲自感谢他，他对我太重要了，因为是他在我最迷茫、最自卑的时候，把我拉出了青春的泥潭，找到了一条适合自己的路。

“自卑的窗外也可以开出繁花”，这是韩江说的，是我在仓皇流年中印象最深的一句话。这句话温暖了我孤单寂寞的青春期，也让我从此有勇气从容地面对未知的人生。MM

你不需要相信任何人对你的评价

文◎Joy+Liu　图◎满　月

1

那一年你4岁，非常喜欢唱歌。你有着动听的嗓音，而且唱歌让你快乐。但有一天，你妈妈加班到了晚上8点才回家，你不知道她那天跟同事吵了一架，并且被一位客户投诉，也不知道她那天头疼了一整天，晚上几乎没有吃饭，更不知道她此刻还是头痛欲裂，并且非常想静一静。你只是很开心，看到她回家，你更开心了，开始放声歌唱，欢快地围着她。你妈妈终于按捺不住了，有些凶地对你说："别唱了！你不知道你的嗓音很难听吗？"

那一刻，你住嘴了。而且，从此以后你都变得不太愿意唱歌了，因为你怕别人讨厌你。再后来，你开始在潜意识里接受了"自己的嗓音很难听"这件事，所以索性便不再开口了。你甚至开始变得很害羞，不敢跟其他小朋友讲话。而所有的这些变化，仅仅是因为你妈妈在心情糟糕的时候那么一句无心的斥责。她并不知道这句话对你的影响，她像全世界的其他妈妈一样对你怀揣着最美好的期望，可是她永远都不知道，那句话已经在你的心里生根发芽，变成了一个你跟自己签下的"魔鬼契约"。

刚上初中的那一年，你开始爱上了数学。你发现数字是如此奇妙，不管是代数还是几何，它们的规律是如此完美，让你沉浸其中不能自拔。你并没有想争什么，但是在全班的第一次数学考试中，你拿了第一名。在你看着成绩单惊喜不已时，老师在讲台上说了这么一句话："数学思维一般还是男生比较擅长，女孩子可能开始的时候成绩很好，但是慢慢学到比较复杂的知识时，就要落后于男生了。"你很难过，为什么就因为自己是女孩子，所以数学就会慢慢落后呢？

你也不知道是为什么，但你的数学成绩好像真的像中了魔咒一般，在初二时开始下滑。每一次你没有学好，你脑中便会响起老师的那句话，然后你发现自己开始慢慢失去了对数学的兴趣，甚至开始讨厌数学。直到有一天你告诉自己："女孩子的确不擅长数学，所以我还是去钻研文学吧！"这位老师的一句偏见之语，再一次被你相信并且内化成自己的声音。从此，你和自己签下了又一个"魔鬼契约"。

2

当然，我可以给你讲无数个类似的你和自己签下的"魔鬼契约"。这些契约都是你如真理般信奉的："我不擅长游泳""做我喜欢的事情是赚不到钱并且没法养活自己的""我如果按照最本真的自己活着，就没有办法承担赡养父母的责任""我配不上美丽、性格好又高智商这样的形容词"或者简简单单的那么一句"我并不觉得自己是一个很值得被爱的人"……

这些"魔鬼契约"都是从别人无心、善意或者恶意的评价开始的，而你最终把它变成了自己内心的声音，然后，你就在不知不觉中慢慢丧失了自由。

3

所以，你要如何打破这种契约呢？

永远不要相信任何人对你的任何评价，这个人包括你自己。

因为不管别人对你的评价是好的还是不好的，那都是他们对你言行的理解。比如你画了一幅画，有人会说："哇，你画得好美！"你的画本身并不因为他的评价而变得美了，而是你的画在他的心中引发了他对美的感觉。同样，你发现另一个看了你的画的人说："我真的没有办法想象，你花了一个星期就画出一张这么没有价值的东西！"同样，这个评价其实跟你的画在你心中的价值甚至它的实际价值都无关，这个评价仅仅说明你的画没有触及这个人觉得有价值的东西，或者仅仅是因为这个人想让你难过。

你真正要问的，不是这幅画到底美不美或者有多大价值，而是问问你自己，在绘画的过程中，你是否让自己的生命得到了表达、延展甚至绽放？你的生命在这个过程中获得了多大程度的滋养，这才是让你知道它的价值到底有多大的评价！

别人对我们的评价或者说对我们言行的解读，更多的是在反映他们是谁，而不是我们是谁。

所以，当下次别人告诉你，你非常擅长演讲或者你非常不擅长演讲时，你可以感谢他们，并且同时也积极地寻求他们的反馈。但你要记住，你擅不擅长演讲，跟他们没有任何关系，因为你是流动的、发展的、变化的。所以，擅长或者不擅长都不是最终的你，而最终的你还远未出现，那需要你听从自己内心的声音，在接纳此刻还不完美的你的基础上，向着你想要的方向成长。MM

一百次和一次

文◎张军霞

奥黛丽·赫本是被母亲千方百计送入芭蕾舞学校的。

或许是曾经流浪且贫困的生活让赫本的内心受到了创伤，她的状态非常糟糕，面对最喜欢的芭蕾舞，不仅反应很迟钝，有些最基本的动作都做不到位。而且，被老师屡次批评之后，她变得愈加畏畏缩缩起来。

有一次，母亲去学校看她时，见她一个人呆呆地站在场边注视着舞池中的老师和同学，便走过去问她为什么不去和同学们一起练舞，赫本委屈地说："我站在这里，看着别人跳，不也是一种学习吗？"

母亲没有再多说什么，只是从那以后开始天天陪着赫本去看别人跳舞。

过了很久，有一天，等到别人都放学回家了，母亲又问女儿："学了这么久，你现在可以开始跳舞了吗？"赫本依旧摇头，说："老师讲的关键技巧我还没有完全背下来，恐怕要再等等……""孩子，现在试着什么都不要想，站起来，走到训练场中央去，开始跳！"母亲打断了她，语气十分坚决地说。赫本犹豫了一下，咬了咬牙，尝试着照做了。

由于除了母亲外没有旁人围观，赫本并没有之前在课堂上跳舞时那么紧张。最开始，她的动作还有些僵硬，但慢慢地，四肢变得柔软了起来，镜子中的身影也越来越灵巧。

"奇怪呀，妈妈。"赫本兴奋地说，"我来学校这么久，似乎今天才感受到了舞蹈的魅力！""因为你并不笨，"母亲欣慰地说，"你只是忽略了一个道理：与其背诵一百遍技巧，不如站起来去尝试一次！你会发现，你根本就没有自己想象中那样差！"

在晚年回忆往事时，赫本曾非常认真地说："放弃纸上谈兵，敢于尝试，是我最终能够成功饰演那么多角色的关键。因为早在很多年前，母亲就曾经身体力行地教导过我：站在场边背诵一百遍技巧，都不如自信勇敢地行动一次！"MM

董卿：严苛教育，令她自卑，也伴她成长

文◎东　亮

1

董卿于1973年出生在上海，她的父母都是复旦大学的高才生，并经历过艰苦的知青生涯。因为他们自己吃过很多苦，所以他们坚信“梅花香自苦寒来”，从小就对女儿要求严格。

董卿刚读小学时，在报社工作的爸爸便开始把洗碗、拖地等家务活交给她做，做好了，被视作理所当然，做不好，甚至还会有惩罚。

有时候，董卿耍小孩子脾气，故意和爸爸对着干，把水洒得到处都是，心软的妈妈想帮她收拾一下，都会被爸爸严厉制止。

如果说，干家务是为了锻炼动手能力，能够让她比同龄的朋友们更能干，董卿还可以试着去理解爸爸。但是，另一条家规让她完全无法接受：她是一个女孩子啊！爸爸竟然不许她多照镜子，还讽刺地说：“马铃薯再打扮也是土豆，你每天有照镜子的时间，还不如多看看书！”

在这样的教育观下，当她略识文字后，爸爸就开始让她每天抄成语、抄古诗，还要求她大声朗读并背诵下来。

稍大一点儿，她刚刚觉得任务完成起来轻松一些了，爸爸却再次加码，让她抄诵古文。

除了干家务加强自理能力，抄读文章提高文学素养，爸爸安排的身体锻炼计划也让年少的董卿痛苦不已。

有时，天还没亮，爸爸就把还在梦乡中的董卿从床上提起来，陪着她外出跑步，而且还不只是“简单跑跑”而已，每一次，他们锻炼的距离几乎都在1000米以上……

爸爸的“魔鬼教育”一度让董卿的童年充满自卑：“我小时候最害怕的就是吃饭，因为一上桌，爸爸就开始唠叨，我经常是一边吃饭一边哭。我小时候最高兴的事儿，就是我爸出差，因为总算有两天能看不见这个人了。”

作为家中独生女的董卿，几乎从没尝过被视为“掌上明珠”的滋味。

在那种严苛到几乎得不到鼓励和表扬，总是充满挫败感的生活中，她一次又一次地质疑着自己的能力，严重到甚至一度怀疑：我究竟是不是爸爸亲生的女儿？为什么他那么严，从来不会给我哪怕一点点心疼和关心？

2

但是，纵然是在那种被严格约束的生活中，小董卿也努力挖掘出了让自己欢乐的时光，比如，她非常喜欢亲自下厨做饭，因为喷香的食品能带给她很大的成就感。

董爸爸非常喜欢下厨给妻女鼓捣美食，并且坚持要把女儿领入“厨门”——从两三岁起，董卿就开始给煮夫爸爸打下手了。

“哗啦啦”的水流声，“笃笃笃”的切菜声，“嗞啦啦”的下锅声，菜香、饭香、面包香……这种种种种，一起组合成了董卿最温馨的童年记忆，因为只有在带她一起做饭的时候，爸爸才会展露出难得一见的笑容，并会破天荒地夸赞女儿“米饭蒸得真香”“鸡蛋打得比你妈强”！这种时候，她在爸爸面前一向紧绷的神经，终于能够得到片刻的放松。

董卿上小学后，爸爸专门为她配置了围裙和一些小号厨具（比如木质勺子、夹子、小而钝的刀等）。“准备那些小型厨具，大概是他做过的最贴心的事了！”回忆起来，董卿笑言。因为这些“小人儿版”的厨具，让能够自如使用的她感到了极大的满足，因为她终于能够自己烹饪出满意的作品，从中获得自信的快乐。

就这样，董卿6岁就跟着老爸学会了蒸米饭，还能站在板凳上炒西红柿鸡蛋之类的家常菜，甚至做各种烘焙糕点和比萨等。

第一次将自己亲手做的爱心曲奇带到学校时，董卿激动不已：“和面、揉面、调馅、定形、烘烤，这些全是我一个人完成的！”

老师和同学们吃着酥香可口的曲奇，直冲小董卿竖大拇指。

因为美食，本来有些内向和自卑的董卿，开始在生活中重拾自信和欢乐。

3

上中学后，每年寒暑假，爸爸都让董卿“勤工俭学”。从宾馆清洁工、商场售货员，到广播站广播员……董卿做过的零工不计其数。

“我15岁时，第一次到宾馆当清洁工，10个房间，20张床，领导分配给我一个人打扫。那天，一上午只干了两个房间，别人都去吃饭了，我还在那儿傻乎乎地干着……”董卿回忆说。

直到上大学，董卿和她口中那个“强权虎爸”的关系才有所改善。

1991年9月，爸爸陪女儿到浙江艺术学院报到，随后又到宿舍为董卿收拾床铺。忙碌了大半天，料理妥当后，他从背包里取出一个陶瓷罐说：“这是我腌制的鸡丁，吃米饭、面条、米线时，都可以放一些，味道可好了！”

董卿接过陶罐时，并未多想，也没有丝毫的伤感，因为她的心早已被暗喜所占据：总算挣脱父母的约束了，从此我就获得了自由！

送爸爸到校门外，父女俩走在夕阳下的校园小路上，董卿第一次发现爸爸变得有点儿依依不舍，眼里甚至泛起了泪花。

他看着她，以一种从来没有过的温和口气说：“这是你独立生活的开始，从此之后，一切都要靠你自己了。”

说话间，他脸上出现了一种董卿从没见过的神情，那是慈父对爱女的眷恋，也是对即将到来的分别生出的感伤。

董卿心中一动，原来，“虎爸”也有温情的一面啊！

4

1995年年底，已是浙江电视台主持人的董卿回上海陪父母过春节。

除夕那天，爸爸妈妈没让她下厨，老两口在厨房忙碌到傍晚，弄了一桌子香气扑鼻的菜肴。

吃着吃着，爸爸突然举起酒杯，对董卿说：“我敬你一杯吧！”

董卿一时有些意外，爸爸定定地看着她，真诚地说：“我跟你道个歉，这么多年，我对你的很多教育方式不太对，其实只是望女成凤的心太切，你别往心里去。”

爸爸的话刚说完，董卿的眼泪就掉下来了，这一句道歉，让她多年来对他的怨恨瞬间烟消云散。

那顿饭，从不喝酒的董卿陪爸爸喝光了一整瓶白酒，各自说了许多心里话。

在爸爸推心置腹的讲述中，董卿理解了他当初对自己的严苛行为：爸爸从小在上海崇明的农村长大，儿时家庭十分贫困，董卿的爷爷早逝，奶奶和爸爸相依为命。爸爸上学之前，每天都要先到池塘里抓鱼、抓虾，再跟着奶奶到集市上把它们卖掉，攒够学费、生活费后才能离乡去求学。经过自己的不懈努力，后来，他终于改变了命运，而这份人生经历让他特别笃信，吃苦耐劳的精神是一个人改变命运的必备条件。

那种苦日子不是每个人都能闯过来的，因为他是那样一步步走出来的，所以，他才会对女儿有同样的期望，希望她能吃苦、有担当，在生活中自己为自己撑起一片天。

5

2007年，取得上海戏剧学院艺术硕士学位时，董卿已成为了中央电视台的著名主持人。

在浙江电视台、东方卫视磨砺十年后，这位闪烁着智慧光芒的知性女子，终于登上了央视的舞台，像爸爸所期望的那样，成为了让很多男生都不敢小觑的“女神”级人物，绽放出了夺目的光芒！MM

我就是那个画画最好的姑娘

文◎绒　绒　图◎冷色系

1

我从小最怕和别人比，因为同学之间相互比较的，无非是谁穿的衣服好看、谁的零花钱多、谁家亲戚又从一个远到不知道叫什么的地方寄来了看起来很独特的礼物……

小时候，我家的生活不宽裕，又没有一个住得这样“远”的亲戚，所以我总是那个在一旁羡慕其他人的、性格有些孤僻的小女孩。

有些时候，我很讨厌这样的自己——既对这种无聊的攀比感到不屑，又暗自难过于自己着实没有一项可以拿得出手的东西去和其他人比。不过，后来，我终于发现，自己也有一项别人都比不上的技能——画画。

其实，我也没上过什么特长班，就是在美术课上跟着老师一笔一笔地学出来的。

美术老师看我在画画上颇有些天赋，就渐渐地让我帮他做一些事情。比如，学校的公告栏需要经常换板报，下午放学以后，老师就带着我把原来的板报擦掉，用各种颜色的粉笔画一版更加多彩、漂亮的板报出来；再比如，学校里举办一些小型的美术比赛，老师会让我过去帮忙画海报。

慢慢地，我发现自己再也不是曾经那个只会躲在角落里羡慕别人的小女孩了。因为每次画完学校的板报，同学们第二天一早看到跃然于黑板上的画面，就会像他们曾经讨论衣服、零花钱和礼物一样，围到我身边，追问我是如何画得这么好看的。

究竟是怎么画出来的呢？

也许是因为好胜，所以每次的美术课，我一分一秒也不敢放松，每一笔线条仿佛都在我的脑袋里构思了半个世纪。放学以后，我会买彩色画笔和绘画本画画；绘画本画完了，就偷偷趴在窗台上，用画笔把窗台涂得五颜六色。

因为我觉得，人这一辈子，总应该有一样拿得出手、逢人便可炫耀的特长吧？

2

后来一次机缘，美术老师帮我报名参加了全市中小学生美术大赛。

我还记得，那次，我的参赛作品是一幅画鹰的国画。为了画好这只鹰，我足足用了两个月的时间来练习。每天放学以后，我就一个人跑到画室，一遍又一遍地画。美术老师对我说，画一只鹰，最重要的是画好鹰的眼睛。于是我跑遍了小镇的书店，问店员：“有没有关于鹰的图画书？”“有没有更多关于鹰的图画书？”

那段时间，我觉得自己认识了世界上所有的鹰——它们的品种、它们的羽毛和它们的眼睛。

参加比赛的时候，我一点儿也不紧张，因为我做了足足两个月的准备啊！

但等待结果的日子是煎熬的。教室与画室隔着一个操场，到了快出比赛结果的那几天，每次课间休息的10分钟，我都第一个冲出教室，飞快地跑过操场去对面的画室问老师：“我得奖了吗？”

我得奖了吗？

3

我没有得奖。

当时对我最大的打击在于——我刚刚获得的能与其他人“攀比”的资本，瞬间被剥夺了；我刚刚建立起的自信，就这样消失殆尽了，一瞬间，我又回到了怀疑自己，不敢抬头的状态。

那着实令我难过了一阵子。

相较于“我为什么没有得奖”，更令我无法释怀的，也许是“为什么我明明那么努力，却还是比不过别人”。

后来，老师发现我去画室的次数少了，画板报也不积极了，分明变回了曾经那个躲在角落里、性格有些孤僻的小女孩。

他得知缘由后，叫我去画室。

我一进画室，便吃了一惊。老师显然为我的到来做了充足的准备，因为我看见那些我曾经画过的鹰，一张一张地铺在画室的地板上，按照完工的时间顺序，码得整整齐齐的，像是等待我检阅一般，静静地排着队。

老师让我先看第一张，然后跳过中间的无数张，直接看最后一张，问我有什么区别。

区别显而易见——与最后一张画里有些睿智与凶猛的鹰相比，第一张画里的鹰简直像一只刚刚出生、丑陋又可怜的小鸡。

我终于明白了“比较”的意义。

我们是应该“比”，但不是和其他人看上去的华丽与优越比，而是与曾经那个幼稚与彷徨、脆弱与迷茫的自己比。

我再回过头看自己曾经画过的鹰，原来真的每一滴墨、每一张纸都没有浪费。就如同回过头看自己走过的路，原来真的每一步都算数。

每一份努力和徘徊时的焦灼，都是为了邂逅一个更好的自己，而我们也终将如愿以偿。

这件事情过了很多年，我仍然记得当年我画的那只鹰的眼睛——犀利而有光，透着倔强和不服输的神情。而在这件事后，我也终于愿意挺起胸膛告诉自己和其他人：“对，我就是那个画画最好的姑娘。”MM

记住自身的优势

文◎秦　湖

凯恩是一位优秀的拳击运动员，能以快速而连续的拳法将对手打倒在地。

在一次顶级的搏击比赛中，凯恩遇到了对手威廉。与他所擅长的不同，威廉是力量型的选手，出拳力量大得惊人。比赛中，凯恩一不留神被重重地击了一拳，顿时眼冒金星，倒在搏击台上，输掉了比赛。

落败的凯恩心里很不服气，为使出拳变得更有威力，他开始加大力量训练。

不久，凯恩和威廉又一次在比赛中相遇了，凯恩认为自己一定能够一雪前耻。然而，由于把时间和精力都放在了力量训练上，原本他擅长的快拳明显变慢了，寄予厚望、苦苦练习的重拳也并没有威廉的厉害，因此，他再一次被打败了。

第二次败北的凯恩终于明白了自己真正的优势，那就是快拳！

于是，他重新拼命地回到对于快拳的练习中。

终于，在第三次和威廉的比赛中，凯恩将自己的优势发挥到了极致，凭借快拳打得威廉毫无招架之力，赢了比赛。

当一个人想击败对手时，往往会忘记自己原本的优势，希冀通过复制对手优势的方式来击败对手。可是这样，往往不仅达不到预期目的，反而会丧失自己原本的优势，有得不偿失之嫌。

在这个世界上，没有任何一个人是完美的，每个人都有自身的独特优势和难以规避的短处，只有时刻记住自身的优势，将其充分发挥出来，才更易取得成功。MM

上帝从不怜惜一个患得患失的人

文◎郎 平

1

搞体育，好像天天就在考虑“成败”这两个字。熟人和朋友见了我，首先不是问我生活怎么样，身体好不好，而是：“哎呀，最近不错啊，又赢啦！”要不就是：“什么时候赢古巴队，拿冠军？”而报刊的报道似乎有个统一的强调：“郎平，你何时再创辉煌？”

一听到这样的问候，我就有点儿晕，特别是刚从美国回来的时候。

也许是因为接受了一些美国文化的影响，我对成败胜负，心里没有太大压力。因为美国人的观念是：只要你尽了全力、做了最好的尝试就行，然后，或成或败，该是什么就是什么。因为影响成败的因素很多，有如何看待的问题，还有如何驾驭的问题。

但在以前，甚至现在的中国，我们已经习惯了一种概念、一种追求：必须获胜，必须拿冠军，必须战无不胜——所以我强加给自己的也只有这一种选择。

那时候，我的生活中只有排球，球打不好，生活就没有光彩，也没有意义了。所以，打球时，我的精神压力特别大，一输球，脑海里就冒出一个很严重的问号：怎么向全国人民交代？

2

到美国以后，我和劳尔也经常谈论在两个国家打球时我们各自不同的体验。

劳尔说：“世界冠军只有一个，但生活不只是排球，排球是我们喜欢的事业，我们应该从中得到乐趣，不应该只感到精神负担和压力。人的能力有大有小，他能扛二十公斤，你只能扛十五公斤，十五公斤对于你是极限，但你扛足了十五公斤，你就是成功者。”

在新墨西哥大学给劳尔当助理教练的时候，我好像只会对学生说一句话：“这不对，这样做不对。”时间长了，队员们都觉得奇怪，为什么从我嘴里说出来的全是“不对”呢？劳尔和我截然不同，她总是说：“很好，这个动作不错，你再体会体会。”或者是：“这个呢，还不是很好，你再试一遍，你一定会更好。”其实，那种带着鼓励的做法更有利于培养人的自尊心和自信心。

刚开始，我也不太习惯，别人夸奖我打球打得好，我总是谦虚地说：“不好，我打得不好。”人家特不理解，反问我：“你是世界冠军，你打得不好，谁打得好？”我无言以对。

3

我们能够反败为胜，是因为在困难和挫折面前没有放弃，但不能说拿了冠军就拼搏了，不拿冠军就没有拼搏。其实，输赢算不了什么，打世界大赛，我们打的是一种人类的精神。美国女排在1984年的奥运会上没拿到冠军，但是她们是一支很好、很感人的队伍，美国观众对她们在决赛中失利的反应是：没关系，下次再来！海曼打了一辈子排球，到死都没能成为冠军队的运动员，但是，海曼的塑像立在了美国奥林匹克中心，连美国总统都号召美国人民学习美国女排的精神。我觉得，这种对输赢的态度，反映了一个民族的心理素质。

人们对输赢非常敏感，很多人却并不懂得输赢的真谛：上帝从不怜惜一个患得患失的人。在危难面前不屈不挠，仍然满怀“求生”的信心，并为“求生”尽一切努力——这种品质的意义和价值，已经超越了输赢。

所以，亲爱的女孩，在你没有拿到第一名，在你没有得到“最佳”……在任何时候，你都无须自卑。只要做到了自己能够做到的最好，只要真的努力过、拼搏过，你就是值得被表扬的“胜利者”！MM

第六章 大人们说：别担心，你的身后有我

你有没有这样的爷爷奶奶？他们总是把你当成掌心宝，却又常常试着让你忆苦思甜。

你有没有这样的爸爸妈妈？他们总是气愤地说『再也不管你了』，但没过两分钟又忍不住喋喋不休地唠叨个没完。

你有没有这样的老师？考试后，他们总是指着你试卷上做错的题目恨铁不成钢地抱怨，当你不耐烦的时候，他们却又冷着脸，细致地讲着第N+1遍……

你身边有很多大人，不管是唠叨的、急躁的，还是温柔的、耐心的，仔细听，千言万语中，他们都在传达着同一句话：『别担心，你的身后有我！』

图◎猫 草

别担心，你身后有我

文◎李阿宅 图◎莹 月

妹妹：

写这封信是因为我下午浏览知乎的时候无意中看到了一个问题：有一个妹妹是一种怎样的体验？答案千奇百怪，但每个都足够真挚与深情，我看到一半就已经泪流满面，于是我就想到了你。写字的这些年，我推心置腹地给很多关系亲密的朋友写过文章，句句深情，打动过不少人，却唯独没有给家人写过只言片语。不是不重要，也不是羞于开口，只是我理所当然地把拥有“家人”这种关系的你们当成了无数根和我紧紧盘绕在一起的藤蔓，不用我维系，也能够独自旺盛地生长。

晚上的时候，我收到了你发来的QQ，你说：“姐姐，我想试试参加作文大赛。”那会儿已经过了十一点，我仍坐在KTV幽暗的包厢里听旁边的朋友声嘶力竭地吼着汪峰的歌，而你大概还开着小台灯在那间没有风扇的宿舍里计划着未来。我很难说清楚收到这条消息的时候，我心里的五味杂陈以及难以一一分辨出来的感受。

对于一个理科生来说，你在这个升入高三的夏天之前，根本不知道作文大赛是什么。我一个劲儿地告诉你，韩寒、郭敬明都是参加作文大赛出来的，我认识的很多小朋友也都参加过，我把那些大神的心路文章发给你看，说：“如果能够拿到一等奖，就可以获得和名校直接交流面试的机会。”于是，你在我一点点的鼓吹下开始有些躁动，告诉我你也想试试。我知道，这并不是因为你热爱写作，而仅仅是因为高考可以加分。就像是前段时间你和我商量想自学编导一样，你心里憋着一股劲儿，所以不停地积蓄着力量，希望能在高考的时候攒足了迸发出来。

我极力发各种励志的鸡汤文章给你看，想要展示一个更加宽阔敞亮的世界给你。我像是一个迂腐的家长，竭力引导着你往我以为对的道路上走，去实现那些光鲜亮丽的生活。我唯独忘记了，你是否能够承担得住。

我们是相爱的，但这种爱有时候成了我们绑架彼此的武器。

那次，在我耳提面命的唠叨下，你终于崩溃，大声质问我凭什么干涉你。

我一脸诧异地看着你，过了很久，用同样大的音量回你：“就凭我是你姐姐！”

你蹲在地上捧着脸哭，上气不接下气地说：“但你永远不是我！”

你不知道我那时候有多委屈，我了解人生没有回头路可以走，所以我想尽一切办法，让你的道路变得更加顺遂。可是你才十六岁，有些挫折是需要自己去经历的。

争执后，我怒不可遏地跑

到爸妈面前发誓说："我以后再也不会管她了，她爱怎么着怎么着，和我无关。"但当你哭完，睡完一觉醒来的时候，又站在卧室门口问我："姐姐，我去买冰粥，你要什么味儿的？"

大概天底下的姐妹都是这样吧？相爱相杀。

我一直都不是一个称职的姐姐，不管是在人生指引还是在生活上。那天，有一个不熟的姐姐来找我拿东西，我面面俱到地照顾她，她问我："你是独生子女吗？"我说："不是的。"她一脸了然地回答说："难怪那么会照顾人。"

其实不是的，在家里，你才更像是一个姐姐，而我总是像一个大爷，躺在沙发上指挥着你干这个干那个。我们是截然不同的性格，我外向开朗，做事马马虎虎还不踏实；而你沉默内敛、懂事、踏实、稳重，还很敏感。

一个人性格的形成和所处的环境有很大的关系。你出生之前，奶奶曾无比希望你是个男孩，所以你降生时，奶奶是很不开心的。于是，整个童年，你都在奶奶的白眼中长大，或许，就是这导致了你比同龄的小孩儿更加敏感，更会察言观色。你这种性格的小孩儿，稍有偏差就会出现心理扭曲，但所幸你并没有。奶奶生病的时候，我已经在外地，你还在镇上上初中。我听妈妈说，你每个周末都回家，帮爸妈干完家务就去奶奶那儿，帮她擦身子、做饭、带她去散步，晚上还要熬夜应付繁重的学业，那整个冬天，你的手都是浮肿的。

妈妈总是半开玩笑地说："你奶奶最不疼的就是你，可到头来，趴在床头照顾她的只有你。"

其实你一直比我懂事。

爸妈超生弟弟那年是家里最拮据的一年，我在外地有不菲的学费，弟弟需要交高昂的超生费，家里又换了新房子，日子开始捉襟见肘。那次，一群表兄妹在姥姥家吃饭的情景你还记得吗？饭桌上一人一只鸡腿，我正吃得津津有味的时候，却见你丝毫没有动筷子。你说你肚子疼，不想吃。前一秒还活蹦乱跳的小孩儿，怎么可能说疼就疼呢？我知道你是想省下来打包回家给弟弟吃，我一副毫不在意的语气说："没事，你吃吧。"姥姥也说："你吃就行啊，吃完再去买了给你弟弟拿回去。"

大概被识破了，又找不到理由反驳，你只能恼怒地说："我就是肚子疼！"

还有你上小学的时候，一次，我们正看着电视呢，保险盒突然跳闸了。我拿着根木棍，战战兢兢地站在椅子上，盯着保险盒迟迟未动。你和我面面相觑了很久后，你说你来弄吧。你说你出事了没关系，而我都已经养到那么大了。

于是，你一脸决绝的表情，双手颤抖着将保险盒重新合上。

这就是为什么我现在总是情不自禁地过多干预你的生活，因为你吃的苦比我们任何一个人都多，所以我希望你比我们都幸福。我们对你寄予了厚望，恨不得你每一步都没有差池，恨不得小心翼翼地搀扶着你走，恨不得你每一个步伐都能踏进我们丈量好的脚印里。

或许多年以后，我和你都不会再认同我此时的做法，但现在我不后悔，除了这样，我没有其他能力来帮助你。有时候我也在想，我是不是太紧张了，毕竟像你这么大的时候，我已经独自在另外一座城市求学两年了，而你独自坐两三个小时的汽车，我们就担心得要死。可能因为有些人适合散养，而有些人适合圈养吧？咱俩的性格恰好注定了要用两种方式成长。

前几天，一个大我一些的姐姐对我说："尽你所能，去过你想过的日子，年轻的时候一定要走得广，看得远，自己尝试过自己想要的生活，因为你早晚有一天会进入按部就班的日子里。不要过早地让自己栽进我们这种生活中来。"

听到这些，我是有些感动的。

我并不奢望你能通过高考一举改变自己的命运，而是希望它能够成为你起航时的一股海浪，让你借着这股力量到达你想去的远方。你总要在大城市看一看、拼一拼的，有过那样的经历后，哪怕肝脑涂地失败而归，守着一座小城终老时也不会再有遗憾。

努力吧，少女，抛开包袱奋力向前冲，别担心，有我在后边撑着呢。我希望你能风尘仆仆地活在这个世界上，哪怕一个人，也要活得像一支队伍，充满力量与信仰，不被生活打败，用自己的态度认真过好每一天。

从小到大，我们见面就吵，不见面就想，又都不是擅长对亲人表达感情的人，所以很少说这么多亲密的话。如果有一天，我们因为误会闹得不可开交，我们一定都要拿出这封信来看看。因为，我们是如此地相爱。

爱你的姐姐MM

你唯一有把握的是成长

文◎杨 澜

1. 做好一件事就好

人与人虽然没有优劣之分，却有很大不同。一次，参加一个论坛，有位教授说了这样一个观点：“一个人不需要每件事都做得好。其实，只要一件事做得好，你就有下一次机会。”我觉得很有道理。

我曾遇到过很多做记者的同行，他们说：“杨澜，你好幸运，能采访那么多国家元首和政府首脑，我们都没有这个机会。”

其实，我想说，我也是从采访一个区长开始的。要是区长没采访好，就不要去采访市长；市长没采访好，就不要去采访部长；等部长采访好了，再想副总理、总理、总统。

对于医学，我不是很懂，但我也了解过，知道某种比较优势的存在。有的医学生，在学校理论学得很好，但是手比较笨，所以在临床上就不适合做外科医生。有的理论学得不是很精专，但手很灵巧，就可以成为外科的“一把刀”。这就是每个人所不同的比较优势。

一般来讲，很多人都曾有过这种思想：我一定要做一项很有意义的工作，或者至少是我自己很有兴趣的工作！

其实，根本不用那么着急，甚至可以先做一些看上去“大材小用”，或者完全事务性的工作。因为，如果你能在这件工作上做得比别人好一点点，不需要很多，你就有下一次机会去做更大的事。但如果你什么都不做，停在那儿抱怨：我在其他方面比他们还强呢！那根本没用，因为这个世界上，没有人想听这样的话，大家只关注你做事的结果。

所以，你只要在某一方面，比别人好一点点，你就有成长的机会。

几年前，当时的俄罗斯总理卡西亚诺夫来中国访问，只停留两天，只接受了一个采访，那就是我的采访。

应该说，作为民间的传媒机构，能得到这样的机会很难。所以我很好奇，问他：“为什么会接受我的采访？”他的随行人员的回答很有意思，竟是因为在这之前，我采访过他的副总理。副总理告诉他：“如果你去中国，应该接受这个女记者的采访，她提的问题很有水平。”我听了这个回答之后，非常高兴，比知道得到了这个采访机会时还要高兴。

千万不要小看这种口口相传，你要知道，你做的每件事都会对你今后的成长产生影响，希望你得到的更多的是正面的影响，而不是负面的影响。

2. 找到自己的比较优势

为什么当时我会离开《正大综艺》？

这是不断有人问我的问题，我不知道是否说清楚了。急流勇退也好，有学习的精神也好，这都不是问题的实质。实质是，我觉得我不擅长做综艺节目。我既不会唱歌，也不会跳舞，更不会演小品。

有一次，我和赵忠祥老师合作演魔术，叫什么大变活人，结果还没走出去呢，就让别人认出来了，魔术的效果一点儿都没有达到。所以我想，我真是没有什么艺术天赋，还是老老实实做自己能做好的事吧。

那么，我什么事情做得最好呢？

也许从小受家庭影响，我比较喜欢读书，也有学习的能力，所以更擅长做访谈节目。每次做节目，我都坚持尽可能多地阅读相关的资料，看所有的东西。按别人的说法：“这很笨，主持人就靠口才好、现场反应快就行了。”我认为不是这样的。

拿我做访谈节目来说，你事先准备的程度和你做出节目的效果是完全成正比的。

作为记者和访谈节目的主持人，我还有一个比较优势，就是善于和别人交流。

1996年，我在美国与东方卫视合作了一个节目，叫《杨澜视线》，主要介绍百老汇的歌舞剧和美国的一些社会问题，其中有一集是关于肥胖的问题，一位体重在三百公斤以上的女士接受了我的采访。

大家可以想象，一般的椅子她是坐不下的，因为宽度不够，于是，我就去找了特制的椅子，亲自搬来，请她坐下，与她交谈。最后，她说：“我一直不知道接受中国记者的采访会是一种什么样的感觉，但这次之后，我可以很肯定地说我很愿意接受你的采访。”我问她为什么，她说：“别的记者来采访，都是带着事先准备的题目，在我这儿挖几句话，去填进他们的文章里，而你是真正对我有兴趣的。”那几句话给我留下的印象非常深。

所以，在镜头面前也好，与人交流时也好，你对对方是否有兴趣，对方是完全可以察觉的。你的一举一动、你的每个眼神都在建立一个气场，因为我能建立这样一个气场，所以我适合做访谈节目。

这就是我对自己的比较优势的一个挖掘。其实，每个人都有自己的比较优势。当然，你不会一开始就知道，只能通过尝试做不同的事情来寻找。

对于我来说，我已经做电视做了十七年，中间也经历了许多挫折。比较大的，大家可能也知道，就是2000年在香港创办阳光卫视。虽然当时是抱着一个人文理想在做这件事，而且至今我也没后悔，但由于商业模式和现有的市场规则不是很符合，那件事确实经历了许多商业上的挫折。这让我很苦恼，因为我觉得自己已经这么努力了，甚至怀孕的时候还在进行商业谈判，为什么做得那么糟糕。

从小到大，我所接受的教育就是：只要你足够努力，你就会成功。

但后来发现，其实不是这样，如果一开始你的策略、定位就有偏差的话，那么，你无论怎样努力也是不能成功的。

3. 给你的人生做加减法

后来，我去上海的中欧商学院进修CEO课程，一个老师讲到商人和士兵的区别：士兵是接到一个命令，哪怕打到只剩最后一发子弹，牺牲了，也要坚守阵地；而商人则好像是身处于一个大厅，随时要注意哪扇门能开就从哪儿出去，一直在寻找流动的机会，并不断进出，以此来获取最大的商业利益。

听完，我心中就有数了——我不是做商人的料。我虽然可以很勤奋地去做，但从骨子里，这不是我的比较优势。

在我职业生涯的前十五年，我都是一直在做加法，做了主持人，我就要求导演：“是不是我可以自己来写台词？”写了台词，就问导演：“可不可以让我自己做一次编辑？”做完编辑，就问主任：“可不可以让我做一次制片人？”做了制片人，又想：“我能不能同时负责几个节目？”负责了几个节目后，继续思考自己能不能办个频道……人生中一直在做加法，但加到阳光卫视，我知道了，人生中，你的比较优势可能只有一项或两项。

在做完一系列的加法后，我想，自己该开始做点儿减法了。因为我觉得我需要有一个平衡的生活，不能再这样疯狂地工作下去。

直到今天，我想把自己定位于：一个懂得市场规律的文化人，一个懂得和世界交流的文化人，一个在做好主持人工作的同时可以从事更多的社会公益方面活动的文化人。

所以，在失败中，我们可能更能认识自己的比较优势。当然，我也希望大家付出的代价不要太大，就能了解自己的比较优势和缺陷所在。

4. 你可以不成功，但是不能不成长

每个人都在成长，这种成长是一个不断发展的动态过程。也许，你能够在某种场合或时期达到一种平衡，但那种平衡是短暂的，可能瞬间即逝，不断被打破。

成长是无止境的，生活中很多事是难以把握的，但是成长是可以把握的，这是我们要对自己做出的承诺。我们虽然再努力也成为不了刘翔，但我们仍然能享受奔跑。可能会有人妨碍你的成功，却没人能阻止你的成长。换句话说，这一辈子，你可以不成功，但是不能不成长。MM

谢谢你，盛装莅临我的成长

文◎汪微微 图◎莹 月

1

我小学二年级时的班主任是个退伍军人，他平日里话不多，习惯用眼神制止并解决纷争与事端。

对男生，他实行军事化管理，做人要规规矩矩，做事要铿锵有力。

对女生，他力推淑女教育。说话要不疾不徐，微笑要张弛有度；坐不能驼背，站不能含胸……

乡村的孩子，散养惯了，哪里收得住？一学期过去，没几个能真正坚持下来的。而做得最好的，是和我们同班的他的女儿，因为她虽然不是班上最漂亮的女孩，却自有一种说不出的美：眼中时刻闪烁着看得见、摸得着的柔软和善意，连最捣蛋的男生路过她身边时，都会不由自主地屏声敛气。

多年后，在家乡的街头，她穿着一袭蓝底白花的连衣裙，绾着低低的发髻，静静地站在那里。嘈杂声如水，流到她身边，却又自觉地绕道而行。有人和她打招呼时，她微笑致意，温婉得既优雅又接地气。

原来，她被打磨出来的与众不同的美，过去叫教养，现在叫气质。

2

我初一时的语文老师是个慢条斯理的老头儿，他惩戒我们的惯用“伎俩”是写检讨。检讨的标准极高：文笔要好，感情要真，不能少于800字，一式54份——全班同学人手一份，字迹还要工整！

有一回上课，他迟到了几分钟。不待他道歉并解释原因，大家便一起喊：“54，54，54！”他不恼，乐呵呵地看着我们，眼里的宠溺能淹没每个人。

从此，他再也没让我们写过检讨，却要求大家记日记。算算，一天不过一篇，我们高呼“胜利”。

毕业后，我们一起去看他，说起往事，他笑：“小小少年是璞玉，雕琢要讲究方式和技巧。写检讨是假，练字才是真。”

原来，我们最终学会的是：不要对不起自己。

3

我高二时的语文老师是个忧郁的诗人，有一次，上课讲诗歌的结构与特点，他便找来了几本自己写的诗集。讲台上的他，眼神干净明亮，有种未经世事的洁白，像正在做梦的少年。他一字字念，一句句写，一段段讲其间饱满的感情、丰富的想象、和谐的音韵，以及写诗的心境和曾经的梦想。讲到动情处，他会停下来，一言不发地看向窗外，眼神飘向远方。

课后很久，我心里仍蓬勃得静不下来。那是我第一次感受到了诗歌的美，它干净、美好、亲切，散发着梦想的味道。最难得的是，它离我这样近，一声轻唤便足以叫醒我，而不只是远远地隔空感动我。

后来，我开始偷偷写诗，不在乎写得好不好，不去想有没有用，也不在意是否有人懂。愿意写下去，并能很好地写出来，对自己而言，已经足够。

原来，梦想是一种让你觉得坚持就是幸福的东西。

德国哲学家雅斯贝尔斯说过：“教育的本质是一棵树摇动另一棵树，一朵云推动另一朵云，一个灵魂唤醒另一个灵魂。”

谢谢你，盛装莅临我的成长。MM

不聪明没有关系，只要你足够努力

文◎杨熹文

图◎满　月

1

我的努力远远多过我的才气，不知道这是幸还是不幸。

早些年就听说过一万个小时定律，在《异数》中，作家格拉德威尔指出：“要成为某个领域的专家，需要一万个小时。”按比例计算就是：如果每天工作/学习8个小时，一周工作5天，那么成为一个领域的专家至少需要5年。

于是我便钻牛角尖般验证，心里暗自算着，若把此生所有写作的时间加起来——十几岁开始的练习，多年来从周末里省出来的时间，以及如今到27岁都如清教徒般的坚持——大概早过了一万个小时。然而遗憾的是，这一万个小时并没把我变成行业里的顶尖人，坦诚地讲，于文字的行业中，我大概连个庸人也算不上。

记得曾看到一位姑娘在网上说：“一上午只写了3000字……”而我常常花一天写2000字，再删去1000字。这一天磨下来的1000字，让我像那拉磨的老驴一样，从早到晚一刻不停地转着圈，而最后主人攥在手里的粮食，就只是那么可怜的一小把。我心虚地关了年轻作者的文章页面，重新回到我的书桌前——这世界充满轻轻松松就能成功的人，我不能轻易懈怠。

朋友和我谈起一份做了2年的工作，言语间尽是失落：“我觉得自己也不是不努力啊，领导下达的任务准时完成，每天都加班到很晚，可为什么这么久工资还是区区3000块钱呢？也看不到什么职业上的发展……”

沉默许久，她补上一句：“可能还是不够努力吧！”一句话像是找到了问题的解药，连电话里都能听得出她的神色亮起来，“那么，从明天开始加倍努力，就不信没有升职加薪的那一天！”

我绝对理解她的心情。我就是那种不怎么幸运、不怎么聪明，也不怎么漂亮的姑娘：买彩票一个号码不中，喝凉水都要长胖，没有什么先天的资质和后天的才能，不单单是在写作上要花很多力气，生活中对诸多事情的努力也仿佛缺乏回报。

2

有一次，同学聚会上，大家说起对我的印象时，最多的就是“学习好，聪明”。我惊讶得发不出声，因为“聪明”从来都不是我对于自己的描述。我攥紧手中的啤酒，思绪回到十五六岁的那些日子。

我那时的成绩总是在班级中排前几名，老师器重，同学羡慕，爸妈欣慰。可没有人发现——我中午从不舍得午睡，全班黑压压倒下去一片时，只有我一个黑脑袋还拿着笔摇摇晃晃；我不会在课间走到楼道里去闲逛，而是坐在喧闹的教室里，硬是给自己划拉出一点儿安静的时间用来做数学题；我熬到很晚才睡，十几岁就开始和咖啡做伴；看电视从不是我生活里有的内容，我常点一盏灯伏在书桌上，实在扛不住就睡5分钟，再懊恼地坐起来；我5点钟起床，不等眼睛睁大就抓起枕边的英语课本背单词；我每天早晨去车站需要10分钟的步行时间，这段时间里，我总是盯着提前写在手心里的历史重点知识，边走边背诵……我经常看到"天才少女""天才少男"的新闻，但也只是叹一口气，接着背上我那十几公斤重的书包，去熬那熬不完的夜和永远起得不够早的清晨。

3

那样的"聪明"是有代价的，而有代价的不止那一样。

我和一个朋友在一起住过两周，每天一同吃晚饭。我们吃的食物营养均衡、搭配合理，绝对称得上是健康饮食。朋友的食量是我的两倍，可两周后，她居然提着自己的牛仔裤说："咦？怎么又瘦了？"我小心翼翼地上了秤，可是天知道是什么让我在短短的两周内长胖了4公斤！

1.58米的我一度胖到61公斤，然而，事实上，我那时生活辛苦、四处奔波，一天只吃两顿饭，晚餐常常省略，还会以1个小时的散步当作日常运动，体重依旧稳步上升。直到某一天，我再也受不了紧绷的牛仔裤，于是下决心以跑步减肥。将近1年的时间里，我每天至少跑5公里，吃三分饱，出门聚餐只敢喝一肚子温开水，这样才瘦到了50公斤。

直到现在，我还总是被调侃："你是我见过的最胖的素食主义者。"我赶忙在脸上挂一份大度的微笑，心里却暗暗委屈：天哪！我吃素，食量小，每天跑7公里……

我想起日本作家村上春树说起的自己开始跑步的原因："33岁那年秋天决定以写小说为生。为了保持健康，我开始跑步，每天凌晨4点起床，写作4小时，跑10公里。"他说完自己戒烟后需要靠跑步来减肥的烦恼，又谈论起自己的妻子："我是那种容易发胖的体质，我妻子却无论怎么吃也胖不起来，这让我时常陷入沉思：'人生真是不公平啊！一些人无须认真就能得到的东西，另一些人却需要付出很多才能换来。'不过转念一想，那些不费吹灰之力就能保持苗条的人，不会像我这样重视饮食和运动，也许老化得更快。什么才是公平，还得从长计议。"

这样想来，世界才变得有些可爱。也许正是因为每天要跑步才能保持身材，所以渐渐就养成了自律的好习惯；也许正是因为要牺牲很多睡眠才能得到一个尚好的成绩，所以才意识到去实现一件事的辛苦而倍加珍惜所得的一切；也许正是因为写作起来很吃力，所以才拼命告诉自己一定要靠毅力坚持下去。生活到底公平吗？我可以一边给出"很公平"的答案，一边觉得它没有那样善良。可即便生活有时是不公平的，这不公平与公平之间的偏差，也总是可以用多一份的努力去填补。

4

我至今觉得，不肯服输的倔强脾气帮了我太多的忙。总有人说："你都27岁了，怎么还能做个浪漫的梦想主义者？"我从来都坚决地给予反驳！我不是什么"浪漫的梦想主义者"，我只是活得单纯，肯相信只要付出足够多的努力，就一定能够实现梦想。也许梦想实现得会比别人晚一点儿，但想着如果它总有一天会靠自己的双手实现，晚一点儿又有什么关系？

上天给了一部分人天生的才能，也赐予了另一部分人不怕输的勇气，它让我拥有坚持、自律、充满希望的品质，让我相信梦想这条路，只要踏踏实实地走下去，就一定有到达的那一天。

我不能做个生来就会唱歌跳舞的人，也没有天生就带着写字的才能，更没有易瘦的体质和时不时的好运气，但每当坐在写字桌前，我总是这样安慰自己："你看，每天坚持写很多字，这样再写四十年，写得再差的文字也能够变得好一点儿吧！"我用这样的道理安慰着自己更多的"不聪明"，始终相信着：没有实现梦想的原因，就是不够努力！

有一个失落的小姑娘在网上问我："我特别热爱写字，成为一个作家一直是我的梦想，可是投了很多次稿，编辑还是给我回'抱歉，不采用！'看来自己真的是没才华，这辈子也没法成为一个作家了！我该怎么办呢？"

我回复她："怕什么，这人生还长久，不行，就用两倍的努力！"MM

李一诺：成为坐在“驾驶室”里的女孩

文◎张　薇

1

28岁的李一诺尚是个畏畏缩缩的小女生。

那是2005年，刚刚在加州大学洛杉矶分校读完了分子生物学博士的她拿到了全球知名管理咨询公司麦肯锡洛杉矶办公室的offer——她是那年唯一一个入职的“外国人”。

当年，办公室秘书们大多是在公司工作了二十来年的美国大妈，每年新人来了，她们都会玩一个传统“游戏”——下一个赌注，赌这一批新人里谁能做到合伙人（在麦肯锡，晋升路线是咨询师、项目经理、全球副董事、全球合伙人）。她们眼光毒辣，能迅速识别出谁更有潜力，极高的命中率甚至成了散布在麦肯锡内部的某种预言。

没有人会选我的——李一诺猜。

这个看起来瘦瘦弱弱的新人，开会时总喜欢躲在角落里：“我并不想发言，最好别人都不要注意到我。”当时她最关心的就是，下周和项目经理做反馈的时候是不是就会被炒了。跟她一起入职的都是MBA（工商管理硕士）的毕业生，都拥有游刃有余的精英范儿，毫无商科背景的她，突然从一个“聪明能干的学霸”，变成了“啥都不行”的边缘人。

“你会发现，没有自信的时候，你会觉得自己跟别人不一样。”回想那段日子，她这样说。

那是一个溺水般的开始，她想，能做到项目经理都算神话了，成为合伙人更是外星球的事。

那种战战兢兢持续了长达七八个月，直到入职第一年的下半年，转机才出现。当时，她负责一个极有挑战的数据模型，开会时讲完了这个模型的建模思路后，她紧张得起身去厕所。当时，麦肯锡的一位全球副董事——一个学数学出身、在日本待了多年的德国人追了出来，认真地跟她说：“一诺，我想告诉你，你做得很棒。”

来自他人的认可是她建立自信的开始，也成了她在麦肯锡的重要转折点。多年后，她将这一点纳入了她的管理信条：不要吝啬对别人的赞扬。

2

建立自信后，她开始渐渐领略到了做咨询和做科研的相似之处：把复杂问题简单化，看到核心问题在哪儿。同时，读书期间对自己的性别并不敏感的李一诺，也渐渐觉察到了性别文化下女性的职场短板。

她发现，在这家全球化的公司里，越向上晋级，女性就越少：“很多领导力特质，的确女性比较弱，比如，立刻去解决问题的能力——出现问题后，女性往往需要先花些时间去发泄情绪。从这种角度讲，女性是有很明显的短板的。”

“而且，其实大部分女性不敢发出自己的声音，我原来也有这个问题。而很多男生会认为：我来了，就要有个声音，有个观点，哪怕是一个bullshit（胡说）。”在麦肯锡，她从周边男性身上学习到了很多高效做事的法则。

一次，在讨论某个项目时，李一诺一直在说各种问题。项目经理听不下去了，当着一屋子人的面，他将白板笔递给她，说：“一诺，写下你的解决方案。”

在另一场角色扮演的工作坊中，一位同事扮演销售主管，抱怨个不停。跟他搭档的另一个同事，将一把黑椅子放在他身后，摁他坐下，然后推他到屋子中间："现在，你就坐在驾驶座，你来驱动。"

这两个画面在她脑海中留下了清晰的印记。她发现大多数人，尤其是女性的思维方式是：面对问题，先讨论讨论，听听你的意见，听听他的意见，再加点儿自己的意见，谁都不去做那个扭转大局的人。

而"领导力"却是：你要成为那个坐在驾驶室里的人。那两位积极寻求问题的解决之道的男同事让她意识到："有的时候你会发现，你可以去做那个人。"

"'你是谁呀？''凭什么是你啊？'平时，就是这种声音，一直在脑子里盘旋。"李一诺坦言，这种文化耻感，对包括她在内的女性影响都极大。"其实，再往深里说，这种耻感来源于'你太在乎你自己了'。"李一诺真诚地说。

一次，职场教练问她："你是不是潜意识里觉得自己非常特别？"她想了想，说："的确是，我总觉得：就我成绩好，就我能把这事儿说清楚……"教练告诉她，这种强自我一方面能带来信心，但另一方面也能陷害人，因为这会让人觉得：什么事都是关于我的，做成了，就是因为有我在！但是，更多时候，带来的另一种暗示是：做不成，是因为我不够特别。

"女性是很不容易'不要脸'的，因为女性太在乎自己了，非常容易自我怀疑……"李一诺说。在她看来，"不要脸"是一个境界：不再在意自己，在意的是事情能不能成，只要事情值得做，自己的姿势好不好看都没关系。"一旦能达到那种境界，慢慢地把那些小女生的东西转换掉……女性光环就显示出来了！"李一诺有些骄傲地笑着说。

3

彻底地抛开耻感，达到了"不要脸"的境界时，正是在她竞选合伙人的过程中。

当时，已经做到了全球副董事的李一诺遇上了一个她特别讨厌的同事，那个人傲慢、肚里无货，做一说十，还时常不兑现承诺，更讨厌的是，那个人的级别还在她之上，向她发号施令。"我总想着我不干了，我为什么要跟这种人在一块儿呢？这种烂人简直是在浪费我的时间和生命！"李一诺抱怨道。

一个讲话直接又锋利的印度人，也就是她的直接领导者，说："你就是个'sour-loser（酸丢丢的失败者）'，你要真有本事，你自己变成合伙人，比他高！"另一位比她早一年进入麦肯锡的女同事也对她说："一诺，你是不是觉得你做的东西或者你做的选择就是对的？你要想让你认为对的东西被执行，那只有你自己当领导。"

这些话极大地激发了她的"野心"，她发现自己"想赢"。而之前，她不过是"想被认可"，而且觉得想赢是不本分的："我之前想：每天钩心斗角就想往上升的人太糟糕了，我这种踏踏实实的人才是一股清流……但后来，我发现我那种想法非常愚蠢，其实很多女性也是被这种东西所限制了，就比如说'我不参与政治斗争''我不参与上升'等想法。"

突然从"一股清流"变成了一个那么野心勃勃的人，她花了大量的时间来适应自己。最初，她并不太敢公开讲"我想成为合伙人"。"因为我总是在问自己'我是谁啊'，总觉得自己不够好。"李一诺解释了自己那时的退缩心情。

谢丽尔·桑德伯格在她的《向前一步》里提及，女性在职场中容易出现"皇冠综合征"，也正是李一诺在那个阶段的心态：如果自己工作表现良好的话，别人就一定会注意到，并主动为她们戴上皇冠。

但真实社会中，"皇冠"并不存在，主动为自己争取应得的利益才是理所当然的。"对，就算你很优秀，你也得主动说：我愿意当合伙人，我的计划是什么，我要什么……这样别人才有可能把机会给你。做到这一步，是个很大的转变。"李一诺说。

麦肯锡有一个全球合伙人的评价机制，公司会委派一位与申请人无任何接触的第三方出具一个调查报告，而在调查报告的制作过程中，第三方负责人会寻求申请人过去三年里所有同事的反馈，最后给出一个综合意见。这就意味着，申请人若想获得所有合作过的人的支持，就得一一去和每个人聊。

"我当时也有点儿心虚呢，怕别人说'你看看，这李一诺每天不做业务，净想着加官晋爵'。"说到这儿，她大笑了起来。事实上，约同事们聊完后，她发现，那是建立自信的第二个层面的过程。

"自信有两个层面，第一个层面是你需要别人来认可你；第二个层面呢？是你要放弃你对别人认可的依赖。"李一诺大笑着说，"承认自己不够好，坦诚地去跟别人讲我现在的想法，我擅长什么，我享受什么，我希望从你这里得到什么样的反馈和支持等。从希望获得他人的认可转变到希望获得他人的支持，我觉得人生就是这样一个不断‘无耻化’的过程！”

2011年，怀着第二个宝宝，34岁的李一诺成了麦肯锡的全球合伙人。

六年间，那个如履薄冰的小女生一点点摆脱了无形的桎梏。

4

在麦肯锡工作了十年，李一诺从没感到过“厌倦”，因为工作最吸引她的地方就是“发现问题、解决问题，而且经常是复杂的、有意义的问题”。不过，之后，一个更让她着迷的窗口向她敞开了——“盖茨基金会”中国首席代表的工作机会找上了她。

经过了与比尔·盖茨的两个小时“面试”，盖茨的一句话格外打动她，他说，自己开始关注生意以外的事情之后，发现在解决全球维度上的种种至关重要的问题上，存在的空白是巨大的。

盖茨基金会工作的核心也是解决问题，而且是更复杂、着眼全球的问题，而在麦肯锡，只需要解决对客户产生意义的问题。“说到底，能够以一个管理者的身份参与解决这些在全球层面复杂而重要的问题，是我的‘鸡血’。”李一诺兴致勃勃地表示。

2015年，她接受了这份工作，并在2016年拖家带口地从美国回到了北京。

为了解决自家三个孩子上学的难题——公立学校大多把孩子当成了学习机器，而国际学校又把孩子培养成了外国人——2016年，她又决定自办一所学校。

经过170天的筹办，借寄在北京八十中内的“一土学校”诞生了。她想在一土实现她对教育的理解：“教育最核心的部分是对自我的认知，我希望教育培养的是一些内心充盈的孩子。”

5

一边是推进全球公共健康领域的盖茨基金会，一边是用教育创新来带动社会创新的一土学校，她的人生全面开了挂。

就像她竞选麦肯锡合伙人时一样，李一诺开玩笑地说，现在就是在不停地“抱大腿”。她越来越能体会自我的渺小。

“如果我们去做一件事情，只是因为它是一件正确的事，那你自己就是一个工具，一个实现这件事的工具。”她将这种阶段总结为，“认知自我最终其实就是一个所谓‘无我’的境界。”

最近，关于如何获得一土学校独立教学资质的问题难住了她，她想找人求助，但又没想好该用什么样的心态去获得他人的支持。她问职场教练，到底是说“这个我觉得不大好（弄），你来帮帮我”，还是说“你看我这事儿挺牛，咱俩一块儿干”比较好？教练对她说，你就闭上眼睛，想想这个问题解决了以后的画面是个什么样？学校是个什么样子？“我闭上眼睛想象的一刹那，眼泪就下来了。”李一诺说，“在绿草地上奔跑的孩子，教师的笑脸，孩子的笑声，和我们内心的安静……”说着说着，她忍不住流了泪，“现在还在解决中，我不知道帮助和答案会从哪个方向，以什么形式来，但是它们一定会来的。”

6

所谓的职业生涯，她说：“一个阶段一个阶段地走下去，其实都是在经历这三个层次：第一个是自信，第二个是自知，第三个是自觉。也就是从小我到大我，再从大我到无我。”现在，她越来越能体会到女性特质有利的一面——包容、清澈、真实，“这其实是男性的弱点。”她略带些俏皮地说。

回想起初入麦肯锡，她当时觉得28岁都老得不得了，时光转瞬即逝，每天的时间都不够用。现在，她已经40岁了，有了3个孩子，倒觉得能在每天的纷乱中抽空想想大问题，觉得日子还很长，最好的时光还在后面。

“人就是这么一种动物，年轻的时候瞎着急，然后才慢慢找到自己。”

她的3个孩子，男孩一个7岁一个5岁，最小的是妹妹，3岁。

2017年年初，北京下了一场大雪，家里的阿姨是东北人，吃饭时兴奋地描述了外出时将手摁在积雪上的那种愉悦。然后，李一诺“偷袭”边吃边玩的3个孩子：“你们谁跟我说说，阿姨刚刚说了啥？”听到妈妈这么一问，两个男孩一脸茫然，只有最小的妹妹头也没抬地说：“阿姨喜欢雪。”

李一诺惊喜极了：你看，这就是女孩，多了不起！MM

多数人的努力，根本还没到拼天赋的程度

文◎李尚龙　图◎冷色系

1

在签售的时候，一位学生问我：“老师，我很喜欢演讲，可是我没有天赋，每次站在人群面前，就会不争气地紧张。您觉得，一个没有天赋的人，还要继续练习演讲吗？”

我听完很好奇，于是问：“你在问这个问题时，也是当着这么多人的面，可是你问得很流利，表达得也很清楚，那你是如何做到不紧张的呢？”

她有些不好意思地说：“我刚才把问题写了下来，然后举手前自己偷偷地练习了几遍。”

我说：“那你觉得，那些流利的演讲者，又有多少人，没有像你刚才那么做呢？”

她好像懂了点儿什么。

我继续说：“我忽然想起了一部电影，叫《国王的演讲》。一个结巴国王，天赋差得一塌糊涂，可是，他通过魔鬼训练，在讲稿上标注了满满的升调降调音符，他不仅听老师每日每夜的指导，还自己含着水锻炼发音……最终，当他的声音从电台里传出，传递到每一家时，除了他最亲的几个朋友，谁也不知道，一个天赋如此糟糕的人，能这么清晰地演讲。那个演讲后来被很多人拿来背诵、传颂和赞扬，但谁也不知道，这个演讲，出自一位口吃的国王。”

最后，我告诉那位学生一句话：“多数人的努力，根本不到拼天赋的程度。只是我们以为自己很努力，喜欢找借口，动不动就认命，却从未想过还有其他的可能性，从未想过可以突破自己。”

2

七年前，我第一次参加英语演讲比赛，顺利进入全国复赛。

赛事规定每个省的前五名进入北京参加复赛，选手集中准备复赛的阶段，我们被召集到了一个很大的培训基地。头天风尘仆仆地赶来，大家都简单地吃了个饭就回到宾馆睡觉了，因为第二天比赛便要正式开始。那天深夜，我睡不着，起身去院子里转转，惊奇地发现了一位男生在树林里打着手电筒背诵着演讲稿。

后来，我认识了他，才知道，他和那位国王一样，也口吃。

他一激动、一紧张，就会结巴，而且十分严重。他说，他天生就是这样，受尽了同学的耻笑。后来，他发誓不仅要练好演讲，还要练好英语演讲。可是，他一上台就会紧张，一紧张口吃就会加剧，只有上台前不停地练习，练习成不用大脑，用惯性就能讲完，也就是练习成无论发生什么事情都不会紧张的状态，才能更好地发挥和比赛。

也许别人一篇演讲练一百遍就能发挥得很好，他却要对着空空的场地，在无数夜深人静的晚上讲近千遍。

可是，这并不是个励志的故事，第二天的比赛，他还是被淘汰了。

原因很简单，因为那是一场巅峰对决，全国的牛人都来了。有些人本身就是演讲的天才，在任何场合、任何情形，都能讲得十分流利和吸引人；有些人有超强的喜剧天赋，能很快让现场的人爆笑；还有些人对语言的掌控力高于常人，一开口就是纯正的美音……

于是，他止步于半决赛，虽然那天他并没有结巴。

他走的时候其实没有什么失落的感觉，他告诉

我，自己的天赋可能不行，但是自己足够努力了，没遗憾了，能进全省的前五名，他已经很知足了。

我点点头，忽然被感动了。

3

1955年，爱因斯坦去世了，他生前有位医生朋友叫托马斯·哈维。利用工作之便，这位医生偷走了这位天才的大脑，进行了防腐处理，然后把它做成了240个切片保存下来，以便研究天才大脑和常人大脑有什么不同。

从20世纪50年代开始，全世界都在等待哈维的研究成果。可惜的是，哈维一辈子也没有发现爱因斯坦大脑的特别之处。直到今天，无数科学家都加入了研究的行列，可惜的是，从生理上，大家都没有发现天才的大脑和我们有什么不同。相反，我们越来越发现勤能补拙，努力便能改变生活。事实上，许多所谓智商高的孩子，也并没有获得所谓应该拥有的人生。

我们容易把自己搞不定的事情归因于天赋不够，把自己做砸的事情归因于运气不好，却忘了，其实越努力越幸运，脑子越用越聪明。

我们总以为成功的人比我们聪明，牛人比我们运气好，可是，我们忽略了一个最重要的因素，那就是自己的潜力。

你是怎么看待这个世界的？你是如何努力的？你真的大汗淋漓地付出过、拼命过，还是只是走到一个迷宫的路口，就望着墙叹一口气说“我破墙的天赋不够”呢？

或许，你根本不用破墙，只需绕着墙就过去了；或许，你要拆的，根本不是墙，只是思维里的墙。

愿我们少些借口，多些决心；少些理由，多些脚踏实地。那样的世界，会更好。

每个人的青春都很相似

文◎高腾腾

即将告别青春时，咀嚼着过往的美好，似乎只能用回忆才能更好地留住它。每个人都觉得自己的青春是独一无二的，但其实它们有很多相似之处，而这些相似，仅仅是因为我们都曾年轻过。

自卑情结很多人都曾经有过，因为学习成绩，因为暗恋，还有各种甚至别人永远都不会明白的原因，让自己卑微到尘埃里。当然，随着岁月流逝，自己终究会若有所思，然后在某天意外释然。

谁年少时不曾虚荣？偷偷结识很多笔友，经常写信，证明自己不孤独；悄悄减肥，哪怕是穿校服，也要精心打扮；快过生日时逐一给不在身边的朋友打电话，让他们一定把礼物打包邮寄过来，于是在以后的日子里，就沉浸在那种被人关注的喜悦里，其实只有自己才明白那背后的落寞。

年轻的我们太容易把自己定义为失败者，否定坚持，直至放弃。但青春的梦想确实是可遇而不可求的，那些美好，见证了我们一路前行的力量。当得知有些人在五六十岁时还在为自己最初的梦想而坚持的时候，我们总是会不由自主地扪心自问，谁还记得最初的梦想，而自己当年又曾为梦想付出了多少？在还处于青春阶段时，在还有少年心气时，不如放手一搏，再为梦想鼓鼓气吧！

初恋在每个人的青春里都占有重要的位置，不管它留给我们的是酸涩还是忧伤。可是，如果真的要你去见当年的那个人，我们可能会胆怯。或许，怀念那段岁月只是因为那时年轻，与其说是怀念那份恋情，倒不如说是在怀念自己青春年少时最动人的时光。

因为有信仰、有成长，青春才不至于困顿在迷惘的年少里。总之，每个人都应该找到让自己心安的信仰，那可能是一种精神的坚持、一份情感的守候、一种家庭责任心的驱使。当然，相对于曾经年少时的种种感慨，已经是很多年之后的事情了。

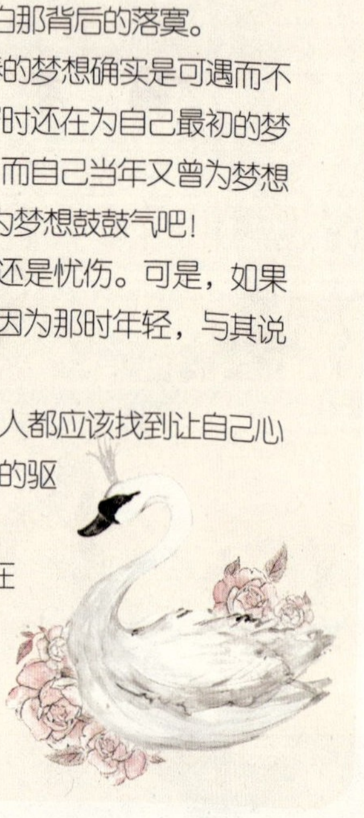

每个人的青春都有着自卑、高傲、虚荣、不屑世俗、迷惘，以及忧伤。在与青春挥手道别前，我们总是有一些或大或小的改变，多了些世俗，学会了察言观色，明白了言多必失，才在一次次的生活磨砺中破茧成蝶。而我们那些独一无二却又很相似的青春，则永远停留在了曾经年少的春天里。

写给十五岁的女儿

文◎乐　嘉

那天，你在电话里说着“快啦快啦”，结果却用了超过平时3倍的时间才磨蹭到了家门口。吃饭时，你满脸甜蜜，攥着手机左右把玩不肯放手。我知道，不管我是否愿意，这一天终于来了。

我问你，是否可以把那个男孩的照片给我看看，你假装不好意思，但并未否认。读出我未有丝毫斥责的意思后，你扭捏地秀了一张合影。我问，为何不请他进来一起吃饭，你说他害羞。其实，丫头，爹也害羞。有很多话，一直没和你说，今日和你聊聊。

1. 关于学习成绩

对你的成绩，我从来没有很高的期待，只要不太差就好，因为你的未来与你的成绩没有太大关系。

但我想告诉你：你爹学的是金融，可因为自己不喜欢，所以没有认真学。遗憾的是，后来做企业时，我连财务报表也看不太懂。你爹曾卖过房子，但因为不曾用一点儿心，后来连自己家里买房子时的图纸都看不懂，要找朋友帮忙，弄得很被动。

我的意思是说，你不喜欢的事情可以不用精通，但请不要浪费自己的时间。

如果你不得不做某件事情，请至少让自己的时间花得有价值一些。

2. 关于阅读

你选择读的书要尽量杂，涉猎面要尽量广，这样你就不会只活在自己以为的那个小小的世界中。

我知道你志比天高，但你首先要知道天有多高，而多看些“杂书”，会让你逐渐了解天到底有多高。

你每天花在阅读微博和贴吧上的时间只是在玩耍，与阅读无关，那也许会让你在短期内赢得朋友的掌声，但从长期来讲，慢慢地便会让你味如嚼蜡，甚至被人当成跳梁小丑。

但如果，你能够坚持一周阅读一本“杂书”，日后，你的美一定会吸引到真正有涵养的王子。

3. 关于业余生活

除了阅读之外，学习音乐、舞蹈、美术是最重要的。因为器乐不仅是你心情不好时发泄情绪的最佳方式，也是提升你气质的重要途径。

相信我，你未来更多的美，会越来越集中于你对自己气质的重视上。

练习舞蹈会让你的身材得以塑造，学习美术也可以让你对美有自己的鉴赏力。

以上这些艺术训练，都可以让你找到更广泛的通道，在未来与更多的人产生共鸣。

你如果足够热爱并且有天赋，你的内心会驱使你走向专业道路；如果不是，请放心，我不会给你设定任何目标。

记住，为了自己的兴趣而学，才有可能学好。

所以，你要找到你真正感兴趣的东西，去努力学习，每天坚持学习两个小时。那样，你会取得比专业还专业的成就。

4. 关于恋爱

我知道你恋爱后的第一反应，是问我自己是什么时候恋爱的。我仔细回忆了一下，自己第一次真正的恋爱是在16岁，但那时我已经开始上班了，所以，我更愿意把你现在的状态定为“青春期的悸动”，而非“恋爱”。

健康的恋爱可以让人进步。多数大人把早恋视为洪水猛兽的原因主要有两个：第一，影响学习；第二，若早尝禁果，会影响身体的健康，尤其是女孩！

你喜欢这个男孩，他也喜欢你，你们交往无妨，但不要影响目前的学习。如果你的学习成绩学期结束时有所跌落，那就证明你不是真的喜欢他，因为好的情感是会滋生向上的力量的，是可以让你们的成绩变得越来越好的；如果你俩的成绩双双下滑，只能证明你们不是真来电，你要继续慢慢等那个和你真来电的。

5. 关于做人

我知道，你很骄傲的一点是：当你和长辈们在一起时，大家都会认真地听你说话。

其实，那不仅仅是因为大家喜欢你，还有一方面的原因是：大家知道你是孩子，都让着你。

你要知道，如果一顿饭的时间，所有的人都在听你讲你的故事，而没有机会讲自己的故事，这样给人的感受会很不好。因为人的天性是乐于人们关心和谈论自己的。

所以，你要学会关心别人，学会问候别人的近况，学会观察别人的身体，学会体恤别人的心情。这些看上去很难，其实不难，只需做一件事情，就是减少一半谈论自己的时间。

你总和我说你要做什么，但是你真正做的并没有那么多。所以，下回记住，做你说出来的，说你已经做的，不要说你还没做的，说白了，不能光说不做。

今天，是你老爹37岁的生日。在过去的36年里，你爹从来都是记录自己的心得随时反省的，这次，借你的光，以此文作为送给你的礼物，也算是我对自己的交代。

记住：老爹为有你这样的女儿而自豪，我爱你！无论发生什么，我都是你坚强的后盾。MM

不要只会“勤奋”

文◎桃　天

在我上学时，班上有一个女生，学习是出了名的勤奋和拼命，可成绩也是出了名的差。她每天只睡5个小时，题做了一本又一本，甚至劳累过度，导致癫痫病发作。

有一次，考完试，我见她把错题一字不差地抄到本子上，就好奇地问她：“为什么每道题都要抄呢？试卷上不是有吗？”她说：“不行啊，试卷太多不好翻，还是整理成错题集，复习起来才更方便。”“那这些错题的原因你都研究过吗？”我看着她工工整整的字迹，带着佩服继续问，没想到她疲惫地回答：“现在哪有时间研究这个？等我抄完了再说吧。”

我和另一个成绩很好，但看起来很轻松的同学讨论这个问题，他说：“遇到错题，我和她的处理方式截然不同。首先，我会分析自己为什么出错，是概念不清、基础没掌握、思路错误，还是仅仅是因为马虎。然后，概念不清的，我会重新研究概念；基础没掌握的，我会尽快夯实基础；思路错误的，我会努力回忆当时的思路，看看错在哪里，然后分析正确答案的思路，并思考以后同类型题是否都是同样的思路；纯粹是因为马虎的，会告诫自己下次再仔细一点儿……只有特别有价值的错题，才会抄下来。”

你看，这就是拼命学习和深度思考的区别：拼命学习是将时间和精力投在事情的低效率环节中，而深度思考是将时间和精力投在事情最高效的环节中。

拼命干很重要，但它只是优秀结果的“必要非充分”条件。那么，如何让它变成“充分必要”条件呢？我给出的答案是——拒绝思维惰性，习惯深度思考，永远不要用战术上的勤奋掩盖战略上的懒惰！MM

你无须和每个人做朋友

文◎刘　同　文◎冷色系

以前读书的时候，我总喜欢问邻座的同学："放学了要不要一起走？"

那时的我特别想成为别人的好朋友——也许是因为太无趣，觉得自己的世界一片荒芜；也许是因为太寂寞，除了发呆简直无事可做；也许是因为太迷糊，根本不知道自己喜欢什么、目标是什么；也许是因为太孤独，一个人待着的时候自己都觉得自己可怜……于是我对自己说："不如去找个朋友吧，好好对他们，多和他们沟通，多陪着他们，然后争取早日成为他们的好朋友。"之后，我就约着同学一起吃饭、一起打游戏、一起上课下课、一起逛街看电影、一起胡闹……

那样的日子过了很久，虽然有时感觉很奇怪，好像自己已经完全失去了自己的生活，好像任何事情都必须要听别人的意见和计划才能安排，但是一想到自己有了朋友，也就假装什么都无所谓的样子。

就在前几天，我和表妹通电话，她正好在宿舍等一位同学。她说她早就要去体育场跑步了，可是另外一位同学非得和她一起去，所以表妹没辙，只能在宿舍等她。

讲完事情的经过，表妹不解地说："这个同学好奇怪，隔壁宿舍的同学在看碟，她便跑过去和她们一起看；我们宿舍的同学要去打水，明明她已经躺在床上休息了，非得爬起来和大家一起去；我今天要去跑步，她知道了，也非得要和我一起……她特别奇怪。"

其实，我一点儿都不觉得表妹的同学奇怪，因为我太了解那种心境了。听起来，这位同学不过就是当年的我：为了能有存在感，为了能和每一个人交朋友，忽略了自己的存在，把所有的时间都花在了陪其他人上面。

有人在电脑上看电影，我陪着一起看，但其他人也许是为了做影评分析，而我是为了打发时间争取成为大家的好朋友；有人换季逛街买衣服，我陪着一起逛，但其他人是为了让自己更好看，而我是为了打发时间争取成为大家的好朋友；还有人打牌、嗑瓜子、叠千纸鹤，我也陪着一起做，但其他人是为了片刻的放松或追求爱情，而我是为了打发时间争取成为他们的好朋友。

他们做任何事情都是自己做的决定，他们知道自己为什么这么做，他们做的每一件事情都有自己的目的，他们做每一件事都能得到一些结论……而我，我做所有事的目的，仅仅是"成为他们的好朋友"。

以前觉得什么事情都不如"成为别人的好朋友"重要，因为总觉得有了好朋友干什么都不愁。后来才知道，好朋友不是通过努力争取才能成为的，而是各自在各自的道路上奔跑时遇见的。而且，现在的我明白了，不要用自己的时间去依附任何人，否则当有一天他们枯萎了，你也将变得一文不值。

所以，你无须和每个人做朋友，只要找准自己的目标，有了清晰的方向，你自会得到自己的好朋友和更光明的未来。MM

成功
就是把喜欢的事情做到极致

文◎李晓木　图◎冷色系

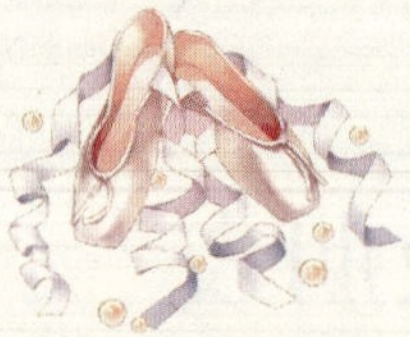

1

中午陪同事去编手链，一进商场就看到了一排首饰加工的店铺，我问同事去哪家，她说当然要去阿群家。

不知从什么时候起，身边的人只要有首饰加工或者编织的活儿，都只有找阿群才放心。别人家的首饰加工店开不了多久就关门大吉了，只有“阿群手工”一开就是十五年，客户更是绵绵不绝。

到了阿群的店，她正在低头穿玉珠。我笑着说：“阿群姐，你现在在咱们J城名气很大啊！”

阿群不好意思地笑笑说：“哪有，我就是一个‘手艺人’而已！”

“现在我们大家一说加工首饰，第一个想到的准是你。”

“那是因为我坚持下来了，做什么事情都要坚持。”阿群一边穿珠一边风轻云淡地说。

阿群最初只是在商场门口租了一张桌子和椅子，做些简单的手工。由开始的无人问津到后来客户点名找阿群，这一步，她走了五年。

五年之后，生意慢慢地红火了起来，现在她的客户都是回头客，回头客再带新客户，新客户又变成回头客，又带新客户，如此良性循环并不断扩大，全凭口碑营销。

我们来的时候正好是中午的饭点儿，店员问她吃什么，她说：“随便吃点儿什么吧，我要先研究一下客户的这块玉如何编织才精巧。”

我说：“姐，你都做了十五年了，凭经验就好了。”

阿群却说：“饰品加工看似挺简单的，可是讲究不少，颜色搭配、材质搭配、和佩戴者的气质搭配等，经验是一方面，我更希望做出的东西总是能超出客户的预期，做到自己能做到的最好，无论是钻、是玉、是木，还是石。”

听完这番话，我终于明白了为什么别人家的店铺陆续倒闭，而“阿群手工”不仅开成了J城老店，甚至还在不同的城区开了三家分店，成为了当地知名的手工连锁店。

是的，阿群坚持了整整十五年，可是很多人在同一岗位上又何止坚持了十五年？为何他们依旧碌碌无为呢？

是的，阿群用心用情将自己的手艺做到极致，可是又有多少人疯狂努力了一阵子，终究还是销声匿迹、毫无踪影了呢？

阿群的成功不仅仅是单一的“坚持”或“极致”这么简单，而在于她能够在整整十五年间，始终如一地坚持用心追求极致，能够耐得住无人问津和挑灯夜战的寂寞，在用心做到极致的过程中找到自己的价值和快乐。

当然，会有人有疑问，阿群这就算成功吗？阿群和马云比，她能算成功吗？

中国社会历来有一个通病，成功的标准太片面：在大多数人的意识中，在学校要看成绩，在社会要看名利，在家庭要看财富，在职场要看工资。但是，抛去这些表面化的标准，我更赞成李开复的说法：“成功是‘做最好的自己’。”

我想，阿群能够坚持用心把事情做到极致，就是在做“最好的自己”。

如此，在我心中，她就是成功的。

2

前几天，《面对面》节目请来了董卿做嘉宾。褪去了华服的高贵大气，穿着淡蓝色衬衫的她，格外知性而清雅。

她一脸诚挚地回答主持人王宁的问题时，就像邻家姐姐在与你娓娓而谈，每一个回答的背后，都可以窥见她的人生信念是追求成长。

我印象最深的一句话就是董卿说：“我喜欢把自己能做到的部分做到极致！”

这是一种日臻完美的行为，一份严于律己的心态。我想，这也是她能够从默默无闻拾级而上，成为火爆全国的“央视一姐”的最根本原因。

她在舞台上的游刃有余、笑看风云的潇洒，其实都是日积月累的酝酿沉积，只有每一天都把自己那部分做到极致的坚持，才有今天炫目的峥嵘。

她曾在北京电台的一期节目里说，她每次主持完节目，都会抽离让人艳羡的舞台，沉下心来认真思考这次的主持哪里做得不够好，哪里表达得不够清楚，还有哪些不足，让自己下一次的主持比上一次更好。

我相信，任何人拥有如她这般的态度，无论做什么，都会成功。

她厚积薄发、初露尖角是在2004年央视举办的全国青年歌手大赛上，在那场比赛中，她以落落大方、充满亲和力的知性风格征服了全场选手、观众，更惊艳了央视的领导。

在2005年，一袭红色无袖长裙的董卿飘然走向了春节联欢晚会的舞台，成为全球华人瞩目的焦点，当之无愧地成为继倪萍、周涛之后的“央视当家花旦”。

2017年，她主持的《中国诗词大会》和《朗读者》更是爆屏的节奏，出乎意料却又在情理之中。“它们的成功，很大一部分因素是董卿，这个你必须承认！”导演郎昆如是说。

董卿就像一棵树，枝繁叶茂是因为树根的每一个角落都稳扎稳打。

3

众所周知，女演员孙俪并不是科班出身，她身边的人都在上戏、北电、中戏等学校经过四年的专业学习，她的演技却是在一部部戏里积累起来的。

孙俪一直告诉自己，只有比别人花更多的时间和精力，才能做得比别人好，所以也特别珍惜自己的每一个角色。

为了拍摄《玉观音》，她准备了半年，去云南体验生活，学习射击、跆拳道。

为了演好《芈月传》，她托朋友请来了复旦大学的一位历史老师，为她讲述关于那个时代的“私人定制”课程。

就像一起合作过《辣妈正传》的演员张译说的那样，孙俪好像黄酒，入口柔，后劲儿大，因为这个看似娇小柔弱的女子心里总是有那么一股子劲儿，支撑着她不退缩地向前进。

我想张译想表达的“那么一股子劲儿”，就是她把自己能够做到的部分做到极致的坚持吧？

导演郑晓龙说：“孙俪就是用生命在演戏，她把自己的生命融入了角色里。”

她在《甄嬛传》《芈月传》里演技的爆发并不是偶然，那都源于她踏踏实实地把每一个角色都做到了自己的极致。

4

有人想写出既漂亮又有深度的文章，坚持了几个月，看不到成效就放弃了，却不知道那些成熟的写作者坚持读了多少书、学了多少文学理论、敲烂了多少键盘。

有人想要减肥，热火朝天地去了健身房几个月，体重并没有如自己预料般狂减，于是放弃了，继续羡慕着别人的马甲线、小蛮腰，殊不知别人已经坚持健身数年。

荀子在《劝学》中说：“不积跬步，无以至千里；不积小流，无以成江海。”

你看到的别人的成功，都好像在一夜之间，却不知这是厚积到一定的程度，机会来了才喷薄而出发生的质变。

就像毛竹，在它一生中最初的五年里，几乎观察不到它的生长，但只要五年一过，它就像施了魔法一样迅速生长。

其实，毛竹后期的快速生长完全依赖它的根系，它前五年看似毫无变化，实际全部是用来深深地扎根，所以最终创造了自己的奇迹。

所以，亲爱的女孩们，现在，你们最应该做的，是默默积累自己的能量。不管结果是什么，先把自己能够做到的部分做到极致就好。

那个用心沉淀的过程，终会隐隐地决定你的未来，促成你某一刻的绽放！MM

没关系，慢慢来

文◎颜　酱　图◎akano

1

橙子是个特别特别拼的姑娘，在旁人眼中，她成绩好、能力强，活得特别精彩，也特别值得称赞。事实好像也是如此，在生活中，她几乎没有哪一刻是能够闲下来的，永远那么忙忙碌碌，给自己罗列了一大堆的计划。她的身边，永远都是鼓励她前进、支持她拼搏的人。

从去年9月到现在，我已经约过橙子N次了，但每次她都有事情，没有时间赴我的约。直到昨天，她主动打电话给我："这周末有时间吗？我们吃个饭吧。"声音很疲惫。

我和橙子吃饭的地点是橙子选的，离她公司很近，因为吃完饭，她还要回公司加班。

我看着她那火急火燎的样子，实在忍不住，吐槽道："喂，你至于吗？赶着去投胎？吃饭就好好吃啊。"

橙子说："我上个月的业务目标只完成了三分之一，小组成绩倒数，必须好好反省问题到底出在哪里。唉，我已经连续加班两个多星期了。"

我和橙子的那餐饭吃成了她的反省大会，先是做自我批评，然后再对团队里的某些员工进行埋怨，最后，桌子上的菜都没动几筷子，她就要赶回公司去继续加班了。

分别的时候，橙子说："亲爱的，你给我加个油吧，我一定要拿回以前的成绩。"

不知道为什么，我鼻子突然一酸，给了橙子一个大大的拥抱，在她耳边轻声说："没关系的，橙子，我们可以慢慢来。"

橙子狠狠地点了点头，我知道她哭了。大概，身边的人都在支持她往高处飞，却没有一个人拉住她，告诉她："我们可以休息一会儿，没关系的；一次不成功也不要紧，没关系的；你还有我陪着你，累了可以哭一哭，没关系的……"

2

不光橙子，我身边这样的朋友真不少：

当他们发现自己有某一处不好的时候，就想立刻改掉；

当他们发现事情不论怎么做都达不到想要的效果时，就会责备自己。

当他们用尽全力还是不得不放弃的时候，甚至会极端地怀疑自己的所有能力。

现在，很多心灵鸡汤都在说"人要自律才能自由""真正优秀的人都是敢对自己下狠手的""你自己不拼命，没有人能来帮你"，所以在越来越广泛的认知里，"优秀的人"必须自律，必须要对自己狠。要是自己一次没忍住吃了高热量的食物，或者又在家里看了一天的连续剧，她们就会对自己的不自律感到深深的自责和惭愧。

"难怪别人有马甲线，因为别

人够自律啊。”

“难怪别人可以写出那么多好文章，因为别人每天都练笔啊。”

“明白很多道理，为什么还是过不好一生？不就是因为自己不够自律吗？”

……

在这种种的反问中，我们常常对自己没有耐心，进而常常出现各种痛苦的自责情绪。我们是从什么时候开始，又是为什么非要活得这样咬牙切齿的呢？

3

有时候，我们希望在最短的时间内传递大量有效信息，用最短的时间学会某项技能，把计划安排得天衣无缝。

就好像一天之内完成的事情越多，代表这一天越没有虚度。

可是，你会因此感到快乐吗？

这样做的结果往往是让我们变得越来越焦躁，脾气越来越不好。因为我们对失控的承受能力会逐渐变得非常低，恨不得所有事情都在自己的掌控范围之内。

我们一直不愿承认自己只是一个普通人，别人也是如此；

我们会粗心，会犯各种各样稀奇古怪的错，别人也会；

我们会因为不自律让计划失败，别人可能和你一样，即使用尽全力也有做不到的事情；

我们都太急了，等不及我们可以慢慢变好，别人也可以慢慢变好。

4

事实上，我也常常陷入这种焦躁和不安。做一件事，一次做不好，两次做不好，第三次我就要抓狂了。只要一遇到挫败，我就会这样。

我想，是什么导致我这样没有耐心的？

回过头来看往昔，发现了原因——因为在我的成长过程中，失败好像一直都是不被允许的，也极少被耐心地对待过，从小到大都是如此。

爸爸教我算术题，我怎么都算不对，他便会特别恼火地说：“你怎么这么笨？”他从没有跟我说过“没关系，我们再来算一遍”。

妈妈教我炒菜，我怎么都记不住放油盐酱醋的顺序，她会特别没耐心地说：“作为一个女孩子，怎么连这个都学不会？”她从来没有说过“没关系，多做几次就熟练了”。

考试的时候做错了一道题，老师说：“你怎么连这么低级的错误都会犯？”她从没有说过“没关系，下次再仔细点儿就行了”。

……

从第一次犯错误开始，我们得到的就是批评，就是“你不应该”“你很差劲”，而不是“没有关系”。

然后，慢慢地，我们也不允许自己做不好了，在我们的意识里，低级错误是决不允许犯的，要是犯了，就应该百分之百被责备。更有甚者认为，慢慢改也是不被允许的，最好就是这一辈子再也不会出现同样的错误了，如果再出现，你自己就会觉得内疚、惭愧、自责。

亲爱的，其实不用这样。

成功从来就不是一蹴而就的，都是经过循序渐进的改变才得来的。

错误是可以被允许的，做不好也是可以的，没有关系，如果你真的想做好，那就慢慢来。

5

我们为什么不能允许失败？

我们为什么不能承认自己也会有迷糊和粗心的时候？

我们为什么不能与这样“无能”的自己待一会儿呢？

无能并不是一个一辈子都撕不掉的标签啊。此刻我们做不到，但可以通过学习、思考、调整等各种方法去改变，哪怕进步只是微小的。

此刻，也许我们的成绩不是太好，也许我们达不到身边人的期待，也许我们还过不上想要的精致人生，但是，也请别对自己太着急。

多给自己一些时间吧，我们已经欠自己这句“没关系，慢慢来”太久了！

生活的本质其实很简单，尽力去做好你应该做的，其他的就交给时间吧。MM

不是不能迷茫，但请别这样迷茫

文◎曲玮玮　图◎来　去

有位同学曾在后台问过我一个问题，说是有一位作家来到她的学校做讲座，她提出了一个困惑，说自己在迷茫期，不知道未来的出路在哪儿，于是每天过得很懒散，感觉迷茫已经成了年轻人的通病，不知道自己该不该克服迷茫。

其实，当她提出这个困惑的时候，她心里已经有了预设答案，她以为作家肯定会安慰她一番，甚至讲出“谁的青春不迷茫”这样的话，然后让她趁着迷茫期多接触新事物。

提出这个问题，或许只是为了迷茫得更心安理得而已。

没想到，作家劈头盖脸地把她骂了一顿。那位作家说：“什么叫迷茫是年轻人的通病？那些不迷茫的年轻人已经越跑越快了，你还在犹豫该不该克服迷茫？”

然后，作家讲了自己的例子，说正是自己从小就找到了写作的使命，一步步努力，才有了今天的成就。

于是，这位同学听得更迷糊了。

她问我：“迷茫不是好事吗？不迷茫的话怎么去探索人生啊，那不就没可能性了吗？”

的确，当年孟德尔就是实在不知道自己想干什么，才闲着没事开始种豌豆的，结果竟然种出了遗传定律。还有好多作家，也不知道自己适合干什么，就找了张纸开始写文章，没想到真的写出了名堂，乃至流传千古。

但迷茫也真的不能成为逃避现实的借口。在这个未来并不很确定的年龄段，我们特别容易沉湎于一种拧巴的迷茫当中，一方面觉得自己无所不能，另一方面又觉得自己一无是处。

于是今天打游戏，明天来场说走就走的旅行，后天又去打个耳洞搞个文身，理所当然地浑浑噩噩，然后自我安慰般地想着：如果那么年轻的时候就找到了自己的使命，那一辈子就走在一条单行线上，这样的人生也太无趣了。毕竟，三十几岁才开始创业，四十多岁才成为CEO，大器晚成的例子太多，所以自己也还早着呢。

但其实，那些牛人很少迷茫，至少从来不会放纵自己永远处于迷茫的状态。

我想起，冯唐也曾说过“写作是要有童子功的”，深以为然。有时候，我觉得自己若不是从小就开始读书写作，也不会慢慢有了驾驭语言的能力，现在更不会这么从容。

很多时候，你能成就一件事，真的是因为很久以前就埋下了种子。早点儿知道自己要做什么，人生省去了那么多兜兜转转，就会清晰很多。

其实，我也理解那些没有清晰目标的人，在迷茫中去求索生活的意义，何尝不也是一种意义？只是，劝大家不要太沉湎于那种状态。迷茫怎么办？不要妄想像佛那样坐在树下便能突然间顿悟，眼前展现出一条康庄大道，或是闪过一道白光。

不知道自己喜欢什么，不知道什么适合自己，那就列出一个表格，一点点排除，一点点尝试，而不是在无所事事时放肆地玩手机、看电影、打游戏，然后委屈地告诉自己：“不是我不想努力，是我不知道努力的方向。”

其实，我们最大的悲哀，是迷茫地走在路上，看不到前面的希望；我们最坏的习惯，是苟安于当下生活，不知道明天的方向。迷茫并没有错，错的是你失去了走出来的斗志，用迷茫掩饰自己的惰性，甚至于在这样尴尬的状态中沾沾自喜。

所以，不是不能迷茫，但请你别这样迷茫。MM